ブラウン神父の知恵

G・K・チェスタトン

逆説の論理の魔術師チェスタトンを代表する，名シリーズの第二集。トリックの凄みでは，名作揃いの巨匠チェスタトン作品のなかでもトップクラスに位置する「通路の人影」，ポオの「盗まれた手紙」にも比肩する「銅鑼《どら》の神」，仮装舞踏会を舞台に神父の心理試験反対論を織りまぜた「機械のあやまち」など，いずれ劣らぬ名作12編を収録する。小柄で不恰好，手にした帽子と蝙蝠《こうもり》傘をまるで大荷物のように扱いかねている——とても名探偵とは思えない外見のブラウン神父が明かす事件の真相は，読む者の度肝《どぎも》を抜く！

ブラウン神父の知恵

G・K・チェスタトン
中　村　保　男　訳

創元推理文庫

THE WISDOM OF FATHER BROWN

by

G. K. Chesterton

1914

目次

ブラウン神父の知恵

グラス氏の失踪

　高名な犯罪学者であるオリオン・フッド博士は、ある特殊な精神疾患に関する専門家でもあった。博士の診療所はスカーバラの海岸通りにあって、よく日光のさしこむ大きなフランス窓が並んでいた。そこから眺める北海は、あたかも青緑色の大理石でできた塀がはてしなく続いているようなものだった。このようなところでは海に、青緑色の羽目板のあの単調さが備わっているのである。というのも部屋そのものがこの海のように、このうえなくきちんと、徹底的に整頓されていたからだ。しかし、フッド博士の部屋では、ぜいたくがすっかり影をひそめ、詩情さえも感じられないというわけではなかった。そういうものもたしかに存在した。が、それは本来それがあるべき場所にかぎられていて、その外に出ることを禁じられているらしかった。ぜいたく品の一例として、特別仕立のテーブルの上に十箱近くの極上の葉巻が置いてあったが、その置き方は、香りのきついのは壁に近く、軽いのは窓に近くという順序であった。また、同じテーブルの上にどれもすばらしい三種類のリキュールの入ったタンタロス・スタンド（三組の酒を入れる飾りつき酒台）がいつも立っていた。けれども、ろくでもないことばかり考えている人に言わせると、このなかに入っているウィスキーとブランデーとラム酒はいつ見てもちっとも減っていないそうだった。

詩情のほうはどうかというと、部屋の左手の隅には全巻揃ったイギリスの古典が並び、右手にはこれまた完全に揃ったイギリスおよび諸外国の生理学者の著書を見ることができるという具合だった。ところで、古典の列からチョーサーなりシェリーなりを一冊でも抜きとろうものなら、誰かの前歯が抜け落ちたときのような苛立たしさをそのすきまに感じないわけにはいかなかった。ここに並んでいる本は一度も読まれたことがないとは断言できない。たぶん読まれたこともあるのだろうが、どの本も昔の教会の聖書のように、定めの場所に鎖でつながれているようなのだ。フッド博士はこの自分専用の蔵書を公立図書館の本並みにていねいに扱っていたのである。ところで、この厳格で科学的な触れるべからずという原則が、叙情詩や民謡の本をのせた書棚や、酒や葉巻の置いてあるテーブルにまでゆきわたっていたからには、博士の専門関係の蔵書をいれたほかの本棚や、壊れやすい、妖精のようだとさえいえる科学や力学の器具類を置いたほかのテーブルが、上述した異教的な神聖さにさらに輪をかけた神聖な雰囲気によって保護されていたことはもちろんである。

地理の教科書流にいうと、東は北海を臨み、西は社会学や犯罪学の蔵書がぎっしり並んでいる本棚に接する、この細長くつながった一組の部屋をいまオリオン・フッド博士は歩調正しく端から端まで歩いているところだった。博士は画家の着るようなビロードの服を着用していたが、画家のようなだらしなさはみじんもなかった。白髪こそ多かったが、髪は豊かで艶《つや》やかだった。細おもての顔は血色がよく、希望に満ちていた。博士自身並びに博士の部屋には、こわばっているくせにどうも落ち着かないという妙な雰囲気がある。それは博士がそのほとりに(純粋に衛生的な見地から)自分の家を建てた北海に感じられるのと同じ雰囲気だった。

海に面したこの細長い、いかめしい感じの部屋のドアを気まぐれな運命が押し開けて、いま、一人の男が現われようとしているところだった。男はたぶんこの部屋やその主人公とは驚くほど対蹠的《たいしょてき》だったにちがいない。ぶっきらぼうではあるが、とにかく礼儀正しく呼ばれると、それに応じてドアを内側にあけ、不恰好なちびの男が転がりこんできた。手にした帽子と蝙蝠傘《こうもり》をまるで大荷物のように扱いかねているらしい。蝙蝠傘は黒い平凡な代物《しろもの》で、とっくに修理に出してよい状態にあった。その帽子がまた幅の広いつばのそり返った黒いやつで、これは神父の使うものだが、イギリスではあまりお目にかかれない帽子である。で、とにかくこの男は素朴さと能なしの標本といってよかった。

博士は驚きをおさえて新来の客を見つめた。巨大な、といっても無害らしい海獣が部屋に入りこんできたときにはかくやと思われるまなざしだった。新来の客は息をはずませ、目を輝かせて愛想よく医者を見つめた。でぶの掃除婦がようやくバスの車内に割りこむことができて、ほっと一息ついたところを想像すればよい。「やっと」という喜びと、ちぐはぐな動作がまじりあって、なんとも豊かな感じであった。帽子は絨毯《じゅうたん》の上に転がり落ち、蝙蝠傘は音をたてて膝のあいだをすべり落ちた。神父は身をかがめ、帽子のほうへ片手を伸ばし、別の手で蝙蝠傘を拾いながら、しかし丸顔にうかべた微笑はすこしも変えずに、こう話しだした。

「ブラウンと申します。失礼をお許しくだされ。実はマクナブさんのことでまいりました。あなたがああいった悩みから人をお救いになるとよく聞くものですから。まちがっていたらお許しくだされ」

このときまでには、神父はほとんど四つんばいになって帽子を取り戻していたが、手にしたその帽子の上で、ひょいと妙なお辞儀をした。万事これでよしという一人合点《がてん》であるらしい。「どうもよくわかりませんね」博士は冷ややかな強い態度で答えた。「部屋をおまちがえになったのではありませんか。わたしはドクター・フッドです。論文を書いたり、学生に教えたりする仕事のほかはほとんどなにもやりません。特に難しい重要な事件の場合に警察から相談を受けたことはありましたが、しかし……」

「いや、これはまったく重要なことなんでして」ブラウンと名のる小男は突然言いだした。「ええ、女のほうの母親が二人の婚約をどうしても許さないんですよ」こんなに筋の通った話はあるまいとばかりに神父はゆうゆうと椅子にもたれた。

フッド博士は眉根をよせたが、目は、怒っているのか、おもしろがっているのか、輝いていた。「なんのことだか、さっぱりわかりませんが」と言った。

「いいですか、二人は結婚したがっているんですよ」僧帽を手にした小男は言った。「マギー・マクナブと若いトッドハンターが結婚したがっている。これ以上重要なことがありますかな」

オリオン・フッドは科学の領域で偉大な勝利を収めたが、それには多くの犠牲を払っていた。犠牲になったのは健康だと言う人もあれば、信仰だと言う人もいた。しかし、おかしなことに出くわしてもさっぱり笑えなくなったというほどではなかった。無邪気な神父の最後の嘆願を聞くと、さすがに笑いが腹の底からこみあげてきた。博士は、皮肉にも診察するときの医者の態度をとって肘掛椅子に座りこんだ。

「ブラウンさん」博士は重々しく言った。「わたしが、個人的な問題を調べてほしいという個人的な依頼を最後に受けたのは、もう十四年も前のことですよ。あれはロンドン市長の宴会でフランス大統領を毒殺しようとした事件でしたが、今度は、あなたのお知り合いのマギーとかいうお嬢さんがそのお知り合いであるトッドハンターという青年の婚約者にふさわしいかどうかという問題なんですね。よろしい、わたしはスポーツマンです。お引き受けしましょう。かつてフランス共和国並びに英国王に対して行った助言にひけをとらぬ立派な助言をマクナブ一家に対して進呈いたしましょう。いや、ひけをとらぬどころじゃない。もっと立派な助言ができるでしょう、この十四年間の経験がありますからね。きょうの午後は別に用事もありませんから、それではお話をうかがいましょうか」

ブラウンというこの小柄の神父はたしかに心からお礼を述べたのであるが、そのお礼のやり方には、どこか妙にあっさりしたところがあった。これはキュー・ガーデンの園長が四つ葉のクローバーをさがすためにいっしょに野原まで来てくれたというにも等しいことなのに、喫煙室で知らない人にマッチを取ってもらったぐらいにしか神父は思っていないようだった。そういう心からのお礼をすると、息つくまもなく小男は詳しく事情を話しはじめた。

「先ほど申しあげましたが、わたしはブラウンと申します。ええ、まちがいございません。小さなカトリック教会の神父です。町の北はずれに家のまばらな通りがありましょう。あの通りの向こう側に建っている教会ですよ。海沿いにまるで海の壁みたいにずっと続いているその通りのはずれのいちばんさびれたあたりに、わたしの信徒で、マクナブという後家さんが住んでおります。正直者だが、ちょっと気性の激しい女です。娘が一人あって、下宿人を置いてますが、この親と娘のあいだにもこの娘と下宿人たちのあいだにもいろいろないきさつがあるんでして。いまのところはトッドハンターという若い男一人しか間借りしていないのですが、この男がこれまでになかったような厄介なことをおっぱじめたんです。この家の娘と結婚したいと言うのですよ」

「娘さんのほうはどうなんです」博士は内心大いにおもしろくなってきて尋ねた。

「もちろん結婚したがってますよ」ブラウン神父は思わず熱をいれ、座り直して大声を出した。

「それだから事態が紛糾しておるんです」

「なんとも、解《げ》しかねるお話ですな」フッド博士は言った。

「このジェームズ・トッドハンターという若者は、わたしの知るかぎりでは、かなり立派な男です。しかし、それ以上のことは誰もあまり知っておらんようです。色の浅黒い小柄の男で、とても快活です。猿のようにすばしっこいやつで、役者みたいにきれいに顔をそっています。まるで下男に生まれついたような慇懃《いんぎん》な態度の男ですよ。ポケットにはたんまりお金をいれておるらしいのだが、なんの商売をしているのか見当もつかんのですな。そこでマクナブのかみさんは——苦労性なんで——なにか怖ろしい商売、ダイナマイトに関係している商売だとてっきり思いこんでしまったのですな。しかし、ダイナマイト男にしちゃ、よっぽど恥ずかしがりやで、うんともすんとも言わないおかしなやつですよ。なにしろこのかわいそうな男は一日のうち何時間も部屋に閉じこもって、錠をおろして何やら研究しているらしいんですからね。このようにこっそり仕事をするのも当分のあいだだけで、これには正当な理由があるんだ。結婚するまでにはきっとはっきりさせる、と本人は言っとります。はっきりとわかっているのはこれだけなんですが、マクナブのかみさんは、自分でも眉唾だと思っているようなことを、たくさんあなたにお聞かせするでしょう。ご存じのように、ああいった無知な土地には、作り話が雑草のように広がるものですからね。

部屋のなかで二人の人間が話している声がしたので戸をあけてみると、なかには、トッドハンター一人しかいなかったという話がありますし、シルクハットをかぶった背の高い謎の男の話もあります。ある日、海の霧のなかから――つまり明らかに海のなかから――のっぽの怪人物が現われ出て軽やかに砂浜を渡り、夕闇迫る小さな裏庭を通って、あけはなたれた窓べに至り、そこでトッドハンターと語らった、ところがしまいに口論になったらしく、トッドハンターは激しく窓をおろし、シルクハットの男はふたたび海の霧のなかへ消えていったというのです。家族のものがすばらしく神秘的にこの話をしたのですが、マクナブのかみさんは、どうも自分の考えだした話のほうがもっと気にいっているようです。それ、もう一人の、声だけ聞こえたという男のことです。こっちは夜になると部屋の隅にある大きな箱のなかから這いだしてくるというのです。その箱は昼間はずっと鍵がかかっているんだそうです。

こんな具合で、トッドハンターの締めっぱなしの戸はアラビアン・ナイト中のあらゆる幻想や怪奇が出たり入ったりするあの門さながらなんですよ。しかし、黒い上品な上着を着た小男のトッドハンターは居間の時計のように几帳面で罪がないんですな。部屋代はきちんと払いますし、徹底した禁酒主義者で、よくあきもせず子供たちを遊ばせてやるお人よしですよ、日がな一日お相手してやっているんですからね。さて、おしまいに、とりわけさし迫った問題は、この男がいちばん上の娘にも好かれてしまって、明日教会で式をあげる予定だということなんですよ」

なにか大きな理論にかぶれている人は、えてしてそれをつまらないものにまで適用しがちなものだ。率直な神父の話を親切に聞いてやった偉大な専門家は、どこまでも親切をつくそうというつもりだった。そこで、安楽椅子に腰をおろしてくつろぐと、なかば放心したように講義口調で話しだした。

「いかなる場合にもまず第一に自然の大きな流れに目を向けるのがいちばんです。冬の始まりにまだ枯れていない花が一輪あったとしても、花一般は枯れていると言ってよい。たとえばぬれてない石が一つ砂浜に残っていたとしても、潮は満ちてくるのです。科学の見地からすれば、人間の全歴史は破壊と移動のあやなす一連の集合的運動である。冬には蠅《はえ》が全滅し、春には小鳥が舞い戻るのと同じようなものです。さて、全歴史の根源をなすものは種族です。種族は宗教を生む。法律や倫理に混乱をもたらす。そのもっともよい例がふつうケルトと呼ばれているかの野蛮で、独善的で、滅びつつある種族にほかなりません。あなたのお知り合いのマクナブ一家はこういうケルト人の見本なのです。小柄で、浅黒い肌をした、夢想的で放浪的なケルト人、その血を受けついでいるものだから、どんな出来事でもすぐ迷信的に考えてしまう。失礼な言い方ですが、あなたや、あなた方の教会があらゆる出来事を迷信的に説明しているのとまったく同じですよ。背後では海が悲しげな声をあげ、前からはそういう教会が——もう一度失礼をお許しください——お説教をするというような状況にいれば、わかりきったことにまでも空想の衣《ころも》をかぶせようとするのも無理はない。あなたはご自分の小さな教区の責任上、マクナブのかみさんだけを特に問題にしていますね。あの二つの人声と海からやってくる背の高い男の作り話におびえているマクナブのかみさんしか、あなたの頭にないわけです。しかし科学的な想像力の持ち主はマクナブのような連中が世界いたるところに散在し、結局のところ鳥類のようにみんな似たりよったりだということを見ぬいてしまうのですよ。数千の家庭に、数千ものマクナブのかみさんがいて、まわりの人のカップのなかに、病魔のしずくを落としているのです。また……」

科学者が結論を述べないうちに、ドアの外から苛立った声がかかった。誰かがスカートをざわつかせながら案内人について廊下を忙しくやってきた。と、ドアが開き、そこに若い娘が立っていた。上品な身なりをしていたが、急いだために取り乱し、顔を上気させていた。潮に吹かれた金髪の頭、頰骨がスコットランド式にすこし際立ちすぎるのと、頰の色が赤すぎるのを除けば、申し分のない美人だった。娘は失礼を詫びたが、ぶっきらぼうでまるで命令でもしているような口調だった。

「おじゃまして申しわけありませんが、すぐ神父さんのあとを追いかけなければならなかったんです。人の生死にかかわる問題なんですから」

ブラウン神父はうろたえて立ちあがりながら、「え、何かあったのかね、マギー」と言った。

「ジェームズが殺されたんです。そうとしか思えないんです」と娘は答えたが、急いで来たため、まだ呼吸が乱れていた。「あのグラスっていう男がまた来たんです。二人が話しているのがドア越しによく聞こえたんです。ジェームズは低いしゃがれ声ですけど、もう一人の声は大きくて震えていたんですもの」

「グラスという男？」神父はちょっと判じかねるように問い返した。

「あの男の名前がグラスだってことはわかっているんです」娘はすっかり苛立って答えた。「ドアんとこで聞いたんです。二人は言い争ってました――お金のことのようでしたわ――ジェームズは何度もこう言いましたもの――『それでいいよ、ミスター・グラス』とか、『それは困るミスター・グラス』とか、『二つか三つかだ、ミスター・グラス』とか。でもあたしこんなことをいつまでも話してられませんわ。すぐ行かなくちゃ。まだ間に合うかもしれないんですもの」

「しかし、何に間に合うというのですか」とフッド博士が尋ねた。それまで博士は興味深げにこの若い娘を観察していたのだった。「グラスには身の上のこととか金銭上の問題でそんなに急を要することがあるんですか」

「あたしはドアを押し破ろうとしたんですけど、だめでしたわ」と、娘は手短に答えた。「仕方がないから裏庭へ駆けていって、やっとのことで部屋の見える窓枠までよじ登りました。部屋は薄暗くて、からっぽのようでしたけど、よく見ると毒殺されたのか、絞め殺されたのか、ジェームズが部屋の隅にちぢこまっていたのです。ほんとうです」

「それはたいへんだ」ブラウン神父は放浪癖のある僧帽と蝙蝠傘をかき集めて、立ちあがりながら言った。「いま、この先生にあんたの事件を話していたところなんですよ。先生のご意見は……」

「大いに変わりました」と科学者はまじめになって答えた。「この若いご婦人はわたしの思っていたほどケルト的ではありませんね。別に用もありませんから、帽子でもかぶって、町までいっしょに出かけてみましょう」

やがて三人は、わびしい町はずれの近く、マクナブ家の界隈《かいわい》にやってきた。真剣に、息もつかないで大股に歩く娘は、豹《ひょう》を思わせる身軽さで、登山家そっくりだった。犯罪学者は気楽そうに優美な歩き方をしていた。神父はまったくなりふりかまわず、力いっぱい歩いていた。町はずれのわびしい気分と周囲の外観は先刻の博士の話を裏書きしていた。

海岸沿いに一本のひものように続いていた家並みもしだいに途ぎれがちになって、まだ早いというのにどこか不気味な夕闇が迫り、一日が終わろうとしていた。海はインクを流したような紫に染まり、不吉にざわめいていた。砂浜に続く、マクナブ家の小さな裏庭には、驚いて両手を上げた悪魔のような形相でやせた二本の木が黒々と立っていた。マクナブのかみさんがその木と同じように両手を広げて三人を迎えに通りを駆けてきたが、怖ろしい顔は影になって悪魔そっくりだった。

博士も神父もろくに返事をしなかったが、おかみさんは金切り声をあげながら、娘のした話をもっとくだくだと繰り返した。グラス氏が人殺しをした――トッドハンター氏が殺された――トッドハンターは娘と結婚したがっていた――それが、結婚しないで死んでしまった――等々きりがなかった。しかも一つのことを話すたびにいちいち復讐の誓いをたてるのだからすさまじい。とにかく一行は家の正面の狭い通路を通って、裏にある下宿人のドアの前まで来た。そこでフッド博士は古くからの探偵の芸当をまねて、ドアの鏡板にはげしく肩をぶつけて押し破った。

なかは静まり返った悲劇の大詰めの場だった。その部屋を舞台に、二人以上の人間による身の毛のよだつような衝突があったことは一目瞭然である。ゲームの途中だったのだろうか、トランプがテーブルの向こう端のあたりに散乱し、床の上にも散らばっていた。サイド・テーブルの上にはワイングラスが二つ、ワインをつぐばかりになって置いてあった。三つ目のグラスは絨毯の上でガラス製の星のように粉みじんになっていた。そこから二、三フィート離れたところには、長いナイフとも、短剣ともいえるような刃物が転がっていた。刃はまっすぐだったが、柄《つか》には装飾がほどこしてあった。背後の陰気な窓からさしこむ光を受けて鈍《にぶ》くきらめいている。窓の外には、鉛色の海を背景に黒い木の影がうかびあがっていた。部屋の反対の隅には、紳士用のシルクハットが転がっていた。たったいま頭からたたき落とされたとしか思えない。そのかげの隅見れば見るほど、それがまだくるくる回っているように見えて仕方がなかった。そのかげの隅には、馬鈴薯《ばれいしょ》の袋のように投げだされ、手荷物のトランク並みにロープをまかられて、ジェームズ・トッドハンター氏が転がっていた。口にはスカーフをかまされ、肘と踵《かかと》のまわりを、六まきも七まきも縛りつけられていた。ただ鳶《とび》色の目だけが生き生きとして、すばしっこく動いていた。

オリオン・フッド博士は一瞬、戸口のマットの上で足を止め、このひっそりとした暴行現場を見つめて深く息を吸いこんだ。と見るまに、すばやく絨毯を横ぎって、高いシルクハットを拾いあげると、まだ縛られたままのトッドハンターの頭の上にうやうやしくのせた。トッドハンターには大きすぎたので、帽子は危なく頭をすっぽり隠してしまうところだった。

「グラス氏の帽子だ」博士はそう言い、帽子を持って戻ってくると、虫眼鏡で内側をのぞきこんだ。「グラス氏がいないのにグラス氏の帽子があるとはこれいかに？　グラス氏は服装にはうるさいはずだ。この帽子は型も粋《いき》だし、ブラシもよくかかって、艶々しているじゃありませんか、そんなに新しいものじゃないけどね。かなり年配のめかしやってとこかな」

「そんなことよりも、どうしてあの人のロープを解いてあげないんですか」とマクナブ嬢が大声で言った。

「わたしが『かなり年配の』と言ったのは確信あってではありませんが、ある考えがあってのことです」と解説者は話を続けた。「その理由はこじつけだと思えるかもしれませんが、人間の髪というものは抜ける程度は各人各様であるものの、とにかくいつでもすこしずつは抜けているものです。ですから最近かぶった帽子なら、レンズで見れば小さな髪が見つかるはずだ。

ところがこの帽子には抜け毛など一本も見あたりません。ですから、わたしはグラス氏ははげているると推定したわけです。この点と、先刻マクナブ嬢がたいへん鮮やかに説明なさったこの怪人物の高い調子と震え声というものを考えあわせると――お嬢さん、辛抱してくださいもうちょっとのご辛抱を――つまり、髪のない頭と、怒ったときの老人にありがちなこういう声の調子とを考えあわせますと、かなりの年配だということが推定できるわけです。しかし、相当に力の強い男だったと思えるふしがあります。背が高いことはほとんど確定的といってよろしい。シルクハットをかぶった男が窓のところに現われたという、この前に彼が出現したときの話も、ある程度信用できます。しかしわたしはもっと正確に指摘できるつもりです。このワイングラスの破片はいたるところに散らばっていますが、その破片の一つがマントルピースの上の高い腕木のところにのっています。もしこの器をトッドハンター氏のような、わりに背の低い人が打ちこわしたとしたらどうでしょう。その破片はそんな高いところに落ちることができたでしょうか」

「途中ですが」ブラウン神父が口をはさんだ。「トッドハンターさんのロープを解いてあげたほうがよくありませんかな」

「この飲酒用の器が教えてくれる事実はそれだけではありません」犯罪学の専門家はさらに話を進めた。「グラスという男は、年齢のためというよりもむしろ放蕩《ほうとう》のために頭がはげたり、怒りっぽくなったのではないかと考えられます。トッドハンター氏のほうは、すでにお聞き及びのとおり、もの静かなつつましい紳士で、酒は一滴もおやりにならない。ここにあるトランプやワインのグラスは、あの人のいつもの習慣では見られないものです。特別の客のために出したものでしょう。いや、話をもっと先へ進めることもできます。この酒の道具がトッドハンター氏の所有品であるかどうかは確言できませんが、あの人が一滴の酒も所持していなかったことはたしかなのです。それではいったい、このグラスに何をいれるつもりだったのか。わたしは言下にウィスキーかブランデーとお答えしたい。グラス氏が持ち歩いていたポケット瓶がその出所《でどころ》です。かなりの高級品だったかもしれませんね。さあ、これでその人物がどんな男か、すくなくともそのタイプについては見当がついたというものです。背が高く、相当の年配で、おしゃれだ。やや神経過敏だが遊びごとが好きで、強い酒を好む――いや好みすぎているといっていい。つまりグラス氏は不良紳士の社会では珍しくない存在なのです」

「あのロープをほどくのをじゃまするなら、わたし外へ出てって、大きな声で警察を呼びますわよ」と娘はそれこそ大声でわめいた。

「急いで警察を呼ぶことはお勧めできませんね。お嬢さん」とフッド博士は重々しい口調で言った。「ブラウン神父、お願いですからあなたの羊の群れを静めてください。わたしのためじゃあない、これは羊たちのために言ってるんですよ。さて以上でグラス氏の恰好と性格についてある程度までわかったわけです。ところでトッドハンター氏についてわかっている主なことはなにか。氏には本質的な特徴が三つある。暮らしぶりがつつましいこと、ある程度までは裕福だということ、なにか秘密をもっていること、その三つです。これは、いかにも強請屋《ゆすりや》に目をつけられやすい男の三大特徴ではありませんか。同様にして、グラス氏のやや古くはなったが粋をこらした服装、放蕩癖、かん高く激昂した声の調子などはまぎれもなく強請屋の証拠ですよ。口止め料をめぐる悲劇に登場する二人の典型的人物がここにいます。一方は秘密をもった立派な人物、他方は秘密をかぎつける遊び人のごろつき。この二人の男がきょうここに会し、口論になり、拳を振りまわし、抜き身の凶器をかざしたというわけです」

「いつになったらロープを解いてくれるんですか」と娘はしつこく訊いた。

フッド博士は注意深く、シルクハットをサイドテーブルの上に戻すと、縛られた男のほうへ歩み寄った。博士は男を熱心に調べた。からだを動かしてみたり、肩をつかんで半回転させたりした。そのあげくの答えは、なんと——「いや、あなたの味方の警官が手錠をもってきてくれるまで、このロープが充分に役目を果たしてくれるというものです」

このときまでぼんやりと絨毯を見つめていたブラウン神父は、まん丸い顔をあげて口を挟んだ。「いったいそれはどういう意味で？」

科学者は、絨毯の上に落ちていた妙な短剣を拾いあげていたが、答えながらもしきりにそれを調べている。

「あなた方はトッドハンター氏が縛られているのを現に見ているものだから、グラス氏が縛りあげ、それから逃亡したのだと、一足とびに結論を出してしまわれるわけです。しかし、そう結論するには四つの障害があります。まず、かのグラス氏ほどのおしゃれな男が、なぜ帽子を置いていったのか——もし自由意志で置いていったのだとすれば、その理由は何であるのか。第二に……」と博士は窓のほうへ行きながらつづけた——「この窓がたった一つの出入口です。

ところが、それは内側から錠がおりている。第三、ここにあるこの短剣の切っ先には血がちょっとついている。しかしトッドハンター氏は傷を負っていない。グラス氏は、生死のほどはともかく傷ついて姿をくらました。さて、以上の事柄に次のもっとも大切な可能性を加えてごらんなさい。それは、強請られている人間が脅迫者を殺そうとするほうがずっと可能性が大きいということです。強請をするほうは、いわば金の卵を生んでくれる鵞鳥《がちょう》を殺そうなんてことはしないものだ。さあ、これで事件の輪郭はかなりはっきりしてきたようです」

「だが、このロープは？」と神父は質問した。目を見張ったままぽかんと見とれている。

「ああ、ロープですか。どうしてトッドハンター氏の縄を解いてやらないのか、マクナブ嬢もたいへん知りたがっておいでしたね。よろしい、お話ししましょう。トッドハンター氏がいつでも好きなときに自分で抜けだせるから、わたしは解かなかったんですよ」

「えっ」二人は、それぞれまったく別様の驚きの声をあげた。

「わたしはトッドハンター氏のからだを縛ってある結び目を全部調べてみました」フッド氏は静かに繰り返した。「ロープの結び方については少々心得があるんですよ。それも犯罪学の一分野ですからね。この結び目のどれもトッドハンター氏が自分で結んだもので、自分で解けるのです。ほかの人が縛りあげようとしたものではない。縄をこんなふうにしてあるのは全部、悪賢いトリックです。格闘の犠牲者は、かわいそうなグラス氏ではなくて、自分なのだと思いこませようという寸法だ。グラス氏の死体は庭に埋められているか、煙突のなかにでも押しこめられていることでしょう」

やや重苦しい沈黙が流れた。部屋には暮色がたれこめていた。潮風に打たれた庭の木々の大枝が先刻よりもずっと細く、黒々として見えた。それは窓辺へ近寄ってくるようだったが、その恰好はどう見ても海の怪物だった。蛸だの烏賊《いか》だの、のたうつ珊瑚虫《さんごちゅう》だのが、この悲劇の悪漢であり犠牲者であるあのシルクハットの怖ろしい男が海から抜けでてきたときのように、いまこの悲劇の終末を見ようとして這いあがってきたのではないか、そう思われるほどあたりには脅迫の病的な空気が満ちていた。強請は人間の犯す罪のうちもっとも病的なものだ。一つの罪を蔽《おお》い隠すために重ねる犯罪。黒い大きな傷口を隠すための黒い膏薬《こうやく》。

いつもは満足そうで、いくぶんか滑稽《こっけい》でさえある小男のカトリック神父の顔が、好奇心でひきしまった。最初から示していた無邪気な好奇心とはちがうものだった。考えの糸口をつかんだときに出るあの創造的な好奇心である。「どうぞもう一度それを言ってください。トッドハンター氏は一人で自分を縛ることもできるし、解くこともできるという……」

「それがどうしたというのです」と、博士がいぶかしんだ。

「イエルサレム」と神父は急に叫び声をあげた。「なるほど、そういうこともありうるわけだな」

神父は脱兎《だっと》のごとく部屋を横ぎり、半分隠された捕虜の顔を、せかせかとのぞきこんだ。そうして、どこか間の抜けた自分の顔を振り向けると、やや興奮して叫んだ。「この人の顔でわかりませんか。それ、あの目をごらんなさい」

教授も娘も神父の視線のあとを追って目を走らせた。顔の下半分は黒いスカーフで完全に蔽われていたが、顔の上半分には、どこか真剣にもがく様子があらわれていた。

「おかしな目つきですわ」と娘は叫んだ。えらく心を痛めたらしい声だった。「まあひどい、きっと苦しんでいるんですわ！」

「そうじゃないでしょう」とフッド博士が言った。「たしかにあの目は不思議な表情をしています。しかし、あの横に走る何本もの皺《しわ》は、ある病的な精神状態の徴候だと判断できますな。つまり……」

「ばかな。笑っているのがわからないのですか」

「笑っているって！」と犯罪病理学者は驚いて同じ言葉を繰り返した。「しかし、いったいなにをおかしがっているんです？」

「率直に申せば、あなたを笑っているんですよ。いや、まったく、人ごとじゃない、わたしだっていい笑いものになるところだった」ブラウン神父は申しわけなさそうに答えた。

「どうしてです」フッド氏はいささか憤慨のていだった。

「いまになってやっとトッドハンター氏の職業がわかったのですよ」

神父は部屋のなかを足をひきずるようにゆっくりと歩きながら、いろいろな品を順に見てまわった。そのつどあきれて目を見張っているらしかったが、次には必ず、同じようにあきれたといった調子で笑いを爆発させた。それを黙って見ていなければならない者は、どんなに辛かったことか。神父はまず例の帽子を見おろしてけらけら笑った。次に壊れたグラスを見て、腹をかかえて大笑いをした。しかし短剣の切っ先についた血を見たときは、笑いの発作で死んでしまうのではないかと思われるほどだった。やっと最後に神父は、じりじりしている科学者のほうに振り向いた。

「フッド博士」と神父は熱狂した口調で呼びかけた。「あなたは偉大な詩人ですな！　あなたは無から前代未聞の物語を創造なされた。単なる事実を並べたてるのに較べてなんとこれは崇高なことでしょう。それに較べたら真相なんてものはむしろ月並みの茶番劇ですな」

「なんのことだかさっぱりわかりませんな」とフッド博士はかなり横柄な態度で言った。「わたしが提出いたしました事実は、不完全なのはやむをえないとしましても、ともかく必然的な推論に従ったものです。部分的には直観――詩的センスとおっしゃりたければ、それでもけっこうですが――その直観に頼ったところもありましょう。しかしそれも適当な詳細がいまのところ確かめられていないからこそなのです。グラス氏がいないということにつきましては……」

「それ、それ」とちびな神父は大した熱のいれ方でうなずいた。「最初にそれをはっきりさせなきゃなりません。グラス氏がいないということ……いや、まったくきれいに消えているもんだ」と、ここでちょっと考えて――「思うに、グラス氏ほどの消え方をしている人間は前代未聞でしょうな」

「この町から消えたとおっしゃりたいのですか」博士は答えを要求した。

「あらゆるところからいなくなっているのですよ。いわば本質的に存在しない、と申しましょうか」とブラウン神父。

「すると、グラス氏などという人間は初めからいなかったのだとあなたは本気でおっしゃるつもりなのですか」犯罪学の大家は微笑をうかべてこう言った。

神父は一つうなずいてそれを肯定すると、「はなはだお気の毒でございますが」と答えた。

オリオン・フッド氏の笑顔はがらりと冷笑に変わった。「それじゃ、証拠はたくさんあるけれども、まずわたしたちが発見した最初の証拠から確かめてゆきましょう。わたしたちがこの部屋へ入ってまず出合った品物です。もしグラス氏が存在しないのだとすれば、いったいこの帽子は誰のですか」とフッド博士。

「トッドハンター氏のですよ」とブラウン神父が応じた。

「しかし、頭に合わないじゃありませんか。かぶれっこありませんよ」フッド氏は腹をたて、つい大声になった。

ブラウン神父はいたって優しく首を横に振ると、「帽子をかぶれるとは申しあげませんでした」と答えた。「この方の帽子だと言ったまでです。もしあなたが、言い方のごくわずかな違いにもこだわるのなら、この方の所有する帽子と言いかえましょう」

「そうすればどこがちがってくるんですか」と犯罪学者は冷笑をうかべて問いつめた。

「先生」おとなしい小男もさすがにいらいらして呼びかけた――「この家の前の通りをまっすぐに行って、いちばん近い帽子屋へおいでなされ。ふつうの言葉の意味で、あの人の帽子というのとあの人の所有している帽子というのとでは、そこに相違があるのがおわかりになるでしょう」

「しかし帽子屋は新しい帽子のストックから利益を得るだろうが、トッドハンターは自分のこの古めかしい、たった一つの帽子からなにか得ましたかね」

「うさぎ」得たりと応ずるブラウン神父。

「なんですって?」とフッド博士は叫んだ。

「うさぎです、リボンです、キャンデーです、金魚です、色テープです」神父は矢つぎばやに答えた。「ロープのごまかしを見破ったときにすっかりおわかりになったのじゃないんですか。剣についても同様です。おっしゃるように、トッドハンター氏は外側にはかすり傷一つ受けていない。しかし、内側に傷を負っている、というわけです」

「内側って、洋服のなかの肌のことを言っているんですか」マクナブのかみさんはきびしい口調で迫った。

「トッドハンター氏の服のなかだとは言ってません」とブラウン神父。「トッドハンター氏の内部だと言っているのです」

「ばからしい、いったいなにを言おうとしているのやら」

ブラウン神父はいとも落ち着いて説明を始めた。

「トッドハンター氏は、本職の手品師になろうと練習をしていた。そのうえ、曲芸師、腹話術師、縄抜けの達人にもなろうと稽古にはげんでいたのです。手品師だとすれば帽子の説明はつく。髪がついていないのは、若はげのグラス氏がかぶったからじゃない。これは、だれもかぶったことのない帽子でしてな。曲芸師だとすれば三つのグラスの説明はつく。トッドハンター氏はそれを順に投げあげては受けとる練習をしていた。だが、まだ練習の段階だったので、そのうちの一つを割ってしまった。奇術師だということであれば、この怪しい剣の説明もつくというものです。剣を飲みこむことはトッドハンター氏の職業的な誇りでもあり義務でもあったのです。しかし、これまた練習中だったので、咽喉《のど》の内側をほんのすこし、かすってしまった。だから、内部に傷がついていると言ったのですよ。あの表情では大したことはなさそうですがね。それにこの人は、デボンポート兄弟のように、縄抜けの術を習っているところでした。ちょうど抜けようとしているときに、わたしたちがなだれこんできたというわけなのですよ。もちろんトランプも手品用です。トランプを空中にとばすという新趣向の手品を練習していたものだから、トランプが床に散らばっていた。自分の商売を秘密にしておきたかったのも、手品の種を秘密にしておく必要があったからなのですよ。手品師はみんなそうするものです。ところが一度、シルクハットをかぶったのらくら者が、この部屋の裏窓をのぞきにきてひどく怒られて追っぱらわれたことがあった。わたしたちはみんな、たったそれだけのことを変に曲解して、この方の人生にはシルクハットをかぶったグラス氏の亡霊がつきまとっていると妄想してしまったのですな」

「でも、部屋のなかの二人の声はどうなんです?」マギーは目を見張ってこう訊いた。

「あんたは腹話術の声を一度も聞いたことがないのですか」とブラウン神父は逆に問いかけた。「腹話術師はまず地声でしゃべってから、答えるときには、ちょうどあんたの聞いたあのかん高い不自然な声を出すものです」

長い沈黙が続いた。しばらくしてフッド博士が意識的な微笑をかすかにうかべ、小男を見つめて言った。「あなたはほんとうに独創的なお方だ。本に書かれた物語だってこんなにうまくいくものじゃないでしょう。ところが、さすがのあなたにもうまく説明できなかったことがありますな。グラスという名前ですよ。マクナブ嬢はトッドハンター氏が誰かに向かってグラスと呼びかけていたのをはっきり聞いているんですぞ」

ブラウン神父はだしぬけに子供のように、くすくす笑いだした。「そうそう、それ、そこがこのばからしい話の最後の仕上げにあたる部分なんですよ。我が曲芸師君はここで三つのグラスを順に投げては、大きな声でかぞえながら一つ一つ受けとめていたんですよ。それに、取りそこねて落としたときも注釈つきだったんですな。実際のところこの方は、こう言っていたんでしょう。――『ワン、ツー、スリー、ミスったぞ、グラスを一つ――一個落としたぞ――ワン、ツー、またミスったぞ、グラス』とこんなふうにね」

部屋には一瞬沈黙が支配したが、たちまち一同はどっと噴きだした。部屋の隅にいた手品使いは、満足げにロープを全部ときほぐし、ひとふりで払い落とすと、一礼して部屋の中央に進みいで、ポケットから青と赤の二色刷りのビラを取りだした。世界最大の手品師、腹話術師、縄抜けの達人、人間カンガルー、そのザラデインが斬新な妙技をひっさげ、来《きた》る月曜日、八時ちょうど、スカーバラのエムパイヤ・パビリオン座に登場するという予告だった。

泥棒天国

トスカーナの若手の詩人でもっとも独創性をうたわれている偉大なるムスカリ君は行きつけのレストランに足早に入っていった。このレストランはちょうど地中海を見おろす位置に建っていて、日除けが張りだし、レモンやオレンジの木を植えた背の低い生垣があった。純白のエプロンをかけた給仕たちが、一目で高級とわかる食事の品々を白いテーブルクロスの上に並べているところだった。早めの昼食の仕度《したく》である。その雰囲気は客の得意な気持ちをいやがうえにも満足させていた。ムスカリはダンテのように鷲鼻《わしばな》で、頭髪は黒っぽかった。首に巻いたしぶい色のネッカチーフを髪とともに風になびかせ、黒いマントを腕にかかえていた。ヴェネチア好みのメロドラマの登場人物が抜けだしてきたと言ってもおかしくない。これで黒い仮面でもしていたら申し分なかったろう。中世の叙情詩人きどりのムスカリは、詩人はキリスト教の司教同様に確たる社会的任務があると心得ているらしかった。決闘用の剣とギターで代表される中世のドン・ファンの生活にあこがれているのだ。

それゆえに、剣の包みと、マンドリンのケースをたずさえずにはどこへも行かなかった。その剣は幾多《あまた》の輝かしい決闘で勝利を収めてきたものである。あるときには、休日を利用してヨークシャー州へおもむき、そこの銀行家の令嬢エセル・ハロゲイト嬢に向けてこのマンドリンでセレナーデをかなでもしたのである。しかも、相手の令嬢たるや、たいそう因襲を尊重する婦人だったのである。だからといって、当のムスカリ君は大ぼら吹きでも、いわゆる子供でもなく、ただあることを好きになるともう矢も楯《たて》もたまらず、自分がそれになりきってしまわなければ気のすまないという情熱的な一本気のラテン人だった。その詩はほかの人の散文のようにわかりよかった。名声と酒と美女を熱烈に、率直に求めた。それは、あいまいな理想や妥協で満足している北欧人には想像もつかないものだった。あいまいな人種にはその率直さは危険なものに見え、犯罪のにおいさえ感じさせた。単純なあまりかえって信用されなかったのである。

例のイギリスの銀行家とその美しい令嬢は、ムスカリのお気にいりのレストランに付属したホテルに滞在していた。実はそれだからこそ、ここがムスカリにもお気にいりの場所になったというわけである。レストランのなかをひととおり見渡したところ、めざすイギリス人の父娘は見あたらなかった。レストランはきらびやかだったものの、客はまだまばらだった。神父が二人、隅のテーブルに陣どって、なにやら話をしていた。ムスカリは熱心なカトリック教徒だったが、黒い僧衣に包まれた二人の神父を二羽の鴉《からす》がいるほどにも気にかけなかった。するとそこからすこし離れて、実をつけて黄金色に輝く背の低いオレンジの木で半分陰になった席から一人の男が立ちあがり、歩み寄ってきた。ムスカリに戦いをいどんででもいるのではないかと思われるほど際立って対照的な服装をしていた。

男は黒と白のチェックのツイードの服を着ていた。カラーをぴんと張らせ、首にはピンクのネクタイを結び、先の尖った黄色い靴をはいていた。海岸の避暑地にやってきた生粋《きっすい》のロンドン子のように、平凡でいながらどこか人目をひくように工夫をこらしていた。このロンドン子の服装をした男は、ムスカリに近づいてきたが、その首から上の様子が服装とはまったくちぐはぐな感じだったので、ムスカリは驚いてしまった。イタリア的な頭。ちぢれっ毛。浅黒い肌、たいそう陽気な感じ。その頭が、ボール紙のようにぴんと立ったカラーと道化《どうけ》たピンクのネクタイの上ににょっきり立っている——その顔には見おぼえがあった。イギリス式の正装で飾りたててはいるが、よく見ればほかでもない、もう忘れかけていた昔馴染みの友エッツァではないか。この青年は大学時代には奇才と呼ばれて、十五歳ですでに将来を嘱目《しょくもく》されていた。将来その名声はヨーロッパ全土を風靡《ふうび》するだろうと、もっぱらのうわさだった。しかし、学校を出てからのちは不運つづきだった。まず劇作家や煽動《せんどう》政治家になってみたが芽が出ず、それからはこそこそと役者だの、外交員だの、委託販売員だの、ジャーナリストなどの職を転々としてみたが、いずれもおもわしくなかったようで、なんでも最後は劇場の観客席に出没していたという。きっと役者稼業の刺激に溺れて身をもちくずしてしまったのだろう。

「エッツァ」ムスカリは立ちあがって相手の手を握りしめた。あまりの懐しさに呆然としてしまうほどだった。「きみが楽屋でいろんな衣装をつけているのを見たが、まさかイギリス紳士とはねえ」

「いや、これはイギリス人の服装じゃないよ、イタリア人の未来の服装さ」エッツァは重々しい口調だった。

「それじゃ、正直なところ過去のイタリア人のほうがぼくは好きだな」とムスカリは批評した。

「それはきみの頭が古いからさ」ツイードの服を着こんだ青年は、やれやれ、というように頭を振った。「それはまたイタリア人全体の誤りでもあるのさ。十六世紀にはわれわれイタリア人は黎明期を作った。最新の鋼鉄、最新の彫刻、最新の化学。現代イタリア人が、最新の工場、最新のモーター、最新の財政、それに最新の衣装をもってはならぬわけはない」

「そんなもの、もつだけの価値があるかね。そんなやり方ではイタリア人をほんとうに進歩させることはできないね。きみのご高説を鵜呑みにするほどイタリア人はとんまじゃない。生活を豊かにする近道があるのに、なにも新しい手のこんだ方法を採ろうなんて、そんなことは考えないからね」とムスカリ。

「ふん、ぼくにとってはダヌンツィオじゃあなくて、マルコーニこそがイタリアのスターなんだ。だから未来派にもなったし——旅行案内人にもなったんだ」とエッツァ。

「えっ、旅行案内人だって。それが君の職業目録の最後かい。それでいまは誰を案内してまわってるんだね」ムスカリは笑い声で言った。

「ああ、たしかハロゲイトという紳士と、その家族だ」

「このホテルに泊まっている銀行家じゃないかね」詩人はぐっと膝をのりだした。

「そうだ」とガイド氏。

「それでもうかるのかい」叙情詩人は無邪気に尋ねた。

「もうかるとも」ここでエッツァは謎めいた微笑をうかべた。「だけど、ぼくはちょっと変わり種の案内人でね」まるで話題を変えようとするかのように突然言いだした。「その男には娘がいるんだよ――息子もね」

「娘は女神のようだ」とムスカリは言いきった。「父と息子は凡人さ。あの銀行家はお人よしの典型だと思わないかね。ハロゲイトは金庫に数百万の金をもっている。それなのにぼくがもってるのは寂しい懐《ふところ》だけだ。しかし、それだからやつがぼくより賢いとか、勇敢だとか、ずっと精力家であるというわけじゃない。そんなはずはないんだ。ちっとも賢かないのさ。きょとんとした間抜けな目つきをしているからな。精力的だなんてとんでもない。中風病みのように椅子のあいだを動いているだけなんだ。あいつは良心的で親切な年老いたあほうさ。金持ちだってことは、子供が切手集めに熱中するように金をかきあつめたというだけのことさ。エッツァ、きみは仕事に打ちこみすぎるよ。なにもそれ以上やることはないさ。あんなに抜けめなく金をもうけるには、金を追っかけまわすあほうにならなきゃならないからな」とムスカリはまくしたてた。

「ぼくは金を追っかけまわすあほうなのさ」とエッツァは憂鬱《ゆううつ》そうに応じた。「ところで、きみ、銀行家に対する批判はちょっと中止したほうがいいぞ。そら、御大がお出ましだ」

大資本家ハロゲイト氏がちょうど部屋へ入ってくるところだった。しかし、誰一人として目を向ける者はいない。氏はがっしりとした体格の年配の紳士で、青い目はにごり、口髭《くちひげ》は艶がなく白茶けていた。ひどい猫背でなかったら、陸軍大佐ぐらいには見えた。封を切っていない手紙を何通か手にしている。息子のフランクは見るからにすばらしい青年だった。カールした髪、日焼けした肌、きりっとして、いかにも男性的だった。しかし父親同様、誰も目を向ける者はいなかった。居あわせた人々の目はいつものようにエセル・ハロゲイト一人に集まったのだった。古代ギリシアふうの金髪、夜明けを思わせる肌の色、女神のような姿は、あのサファイヤを溶かしたような海とぴったり調和していた。詩人ムスカリはなにかを飲みこむように深く息を吸いこんだ。ほかでもない、「古典」の妙を飲みほしていたのだ――先祖たちがつくったあの妙味を。エッツァは同じように熱心に、だがいっそうどぎまぎと令嬢を見つめていた。

ハロゲイト嬢はこんな場合、特に晴れやかで話もはずんだ。家族の者は気楽な大陸的習慣にすっかり馴染んでいた。それで外国人のムスカリや案内役のエッツァにまでも同席を許し、歓談をともにした。外見的な美とは対照的にエセル・ハロゲイトはまったく月並みな娘だった。父の財産を誇り、流行の遊びを好み、気は優しいがまったく浮気な娘だった。しかし、どんなに高慢でもかわいらしいことに変わりはなく、俗っぽい上品ささえ新鮮で快いものにしてしまう輝くばかり善良な天性を備えていた。

家族がその週のうちに実行しようと計画中だった山越えには、物騒な伝説がつきまとっていた。一同はそれですっかり興奮の坩堝《るつぼ》に投げこまれてしまった。岩やなだれの危険ならどうということもないが、これはもっとロマンチックだった。山賊――いわば現代の伝説になっている正真正銘の殺し屋が現在もアペニン山脈のあたりに出没し、通行人を捕まえるのだとエセルは熱心に主張してゆずらなかった。

「あの地方はイタリアの王さまが治めているのではなくて、盗賊の首領が治めているんですって。この盗賊団の王さまって誰ですの」女学生そこのけである。

「あなたのお国のロビン・フッドに匹敵するような偉大な男ですよ、お嬢さん。いまから数十年前、山賊はもう絶滅したといわれていたころ、最初に盗賊の王モンタノのうわさが流れました。やがてその無頼《ぶらい》の権力は無言の革命ともいうべきすさまじさで広がってゆきました。山村のいたるところでモンタノの怖ろしい宣告文のビラが釘づけされているのが見られるようになり、山の谷間という谷間には銃を手にした手下どもが見張っているという状況になりました。イタリア政府はこれを討伐すべく六度にもわたるはげしい戦闘を繰り返しましたが、まるでナポレオンの軍隊を相手にしているみたいに敗北をかさねました」とムスカリは質問に答えて説明した。

「イギリスではとてもそんなことは許されん。まあ、いずれにしても別の道を選んだほうが無難だろう。しかし、ガイド君がまったく心配はないと言ってくれたんだが」と銀行家が意見を述べた。

「そうですとも、なにも心配することはありませんよ」と案内人はせせら笑うように言いきった。「ぼくは二十回も峠を越えたことがあるんですからね。なんでも祖母の時代にキングとかいう年とった大悪人がいたそうですが、作り話ではないにしても、もう過去の出来事ですよ。山賊は全滅してしまいましたとも」

「全滅したとは言えないだろう。武装蜂起というやつは南欧人のお家芸なんだから。南欧の農民はやはり南欧の山に似ているんだ、表面は優雅な緑の喜びに包まれながら底には火を宿している。同じ絶望にしても、あるところまでそれが高じると、一般に北欧の貧乏人はやけ酒を飲みだすが、南欧の貧乏人は断固として剣を取る」とムスカリが応じた。

「そんなのは詩人のたわごとさ」とエッツァは冷笑した。「ムスカリ閣下は、もしイギリス人だったら、今頃ロンドンのどまんなかで追剝《おいは》ぎをさがしているでしょう。ぼくの言うことを信用してください、イタリアで山賊につかまるくらいなら、ボストンでインディアンに頭の皮をむかれてますよ」

「それじゃ、きみはまだ山越えをするつもりなのかね」とハロゲイト氏は渋り顔をして言った。

「まあ、怖ろしい話だこと」令嬢は目を輝かせてムスカリのほうを振り向いた。「峠を通るのはほんとうに危険だとお考えになるんですか」

ムスカリは黒い髪をさっとうしろへ払った。「危険だと思いますね。ぼくは明日峠を越えますが」

美人の令嬢が銀鈴をふるわすような声で皮肉を振りまきながら、父と案内人と詩人を伴ってレストランから出ていったあと、銀行家の息子フランクは一人残って、白ワインをほし、煙草に火をつけた。それとほとんど同時に隅にいた二人の神父が立ちあがった。背の高いほうの白髪のイタリア人が別れを告げると、あとに残った背の低い神父が向きを変えて、フランクのほうへやってきた。カトリックの神父なのに、イギリス人だったから、フランクはびっくりした。フランクは、いつだったか、カトリックの友人が催した社交的な集まりのときにこの神父に会ったことがあるのをぼんやりと思い出した。しかし、その記憶がまだはっきりしないうちに神父は声をかけた。

「フランク・ハロゲイトさんでしたね。前に一度お会いしましたが、忘れておいでかもしれません。ま、かえってあまり面識のない方のほうがこういう話はしやすいわけですけど。ハロゲイトさん、ほんの一言お話ししたら失礼します。妹さんがたいそう悲しんでいるときには気をつけておやりなさい」

フランクはまったく妹には無関心だったが、それでも先刻までの妹の快活な様子が目にちらつき、嘲《あざけ》るような笑い声がまだ耳に響いてくるような気がした。耳をすますと、ホテルの庭からまだ妹の笑い声が聞こえていた。フランクは狐につままれたような気持ちで、この僧服の忠告者を見つめた。

「山賊のことですか」といったん訊いてみてから、自分がなんとなく感じていたある疑いを思い出してさらに訊いた。「それともムスカリのことでなにか?」

「人はけっして真の悲しみについて考えようとしないものです」と不思議な神父は言った。「そうなったときにはせいぜい親切にしてあげられるだけです」

こう言うと神父は足ばやにレストランを立ち去った。あとに残ったフランクはぽかんと口をあけていた。

それから一日か二日経って、一行を乗せた馬車は石や岩でごつごつしたけわしい山道を這うようにして登っていた。エッツァは危険などありゃしないと元気に言いはり、ムスカリは断固それに挑戦したが、銀行家の家族はともかく最初の予定を実行することにしたのだった。ムスカリも一行の山の旅に加わっていた。もっと一同を驚かせたことは、あのレストランにいたちびの神父が海岸町の馬車駅に現われたことだった。仕事の都合でやはり中部地方の山越えをしなければならなくなったということだったが、フランクには、どうもこれは昨日のあの謎めいた忠告と関係がありそうな気がしてならなかった。

馬車は、すこぶる近代的な才能をもつ案内人が創案した一種の遊覧馬車で、なかはかなり広かった。案内人エッツァは、その科学的なやり方と痛快なウィットによって、冒険旅行の立役者になっていた。盗賊につかまる心配もいつしか消え、話題にのぼることもなくなった。しかし一行は、ほんの申しわけ程度の、ごく軽い武装はしていた。案内人とフランクは弾丸をこめたピストルを携行していたし、子供のようにはしゃいでいるムスカリも、黒いマントの下にそり身の短剣をしのばせていた。

ムスカリは、いの一番におどりこむようにして美しいイギリスの令嬢の隣に席を占めた。令嬢を挟んでブラウンと名のる神父が座った。しかし幸いにも、この神父は無口な男だった。案内人と父親と息子は、うしろの席に陣どっていた。危険が襲ってくると本気で信じているムスカリは意気軒昂《けんこう》として、相手に頭がおかしいと思われかねない口ぶりでエセルに話しかけていた。けれど、やがて果樹園を思わせるほど木の生いしげった嶺《みね》に似た岩山のあいだを縫って登る、眩暈《めまい》のするような急坂では、さすがのエセルの心もまた、太陽の渦巻く、紫に染まった途方もない天空に舞いあがるかのようだった。白い道は、まるで白猫がはいあがるように登っていた。道は、一条の陽光もささぬ深い峡谷にぴんと張られた一本の綱のように走るかと思うと、遠く離れた山の頂《いただき》を遠く巻いて、投げ輪のように環《わ》を描いて登りつづけるのだった。

どこまで登っても、薔薇《ばら》の咲きみだれるような華麗な原野が続いた。色鮮やかな川蟬、鸚鵡《おうむ》、蜂鳥などが太陽の光のなかへ風を切ってうしろへ消え、目もあやに百花が咲きみだれていた。牧場や森林の美しさといったら、イギリスが一番だろう。荘重な嶺だとか峡谷なら、スノードン峰やグレンコー峡谷にかなうものはあるまい。しかし、ここには北欧の山脈のような屹立《きつりつ》する嶺の斜面に南国特有の自然公園が展開していた。その峡谷はイギリスの田園のように実り豊かであった。とにかくこれは、エセル・ハロゲイトが生まれて初めて見る風景だった。イギリスの荒涼たる深山が心によびおこす冷やかなわびしさはここにはなかった。地震のために裂かれたモザイクの宮殿、そうとしか言いあらわせないような景色なのだ。それとも、ダイナマイトで星の世界へ吹きあげられたチューリップの園と言ったらよかろうか。

「ビーチヘッドの上にあるキュー・ガーデンに似てますわ」とエセル。

「これぞ我がイタリアの秘密、火山の秘密なのです。これはまた革命の秘密でもあります。あらゆるものが壮烈を極め、しかも実り豊かなのです」とムスカリは答えた。

「まあ、ご自分のほうがよほど壮烈ですのに」とエセルは相手に笑顔を向けた。

「でも、実り豊かというわけにはいかんのです。もし今夜死んでしまえば、結婚もしないで、このあほう面《づら》のまま死んでしまうんですからね」とムスカリは告白した。

「わたしは別にあなたの首に縄をつけてひっぱってきたわけじゃありませんわ。人のせいにしないでください」気まずい沈黙のあとでエセルが言った。

「もちろんあなたのせいではありませんよ。トロイが敗れたのがあなたのせいではないようにね」とムスカリ。

こう言ったそのとき、馬車は特に危険な曲がり角へさしかかった。道が曲がっているのに加えて道の上には鳥の翼のような形の大きな岩が突きでていた。すると、壁についた棚のように山腹を刻んでいる細い道に立ちふさがったこの大きな影に馬がおびえて騒ぎだした。すぐに御者《ぎょしゃ》がとびおりて馬の頭をおさえたが、しずまらなかった。一頭の馬が前足をあげてうしろ立ちになってしまった。馬が瞬間的に二足獣になると巨人並みの怖ろしい高さになる。さて、これですっかり平衡が失われた馬車は、船のように傾き、そりあがり、絶壁から路上に張りだした灌木《かんぼく》の茂みに轟音《ごうおん》をあげて激突した。ムスカリはエセルを片手で抱いた。エセルは大声をあげてしがみついた。ムスカリの生きがいはもっぱらこのようなときにある。

詩人の頭のまわりで華麗な絶壁が紫色の水車のようにぐるりと一回転したとき、もっと驚嘆してもいいようなことが起こった。年老いた鈍感な銀行家が馬車のなかですっくと立ちあがったと見るまに、おそらく馬車が落ちる速度よりも速く絶壁を下へとんだ。最初は自殺行為にも等しい危険な行為と思われたが、次の瞬間それは安全な投資のように分別のあることだとわかった。ヨークシャー生まれのこの男は、ムスカリが思っていたより明らかに賢明で、機敏でもあった。その落ちたところは、おあつらえ向きの芝とクローバーの上だったのだ。そんなわけで、一行はみな生命に別状はなかった。ほうりだされた恰好は多少威厳をそこなうものではあったが、ともかく全員無事だった。この急カーブの真下には窪地があって、牧場のように草や花が生い茂っていた。長く裳裾《もすそ》ひく緑の衣装に、同色のビロードでポケットをつけたものと思えばよい。一行はそれぞれ、大したけがもなく爪先立《つまさき》ちしたり、転がったりして、この緑のポケット地帯へ舞いおりた。持っていた荷物は全部、ポケットに入っていた物まで転がりでて、あたりの草むらに散らばっていた。破壊された馬車は、まだ突き当たった灌木にからみついたままぶらさがっていた。馬はあえぎあえぎ斜面を駆けおりてくるところだった。誰よりも早く起き直ったちびの神父は、びっくりしたような間抜け顔で頭をさすっていたが、やがて、「いったいなんでこんなうまい場所に墜落したのかな」とつぶやくのをフランク・ハロゲイトは訊いた。

神父は、あたりに散乱しているこまごました物を目をぱちくりさせて眺めていたが、ふと、神父御愛用のあのなんとも不恰好な蝙蝠傘《こうもり》を手に取った。蝙蝠傘の向こうにはムスカリの頭から落ちた広ぶちのフェルト帽が転がっていた。そのかたわらにまだ封の切ってない商用の手紙が落ちていたが、あて名をちらと見ると神父はそれを銀行家に手渡した。それとは反対の側にエセル嬢の日傘が草のあいだから半分突きだし、そのすぐ向こうには二インチたらずの奇妙なガラス瓶が転がっていた。神父はそれを取りあげると、すばやく慎重な手つきでコルクを引きぬき、なかの臭いをかいだ。ぼんやりした神父の顔がみるみる土色に変わった。

「天よ、我らを救いたまえ」と神父は低くつぶやいた。「あの娘のものなのか。まさか。悲しみがもうあの娘を襲っているのだろうか」その小瓶をそっとベストのポケットへすべりこませる。「もう少し事情がわかるまでこうするより仕方あるまい」

神父は痛ましげに令嬢を見つめた。エセルは花のあいだからムスカリに助け起こされているところだった。「ぼくらは天国に来ているんですよ。なぜって、人間が落ちるときは必ず、いったん登ってから落ちるものなのに、ぼくらは上へ向かって落ちたのですからね。そんなことができるのは、天上の神々だけですよ」とムスカリは話しかけていた。

エセルが色とりどりの花の海から起きあがったところは、まことに美しく幸福そうだった。それを見た神父は疑いを払いのけて考えを変えた。「結局、あの毒薬はこの娘のものではない。おおかたムスカリの通俗劇趣味の小道具なのだろう」

ムスカリは軽やかに婦人を立たせ、やけに芝居がかったお辞儀を一つすると、そり身の短剣を引き抜き、ぴんと張った馬の手綱に切りつけた。馬は我先に立ちあがり、しばらく草の上でおののいていた。このときだった、驚くべきことがもちあがった。貧しい身なりの日焼けした男が音もなく灌木の茂みから現われ、馬の頭をおさえたのである。刃幅の広い、ねじれたような形の剣を、腰に回したベルトにバックルでとめている。この男が急に音もなく現われたことを除けば、なんの変哲もなかった。詩人が何者かと問うたが返事はなかった。

ムスカリは窪地で度肝《どぎも》をぬかれている連中を眺めていたが、そのとき、窪地の真下の岩陰から一行をうかがっている男がいるのを目に留めた。その男は日に焼けた黄褐色の肌をしており、ぼろをまとっていたが、小脇に小銃をかかえ、両肘を芝のふちにかけていた。ムスカリは次に、さっき落ちてきた道を見あげた。そこには四挺の騎兵銃が一行を見おろして銃口を揃えていた。褐色に日焼けした四人の男が目をきらめかせてねらいを定めていたのだ。

「山賊だ」とムスカリは妙にうれしそうな声をあげた。「そうか、罠だったのか。おい、エッツァ、まずあの御者を撃ってくれ、そうすればまだ逃げ道はある。相手はわずか六人だ」

「御者はハロゲイト氏の召使いだ」エッツァはポケットへ手をいれたまま苦い顔をしてつっ立っていた。

「それなら、なおさらぶっぱなしてけっこうだ。買収されて自分の主人の馬車をひっくり返したんだからな」とムスカリはじれったそうに大声で叫んだ。「お嬢さんをまんなかにしてあそこを突破しよう。さあ、前進だ」

野生の草や花を押しわけて、筒先を揃えた四挺の銃めがけて猛進していくムスカリ。しかし、そのあとに続いたのはハロゲイトの息子だけだった。ムスカリは敵に向かって剣をかざしながら振り返った。案内人は窪地の中央で足を広げて冷淡に立っていた。手はあいかわらずポケットにいれたままだ。その皮肉っぽいイタリア的な細顔は夕日の光のなかで見るまに長くなってゆくようだった。

「ムスカリ、きみはぼくを学校友だちのなかの失敗者と思い、自分は成功者だと思っているんだろう。だが、ぼくはきみより成功しているし、歴史のうえにずっと大きな足跡を残してもいる。きみが叙情詩を書いているあいだ、ぼくは叙事詩を地で行っていたんだ」とエッツァは言うのだった。

「さあ、来たまえ。そんなところにつっ立って、つまらない身の上話をしているときじゃない。助けなきゃならないご婦人がいるんだ。たくましい男が三人も味方にいるんだから心配することはない」とムスカリは上から雷のような大音声でどなりつけた。

「いざ、名のらん、我こそモンタノ、名高き盗賊の首《かしら》ここにありだ。諸君一同を我が夏の宮殿へ招待いたそう」奇妙な案内人はムスカリに負けぬ大きな豊かな声で言い返したのである。

この自己紹介が続いているうちにも、武器を持った五人の無言のあらくれ男たちが灌木の茂みから出てきて、命令いかんとモンタノを見守っていた。その一人は手に大きな紙を持っている。

山賊だった案内人は前と変わらぬ気楽そうな、それでいて意地の悪い笑みをうかべて話を続けた。

「いまごいっしょにピクニックをしているこのかわいい窪地と、この下のほうにあるいくつかの洞窟は野盗のパラダイスと呼ばれています。つまり、このあたりの山地を支配する重要な根城なんです。とっくにおわかりでしょうが、この砦は上の道路からも谷の下からも見えない。難攻不落どころか、そもそも見えないようになっているんです。わたしはたいがいここに住んでいます。もし憲兵がかぎつけて押しよせてきたら、やはりここで死ぬつもりだ。これでも上等な犯罪人だから、防備をあてにしていて捕まるようなことはしない。最後の弾丸《たま》は自分のためにとってある」

一同は雷に打たれたように賊を見つめた。ブラウン神父だけは救われたというようにほっと大きなため息をついてポケットのガラス瓶を握りしめた。「ありがたや、それなら、いかにもありそうなことだ。もちろん毒はこの盗賊の首領のものにちがいあるまい。ローマの政治家カトーのように、生きては捕まるまいとこれを持っていたんだろう」と神父はつぶやいた。

しかし、盗賊の王はあいかわらず慇懃《いんぎん》無礼な語調で話しつづけていた。「あとはご一同を歓待するうえでの社交上の条件を説明すればたりましょう。身代金について昔からの奇妙なしきたりをこと細かに話す必要はありますまい。そのしきたりに従うのが山賊として当然だからです。それにこれはご一同全員に必要なことでもありませんしね。ブラウン神父さんと有名なムスカリ閣下は、明日の明け方には見張り所まで護衛つきでお送りします。率直なところ詩人だの神父だのに金のあるはずがない。なにも巻きあげるものはない以上、お二人にはせめてこちらの古典文学尊重と聖教会尊崇のほどをお見せしましょう」

ここで不愉快な笑みをうかべ、ちょっと話をやめた。ブラウン神父は、時折モンタノを盗み見ては、また急に熱心に聞きいるふうだった。山賊の首領は手下から大きな紙を受けとると、それに視線を走らせ、先を続けた。「さて、こちらのもう一つの目的は、いまから回すこの布告文を読んでいただけば、よくわかるはずです。ごらんになったらすぐ谷間の村々や山路の四つ辻の木に張りつけます。語句の使いかたはお好きなように直してけっこうです。声明文の内容は——第一、我々はイギリスの富豪であり財界の大御所であるサミュエル・ハロゲイト氏を捕えた。第二、氏は我らに二千ポンドの紙幣と証券を譲りわたした、という具合です。……しかし、実際に起こらなかったことを書きたてて信じやすい正直な一般大衆をだますことは不道徳極まりない。だから、これをすぐ実行に移していただきます。ハロゲイト殿、ポケットのなかの二千ポンドを残らず出してもらいましょう」

銀行家は眉をよせて相手を見つめ、満面に朱を注いだように怒りがこみあげてきていたが、おびえていることはたしかだった。転落直前の馬車から勇猛果敢におどりでた離れ業《わざ》で全精力を使いはたしていたのだろう。なにしろ子息とムスカリが勇敢に山賊の包囲網を突破しようとしたときにもこそこそとしりごみしていたくらいなのだ。ところでいま、この大富豪は血がのぼって赤くなった手をふるわせながら不承不承、ベストのポケットへもってゆき、書類と封筒のたばを山賊に手渡した。

「すばらしい」と無法者は愉快げに叫んだ。「さてここまではよしと。それでは全イタリアに緊急に布告される声明文の要点に戻りましょう。第三項は身代金です。我らはハロゲイト家の友人方に三千ポンドを要求する。三千ポンドのはした金なぞ、ハロゲイト家の重要な地位をいかにも低く見つもるようではなはだ失礼だとは存じますがね。どう考えても、我々のごとき家族的な団体と一日でもつきあえるとなれば、この三倍の金額を支払っても惜しくないと思うのがあたりまえです。それはとにかく、この三千という金が万一支払われないときには、あまりおもしろくないことが起こるということも、慣例に従って付記しておかねばなりません。ところで、淑女並びに紳士諸君、さしあたって、ここには宿泊の設備もととのい、酒も葉巻も用意してございます。かなり快適に日を過ごせましょう。先はどうあれ、いまのところは、スポーツマン精神をもって盗賊のパラダイスに豪華な歓待の絵巻を繰り広げるといたしましょう」

このようにしゃべっているうちに、帽子を目深《まぶか》にかぶった怪しげな男たちが、銃を片手に黙然として一人また一人と数を増していた。さすがのムスカリも、もはや剣を抜いて突進しても望みはないと観念したのか、あたりを見まわした。令嬢は父親をなだめて、落ち着かせていた。父を思う自然の情愛は、父の富を誇る世俗的な欲の強さにまさるとも劣らなかったのだ。恋する者のならいでムスカリはこの父を思う子の献身ぶりに感激し、それにつけても、なおのこと苛立ってきた。そこで剣を鞘《さや》に収めると、やや捨鉢な気持ちで緑の斜面にごろりと横になった。神父が一、二ヤード離れたところに座っていた。ムスカリはとっさの怒りから鷲のような目と鼻を神父のほうに向けた。

「これでもまだぼくのことをロマンチックな夢想家だなんて思っているんですかね。いまどき山賊なんかいっこない、とね」とこの詩人は辛辣《しんらつ》にからんだ。

「そりゃ、いるかもしれない」とブラウン神父はわけのわからぬことを言った。

「なんだって!」と詩人はかん高い声で問い返した。

「わたしは途方にくれてるんですよ。あのエッツァだか、モンタノだか、なんていうのか知らないが、どうもあの男はおかしいですよ。あれを山賊と言うのなら、まだ案内人だと言ったほうが、わたしにはぴんとくるんですがね」と神父は答えた。

「どうして？　そんなことってありゃしない。誰がどこで見たって、あれはまさしく山賊ですよ」とムスカリは抗議した。

神父は静かな声で説明を始めた。「それには奇妙な点が三つある。まず、わたしはこのあいだ海辺のレストランで食事をしていたときのことを話しておかねばなるまいな。あのとき、あんた方四人が食堂を出ていった。あんたとハロゲイト嬢は先になって話したり笑ったりしていた。銀行家と案内人は声を落とし、なにやらひそひそとささやきながらついていったのですが、そのときエッツァのしゃべっていたことがわたしの耳に聞こえてしまったのですよ。『じゃ、ちょっとエセルをおもしろがらせてやりましょう。いつあの打撃でぺしゃんこにされてしまうかわからないときですからね』と言ってるんです。ハロゲイト氏はそれに答えず黙っていた。だから、これにはなにか隠された意味があったに相違ありません。わたしはその場のはずみでエセルの兄さんを捕まえ、妹さんの身に危険が迫っているのかもしれないと警告した。どんな危険かということは、なにもわからないから言わなかった。けれども、その危険というのがこうして山のなかで人質になることだとしたら、話はちんぷんかんぷんだ。山奥へ連れこんで罠にかけるのが、あの山賊案内人の唯一の目的だとしたら、たとえヒントだけにせよ警告になるようなことを銀行家に言うものでしょうか。これじゃ辻褄《つじつま》がちっとも合わない。だが、もしそうでないとしたら、案内人と父親だけが知っている、ハロゲイト嬢の身の上に蔽《おお》いかぶさる不幸というのは、はてなにかなあ」

「ハロゲイト嬢に不幸ですって」詩人は絶叫し、目を血ばしらせて身を乗りだした。「説明してください、さあ、さあ」

「ところが、この謎のすべては山賊の首領を中心にくるくる回っているのでな」と神父は考えこむようにして言った。「さて、難点の第二だが、なぜやつは、身代金を要求するポスターに、被害者からさっそく二千ポンドを巻きあげたという事実をあんなに麗々《れいれい》しく書きたてる必要があるのか。そんなことをしても、身代金を取りたてるのに効果があるどころか、まったく逆だ。ハロゲイト家の友人たちがそれで盗賊は金に窮して狂暴になっているものと判断すれば、もしやもう殺されているのでは、という疑念を抱くわけだものな。だから二千ポンドの金を先に取りあげたことを強調し、あまつさえ声明文の最初に書くとは解せないことだ。身代金取りたての前に所持金を巻きあげたことを特に全ヨーロッパに知らせたいというエッツァ・モンタノの動機はなにか」

「さっぱりわからない」ムスカリはこのときばかりは気どったふうもなく黒い髪をかきあげ、恨めしそうだった。「あなたはぼくを明るみへ連れだそうとしているのかもしれないが、ぼくはますます暗闇のなかにひきずりこまれてわけがわからなくなってゆく。いったいエッツァを盗賊の首《かしら》だと考えてはならない第三の理由はなんですか」

ブラウン神父はいささかも動ぜず、「第三の障害は、いまわたしたちがいるこの堤です。なぜ賊の首領はここを自分たちの根城だと言い、盗賊のパラダイスと呼んだか。たしかにここは落ちても危なくない場所だし、眺めもいい。それに事実、当人も言っているように谷からも頂上からも見えない、陰になった場所だ。しかし要塞とはけっして言えない。要塞の場所としては世界一うまくない場所だ。なぜって、ここはふつう山越えに使う本道からの攻撃に対して丸腰も同然だからね。しかも、その道は警官がもっとも通りそうな危険性があるときている。事実、三十分ほど前に我々は、たった五挺の、みすぼらしい小銃でお手あげになったじゃないかね。どんな腰ぬけ軍隊でも四分の一個中隊もあれば崖の上からここを吹きとばすのには充分だよ。草花の生い茂ったこのちっぽけな隠れ場所にどんな利点があるのかな。堅固な場所ではないのだから、なにかもっと別のことだ。奇妙ながら重要なことにちがいあるまい。なにかわたしにわからないような価値があるんだろう。即席の野天芝居、あるいは天然の舞台裏のようだな。まるでロマンチック喜劇の一場面だ。はてさて……」

ブラウン神父はぽつりぽつりとしゃべっていたが、やがてぼんやりと夢見るように考えこんでしまった。動物的な感覚が鋭く、どんなことにも早手まわしのムスカリは、そのとき、山のほうに新しい物音を聞きつけた。それは当人にもまだかすかにしか聞こえなかったが、暮どきの微風がかすかな蹄《ひづめ》の音と遠くの叫び声を運んできたのはまちがいなかった。

その瞬間、まだ経験のないイギリス人たちがその音を聞きつけるまえに、山賊王モンタノは上の道へ駆けあがり、破れた生垣のなかに立って、木に摑まったまま道の下方をうかがった。そうしているときのその姿はなんとも奇妙だった。ふちのたれた妙な帽子をかぶり、肩から腰へななめにかけた飾帯にはそり身の剣をさす、というういかにも山賊王らしい服装の下から、ちらちらと派手な俗っぽい案内人のツイードの上着がのぞいていた。

と、次の瞬間、褐色の顔に皮肉な笑いをうかべながら振り向き、さっと手をあげた。すると、その合図で手下どもはすばやく四方へ散った。その整然たる動きはゲリラ戦の訓練さながらだった。山賊たちは嶺に沿って走る道を占領しないで、道に立ち並ぶ木々や生垣のうしろへばらばらと散った。敵に隠れて様子をうかがうつもりなのだろう。遠くに聞こえていた物音はだんだん大きくなり、山道に響きわたるようになり、命令をくだす声がはっきり聞こえてきた。山賊どもは動揺し混乱し、畜生とわめいたり、なにかぶつぶつ言っていた。夕方の空気は、山賊どもが短銃の打ち金をあげたり、ナイフを抜きだしたり、剣の鞘を石にぶつけたりする金属音で満たされた。両軍の物音は上の道で一つに合するように思えた。枝は折れ、馬はいななき、人の叫び声があがった。

「救援が来た！」ムスカリは小躍りして帽子を振った。「憲兵隊が山賊を攻撃しているんだ。よし、自由のために働こう。いよいよ盗賊に立ち向かうときが来た。警察にだけまかしておけばいいというのは、毒された現代的風潮だ。悪漢どもの背後を突こう。憲兵隊が我々を助けているんだ。いざ、我々も憲兵隊に加勢しよう」

帽子を木の上へ投げあげ、ふたたび剣を抜くと、上の道めざして斜面をよじ登りはじめた。フランク・ハロゲイトもがばと立ちあがり、加勢するためにピストルを片手にあとを追った。間髪をいれず、父親はしわがれた声をあげて高圧的にそれをおしとどめた。銀行家の父親はひどく興奮しているようだった。

「それは許さん。わしの命令だ、よけいな手だしをするな」と銀行家は息をつまらせんばかりにして言った。

「だって、おとうさん、イタリアの紳士が先に立っているんですよ。おとうさんだって、イギリス人は腰ぬけ揃いだと言われたくないでしょう」フランクは激昂していた。

父親は激しく身ぶるいをしていた。「むだだよ、骨折り損だ。我々は自分の運命に身をまかせるより仕方がないのだ」

ブラウン神父は銀行家を見つめ、そして直観的に手を胸に、いや、実は毒の入った小瓶の上にもっていった。すると神父の顔には晴々とした光明がさし、死の啓示を受けた人さながらだった。

いっぽう、ムスカリは加勢を待たずに単身で道めがけて斜面を駆けのぼり、山賊の王の肩へ力まかせに打ちかかった。モンタノはよろめきながら振り返った。モンタノも剣の鞘を払っていたが、ムスカリはものも言わず頭めがけて切りつけた。モンタノもやむをえずそれを受けとめ、敵の矛先《ほこさき》を払いのけた。二人の剣がかみあい、剣戟《けんげき》の音がようやく最高潮に達しようとしたとき、盗賊の首はわざと切っ先をさげて、笑いだした。

「あほらしいったらありゃしない」とその口から威勢のいいイタリアン・スラングがとびだした。「このとんでもない茶番ももうすぐ終わるだろうって」

「なにを言う、このいんちきやろう。大嘘つきのおまえは、そのうえに勇気までもまやかしなのか」血気にはやる詩人は呼吸も荒々しく詰め寄った。

「小生のことなら、一切合切まやかしさ」賊はいたって上機嫌に答えた。「これでも生まれながらの役者なんだよ。そりゃ、以前には個性なんてものをもっていたこともあるが、すっかり忘れちまったよ。ほんとうは小生、案内人でもなければ、山賊でもないんだ。自分自身なんてなにもありゃしない、あるのはただ仮面だけなんだ。いくらきみだって仮面とは決闘できないだろう」まったく少年のように楽しげに笑い、ふたたび山賊王らしい態度にかえると道の上の小ぜりあいに背を向けて、足を大きく踏んまえた。

夕やみが山あい深く忍びこんでいた。戦闘の模様も見わけがつかなくなっていた。ただ、背の高い男たちが、まといつく山賊を蹴ちらさんと馬面を並べて突っこんでいるのが見えた。山賊連はただやたらにいやがらせの攻撃を繰り返すだけで、敵を殺そうとはしないようだった。まるで町の群衆が警官の通行を妨害しているようなもので、破滅に瀕して血に荒れ狂う無頼漢《ぶらいかん》の最期とはほど遠いものだった。ムスカリはとまどって、この有様に目を回していた。ちょうどそのとき、誰か彼の肘を突くものがあった。振り向くと、そこにはあの珍妙なちびの神父が大きすぎる帽子をかぶったノアのように立っていた。「ちょっとお訊きしたいことがあってな」と神父は言うのだった。「ムスカリ君、どうせこんな奇妙な事態にたちいたったのだから、ちょっとぐらいのおせっかいは大目に見てもらおう。いずれ勝つことになっている憲兵隊の援助をするよりも、あんたにはまだほかにすることがあると申しあげたいのだ。どうか気を悪くなさらんでいただきたい。差し出がましいことだが、あんたは許してくれるでしょうな。あんた、あの娘さんに関心がおありかな。結婚してよい夫になれるほどお好きかな」

「はい」と詩人はすなおに答えた。

「相手もきみを好いているのかな」

「だろうと思います」これも同じくまじめな返事だった。

「それなら、さあ、あっちへ行きなさい。せいぜいつくしてあげるんですな。全身全霊を捧げなさい。持っているものなら天も地も捧げておしまいなさい。さあ、時間がない」と神父。

「なんですって！」詩人は驚いた。

「彼女の破滅が近づいている」

「来ているのは救助隊だけですよ」とムスカリは言いはった。

「いいからあんたは向こうへ行って救助隊からエセルさんを守ってあげなさい」と忠告者も譲らなかった。

神父の言葉が終わるか終わらぬうちに、尾根づたいに生えた灌木の茂みが逃げてゆく山賊たちに踏みにじられ、めちゃくちゃになった。負けたのだろう、賊どもは茂みや草むらのなかへ追いこまれていた。騎馬憲兵隊員の、大きなふちのそりあがった帽子が荒らされた茂みの上を通りすぎるのが見えた。またもや号令がかかり、いっせいに馬からおりる音がした。ふちのそりあがった帽子をかぶり、灰色になりかけたナポレオン髭をたくわえた一人の士官が書類を片手にして路上に姿を現わした。ちょうど盗賊のパラダイスの門にあたる、あの頭上に岩の突きでたところである。一瞬、あたりは静まり返ったが、その沈黙をたちまち破って銀行家が叫びだした。「やられた、盗まれた」あえぐようなしゃがれた声だった。

「おとうさんが二千ポンド盗まれたのはもう何時間も前のことじゃないですか」と、息子はたまげた。

「二千ポンドじゃない、小さな瓶なんだよ」なぜか銀行家は急にひどく落ち着きはらって言った。

灰色のナポレオン髭の士官が緑の窪みを横ぎって大股にこちらへやってきた。途中で盗賊の王に出会うと軽く肩をたたき、ひと突きした。盗賊の王はよろめいた。

「こんな芝居を打っていると、ただじゃすまなくなるぞ」

芸術家ムスカリの目には、これが当代きっての無頼漢の捕まる大詰めの場とはどうしても見えなかった。士官はそのまま進んできて、ハロゲイト父子の前までくると立ちどまった。「サミュエル・ハロゲイト、ハル・ハダスフィールド銀行の資金を横領した廉《かど》でここに法律の名において貴殿を逮捕する」

大銀行家は、なんともいいようのない恰好で一つうなずいた。どうやら、なにか考えているように見えたが、いきなりうしろ向きになって一歩を踏みだし、誰も止める間もなく、山の外壁のふちに立った。と見るまに両手を大きく広げ、馬車からとびおりたときのような正確さでとびおりた。だが今度は、おあつらえむきに下で受けとめてくれる小さな牧場はなかった。三千フィート下の谷底で骨は木っ端《こば》みじんに砕けちったのである。

イタリアの憲兵はブラウン神父を相手に流暢《りゅうちょう》にしゃべっているところだったが、その怒りには多少の賞賛が含まれてもいた。「とうとう我々の手から逃《のが》れてしまった。いかにもあいつらしい。まさしくあの男こそ偉大な山賊だったのだ。あいつが打った最後の芝居はまったく空前のものだったと思いますよ。会社の金を横領してイタリアへ逃げこみ、いかさまの山賊を雇って自分を捕えさせたんですからね。まあ、それで金も自分も消えてなくなるという筋書でした。実際、あの身代金要求のビラには警察でも大部分の者がそのとおりに信じこんでしまいましたよ。

しかし、あいつはあんなことをここ数年のあいだにいくつもやってきたんでしょうな。家族の方には気の毒なことでした」

ムスカリは不幸な令嬢を連れ去ろうとしていた。エセルはその後いつまでもそうしたように、しっかりと寄りそっていた。しかし、ムスカリはこの悲劇の破局に際しても微笑をうかべ、弁護してやる余地のないエッツァ・モンタノに向かって、からかい半分の、だが友情のこもった言葉をかけてやるのを忘れなかった。振り返ってこう声をかけたのだ。「お次はどこへ行くんだね」

「バーミンガムへ」と役者は葉巻をくゆらしながら答えた。「小生は未来派でござると言っておいたはずだよ。おれは新しいものを心から信じているんだ。それをおれが信じていないとしたら、おれはなにも信じちゃいないことになる。変化、競争、前の日とはうって変わった新しいものがなければ一日も明けぬという進歩主義、それがおれの信ずるものなのだ。おれは出かけるのさ、マンチェスターへ、リヴァプールへ、リーズへ、ハルへ、ハッダーズフィールドへ、グラスゴーへ、シカゴへ。つまり、啓蒙開化された活動的な社会へなら、どこへでもおれは行く」

「なるほど」とムスカリは言った――「まことの泥棒天国へか」

イルシュ博士の決闘

モーリス・ブラン氏とアルマン・アルマニャック氏の二人が、日のよくあたったシャンゼリゼ通りを横ぎっていた。きびきびとしていながら威厳のある歩き方である。二人は揃って背が低く、活発で、おまけに大胆な男だった。一見つけ鬚《ひげ》のような黒い顎鬚を生やしているところも同じで、これはもとをただせば、本物の毛を鬘《かつら》のように見せてしまう、あの珍妙なフランスの風俗をまねたものなのである。ブラン氏は下唇の下にくっきりとした黒の逆三角形の鬚を生やしていたのに対し、アルマニャック氏は変化をつけるためなのか、顎鬚を二つに分けていた。二本の鬚は四角い顎の両端から突きでるように生えていた。二人は誰もがうんざりするほど頑固な無神論者だったが、どうもその論拠たるやあいまいなもので、しかも両人とも同じ先生の弟子でもあった。科学者であり、国際法学者であり、道徳家でもあるかの大イルシュ博士の弟子だったのである。ブラン氏は、人々がふつう別れのあいさつに使う《アデュー》という言葉（「神に託す」の意）をフランスの全古典から抹殺し、日常の会話で使ったときには罰金を科すべきであるという提案をして有名になった。「この提案がとおれば、たちまちにしてあのありもしない神の名が人類の耳から永久に消えてなくなるだろう」こう氏は説明した。アルマニャック氏のほうは、軍国主義に対する抵抗をその専門としていた。氏は、ラ・マルセイエーズの歌詞の「武器を取れ、市民たちよ」という個所を「すねあてを取れ（身を護れ）、市民たちよ」と書きかえたがっていた。しかし、どうもこの反軍国主義には奇妙なところがあって、いかにもフランス人の思いつきらしかった。かつて有名なイギリスの富豪であるクエーカー教徒が、全地球上からの軍備撤廃運動の相談のために氏に会いにきたことがあったが、そのときこの御仁《ごじん》は、それにはまず兵士たちが自分の上官を射殺しなければならぬと説いて、相手を悩ましたものである。

　この点において、両人は哲学上の指導者であり尊父でもあったイルシュ博士とは意見を異《こと》にしていた。イルシュ博士はフランスに生まれ、フランス教育のすばらしい恩恵に浴してはいたが、気質的にはフランス的ではなく、温和な夢想家で、慈悲深く、無神論的学説をたてているとはいっても、その学説には先験論的なにおいがあった。ひと口で言うと、フランス人であるというよりもドイツ人に近かったのだ。こんな人だったから、あまりにフランス的な二人の弟子はこの師を敬う反面、穏やかな態度で平和を説いている師に対して強い不満を抱いていた。それにもかかわらず、ヨーロッパの津々浦々で結束しつつある両人の仲間にとっては、ポール・イルシュは科学の聖者であった。その偉大にして大胆な宇宙理論は、当人の実生活がやや冷淡かつ道徳的なきらいはあっても――とにかく厳格、潔白なものであることを暗示していた。いわばイルシュは現代のダーウィン、トルストイであった。それでいてアナーキストでもなければ、反愛国主義者でもなかった。博士の軍縮論がおとなしい漸進的なものだったのも不思議はない。フランス共和国の政府は、こういう博士のなしとげた化学上の業績にかなりの信頼を置いていた。フランス政府は注意深く秘密を守っているが、最近、博士は無音火薬を発明したほどなのである。

博士の家はエリゼ宮殿に近い美しい一郭に建っていた。夏の盛りのころ、そこの街路は木の葉が生い茂り、まるで公園のようだった。栗の並木が太陽の光をさえぎっていた。その通りの一個所で大きなカフェが路上に突きでて、並木はそこだけ途ぎれていた。そのだいたい真向かいに問題の大科学者の家が建っていた。白と緑に塗ったブラインドが鮮やかで、二階の窓の前にはこれまた緑に塗った鉄製の張り出しのバルコニーがついていた。このバルコニーの下に入口があって、中庭のようなところに通じていた。そこはタイルと灌木《かんぼく》で華やかに彩られていた。さて、この中庭へ例の二人のフランス人が楽しげに話しながらやってきたのである。

博士の年とった召使いが二人のためにドアを開いた。この老シモンは、博士その人であるといっても通用したかもしれない。きちっと黒の揃いの服を着こみ、眼鏡をかけ、灰色の髪をして、物腰は自信ありげで、それどころか、主人よりも遙かに科学者らしく見えた。主人のイルシュ博士は、胴体をみすぼらしく見せてしまうほど頭部が大きく、二股大根そっくりだった。さて、このシモンは偉大な医者が処方箋を渡すようなもったいぶった手つきで、アルマニヤック氏に一通の手紙を渡した。氏はフランス人特有の性急さで封を切ると、大急ぎで次の文面を読みはじめた。

わたしはあなた方と話をするために階下へ行くことはできません。いま、この家にわたしが会いたくない男が来ているからです。盲目的愛国者の士官で、デュボスクという男です。階段の上に腰をおろしています。わたしの書斎以外の部屋という部屋の家具を全部けちらしてしまいました。それでわたしはあのカフェの正面にあたる自分の書斎に鍵をかけてとじこもっています。もしわたしのことを気にかけてくださるのでしたら、カフェへ行って、外のテーブルのどれかで待っていてください。デュボスクをあなた方のところへさし向けるように致します。あの男と話しあい、質問に答えてやってください。わたし自身はあの男に会えません。会うわけにはいかないのです。会いたくもありません。

ドレフュス事件の二の舞になりそうです。

P・イルシュ

アルマニヤック氏はブラン氏を見た。ブラン氏も手紙を借りて読むと、アルマニヤック氏を見た。それから二人は勇んで、向かい側の栗の木の下の小さなテーブルまで歩いていった。そこで二人は背の高いグラスにつがれた濃緑色のアブサンを取った。どうやらどんなときと場合にでもこの酒を飲めるものと見うけられた。ほかには客はあまりいなかった。一人でテーブルを占めてコーヒーを飲んでいる兵士と、もう一つのテーブルには小さなグラスでシロップを飲んでいる体格のいい男と、なにも飲まずに腰かけている神父がいるだけだった。

モーリス・ブラン氏は咽喉《のど》をうるおしてから言った。「もちろん、どんなことをしても先生を助けなければならないんだが……」

ここまで言って急に黙りこむと、アルマニヤック氏がその先を続けた。「先生が自分で会わないのにはなにか特別な理由があるんだろうが……」

どちらも言うべきことを完全に言いきらないうちに、アーチの下の灌木の茂みが揺れ、二つに割れたかと思うと、話題の招かれざる客が鉄砲玉のようにとびだしてきた。

男はがっしりした体格で、小さなフェルトのチロルハットを斜めにかぶっていた。実際この男には、どこかチロル人のようなところがあった。大きな肩は幅が広く、がっしりしていたが、足のほうは半ズボンにメリヤス編みのストッキングというでたちで、こざっぱりとして活動的だった。鳶色《とびいろ》の目を光らせ、休みなく動かしていた。黒い髪は頭の前のほうでぺったりとなでつけられ、後部を短く刈りこんであったので、頭全体は真四角で頑丈な感じだった。男はまたアメリカ野牛の角のような黒い大きな口髭《くちひげ》をたくわえていた。このような頑丈な頭は雄牛のような首の上についているのがふつうなのだが、この男の首は色のついた大きなスカーフで見えなくなっていた。スカーフで耳の上まで包み、その端を変わり種のベストのように見えるジャケットの奥に突っこんでいた。スカーフは、黒ずんだ赤と鈍い金色と紫という濃く重苦しい色どりで、東洋の製品とおぼしかった。全体的にこの男には野蛮の影があって、フランス士官というよりもハンガリーの田舎紳士といったふうだった。だが、しゃべっているフランス語はあきらかに生まれつきのものだったし、フランスに対するその祖国愛も、こちらが少々ばからしくなるほど激しいものだった。アーチを出てくるなり、まず最初に通りに向かってよく響く声でどなった。「ここにはフランス人はいないのか」メッカでキリスト教徒を呼び求めているような絶望的な声だった。

アルマニヤック氏とブラン氏は、すわとばかりに立ちあがったが、もう遅かった。街角から人々がいち早く駆けつけて、よく街頭で見かける小さな人垣を作っていた。街頭政策に機敏なフランス人の本能で、黒口髭の男はすばやく通りを横ぎるとカフェの一角へやってきて、そこにあったテーブルの一つにとびのると、しっかりと栗の木の枝をつかみ、かつてカミーユ・デムーラン（フランス革命時の煽動家）が樫《かし》の葉を民衆のあいだにまき散らしながら叫んだように、大声をはりあげた。

猛然とまくしたてていわく。「フランス人諸君、おれはなにも言うことができない。だからこそ、こうしてしゃべりまくるのだ。うまくしゃべる技術をおぼえたけがらわしい議員どもは、黙っているのもお手のものなんだ。やつらは、あの向かいの家でちぢこまっているあのスパイのように黙っている。おれがやつの寝室のドアをたたいたときに黙っていたように。こうしておれの声が通りを越えて聞こえているのに、ぶるぶる震えて黙っているようにだ。そうとも、やつらは沈黙も雄弁にやってのけるんだ。政治家め。だからおれたちしゃべれない人間がしゃべりださねばならぬときがいよいよやってきたんだ。諸君はプロシヤ人に裏切られている。こう言っているこの瞬間にも裏切られている。あいつに裏切られているんだ。おれはベルフォールトの砲兵大佐、ジュール・デュボスクという者だ。きのうヴォージュでドイツ人のスパイが捕まった。その男は一通の書類を持っていた。おれのこの手のなかにある書類だ。政治家どもはこれをもみ消そうとした。だが、おれはこれを書いたやつに直接たたきつけてやった。あの家にいるやつがそれだ。あいつの筆跡だし、あいつの頭文字がサインしてある。新しい無音火薬の秘密のありかを教える覚え書きなんだ。イルシュは無音火薬の発明者だ。その同じイルシュが無音火薬についてこの覚え書きを書いた。しかも、これはドイツ語で書いてあって、ドイツ人のポケットから出てきたんだ。《かの男に知らせてくれ——火薬の分子式は赤インクで書いて、陸軍省大臣室のデスクの左側のいちばん上の引き出しのなかの灰色の封筒にいれてある。慎重にやってもらおう。P・H》これがその文面だ」

士官は速射砲のようにぽんぽんとしゃべりまくった。この様子では、狂人なのか、そうでないとしたら、真実をしゃべっているのか、どちらかにちがいなかった。群衆の大部分は国粋主義者だったので、早くもただならぬ叫び声をあげていた。アルマニヤック氏やブラン氏を始めとする少数のインテリたちの抗弁も、大多数の群衆をかえって闘争的にするだけだった。

「もしこれが軍の機密ならどうしてきみはそれを街頭などでしゃべっているんだね」ブラン氏が尋ねた。

「そうしなきゃならないわけを教えてやろう。おれは率直な礼儀正しいやり方であいつを訪ねたんだ。なにか弁解でもあるならそっと弁解できるようにな。ところが、やつは説明を拒絶した。そしてカフェの前にいる召使いのように卑《いや》しい二人の見知らぬ男におれをまかせようという魂胆だ。そうやっておれはほうりだされた。だが、今度はパリの民衆をうしろに従えて、あの家へ押しいってやる」デュボスクはどよめく群衆の頭上でわめきたてた。

どよめきは、通りに面した家々の正面をゆるがすほどだった。二つの石がとび、その一つはバルコニーの上の窓にあたり、ガラスを壊した。激昂《げきこう》した大佐がもう一度アーチの下へとびこんだかと思うと、その家の奥から、わめきちらし、口を極めてののしっている大声が聞こえてきた。一瞬また一瞬、人の海はみるみる広がり、大波のようにうねって売国奴の家の欄干《らんかん》や戸口の階段へ押しよせた。バスティーユの牢獄が民衆によって破壊されたように、この家も同じように破壊されようとする寸前にあった。するとそのとき、壊れたフランス窓が開きイルシュ博士がバルコニーに現われた。と、たちまち群衆の激怒はなかば笑いに変わった。博士はこのような場面にはふさわしくない、おかしな恰好をしていたのである。ひょろ長い、むきだしの首といい、たれさがったなで肩といい、まさしくシャンパンの瓶の形だった。もっとも、博士の容姿でお祭り気分的なところは、ここだけである。博士のコートは、帽子掛けにひっかけでもしたようにしまりがなく、頭にはにんじんのような色の、長い髪が雑草のように生えていた。口からずっと離れて、頬から顎にかけて顎鬚がその一帯を縁どっていた。見るからにいらいらしてくるいやな鬚である。博士は青ざめた顔に青色の眼鏡をかけていた。

顔面こそ蒼白《そうはく》だったが、断固たる決意を示して話しだしたので、二言三言しゃべると暴徒たちは静まった。

「……いまみなさんに言うべきことは二つしかない。第一は、わたしの敵に対する言い分、第二はわたしの友人諸君に向ける言葉であります。まず敵に対して――わたしがデュボスク君に会おうとしなかったのは事実です。いまもあの人はこの部屋の外であばれています。また、わたしが二人の方にあの人と会うように頼んだのも事実です。さあ、その理由をお聞かせしましょう。わたしはあの人に会いたくないし、会ってはならないのです。もしそうしたら権威と名誉に反するからです。わたしは法廷に出て裁判に勝ち、身の潔白を明かすつもりですが、その前にこの紳士は決闘で解決をつけるという紳士としての義務をわたしに負っているのです。わたしはこの紳士をわたしの介添人に紹介するにあたって、厳格に……」

アルマニヤック氏とブラン氏はひきちぎれよとばかりに帽子を振っていた。博士の敵方さえこの予期せぬ挑戦に拍手を送ってどよめいた。ふたたび博士のしゃべる声が二言、三言――いったんこの騒ぎでかき消されたが、やがてこう言っているのが聞こえた。「友人諸君、わたし自身はどんなときでも純粋に知的な武器、説得を選ぶべきだと思いますし、進歩した人類はやがてそうするようになるでありましょう。しかし、我々自身にとってもっとも貴重な真理は、物質というもの、そして遺伝というものの根本的な力です。わたしの著書は評判がよろしい。わたしの理論には反論の余地がありません。しかし、こと政治の問題になりますと、多くのフランス人が抱いているほとんど生理的な一つの偏見にわたしは悩まされているのです。わたしはクレマンソーやデルレードのようには演説ができません。ああいう人たちの言葉はピストルの銃声のようにこだまするのですが、わたしはそうはいかない。フランス人というものは、ちょうどイギリス人がスポーツマンを要求するように、決闘者を要求するものです。よろしい、わたしは身のあかしを立てましょう。みなさんの気のすむように野蛮な決闘をしましょう。そののちは、また理性的な生活にかえって一生をすごしましょう」

ただちに群衆のなかから二人の男が進みでて、デュボスク大佐の介添役を申しでた。デュボスク大佐もやがて家から現われて、この成り行きに満足した。一人は先刻カフェでコーヒーを飲んでいた兵士だったが、いともあっさりと「あなたの介添をしましょう、ヴァローニュ公爵です」と名のりでた。もう一人は、これも最前カフェにいた体格のよい男だった。連れの神父はそれを思いとどまらせようと説得していたが、やがて自分一人で歩み去ってしまった。

その日の暮れ方、カフェ・シャンパーニュの奥では、軽い夕食が早くも始まっていた。ここにはガラスばりの屋根も、金色の漆喰《しっくい》の屋根もなく、木の葉が微妙にいり乱れて織りなす天然の屋根のもとに客の大半はいた。装飾用の木がテーブルのまわりやテーブルとテーブルのあいだにぎっしりと立ち並び、あたりに漂うほのかなまばゆさは、ちょうど小さな果樹園に入ったときのようだった。まんなかどころのテーブルにえらく寸づまりの小柄の神父が一人きりで腰かけていた。まじめそのものの態度で、しかもなにやら楽しげに、ひと盛りの白魚を熱心に食べていた。神父の日常生活はたいそう簡素なものだったので、急に珍しいごちそうにあって、ことさらおいしく味わっているようだった。節制する美食家といったらよいだろう。背の高い人影がテーブルの上に落ちて、友人のフランボウが反対側の席につくまで、神父は顔もあげずに食べていた。皿のまわりにはこしょう、レモン、褐色のバターつきパンなどが整然と並んでいた。フランボウは憂鬱《ゆううつ》そうだった。

「どうもこの事件から手を引かなきゃならんようだ」とフランボウは重々しく話しだした。「ぼくは本来ならデュボスクのようなフランス兵士の味方で、イルシュ博士みたいな無神論者にはどこまでも反対なんですが、どうも今度の場合はぼくらの側がまちがっていたような気がするんです。公爵とわたしはあの男の非難を一応調べてみたほうがよいと考えたんですが、ほんとに調査してよかったと言わざるをえないんです」

「例の書類は偽造だったというのかね」と神父が尋ねた。

「それが奇妙なんですよ。どう見てもイルシュが書いたものとしか思えないんですよ。誰一人として《これはイルシュ博士の筆跡じゃない》と指摘できるものはいないんですからね。しかし、絶対にこれはイルシュ博士が書いたものじゃないんです。イルシュ博士がフランスの愛国者であるのなら、こんなものは書きゃしないはずです。そんなことをしたら、ドイツに情報を与えることになりますからね。仮に博士がドイツのスパイだったとしても、あの人がこれを書いたはずはない。あれじゃ、ドイツ側に情報を伝えられっこありませんからね」とフランボウは説明した。

「そこに書かれた情報がまちがっているというのかね」とブラウン神父は尋ねた。

「そうなんです」と相手は答えた。「自分で作った秘密の分子式の隠し場所についてなんですから、もしイルシュ博士が書いたものなら絶対にまちがいっこないのに、それが完全にまちがっているんですからね。イルシュ博士と当局の好意によって、公爵とわたしは実際に、イルシュ博士の分子式をいれてある陸軍省の秘密の引き出しを調べさせてもらったんです。ですから、我々は、発明者自身と陸軍大臣を除けば、その分子式を見た唯一の人間なんですよ。大臣は決闘からイルシュ博士を救うためにあえて我々に許可したわけです。とにかく、こうしてデュボスクの告発が嘘っぱちだとわかったからには、我々はデュボスクを援助するわけにはいかないですよ」

「それで？」とブラウン神父。

「つまりですね、ほんとうの隠し場所などまったく知らないやつのつまらない偽造だったわけですよ。例の書類には、大臣のデスクの左側の引き出しだと書いてあるんですが、ところが、秘密の引き出しはデスクの右寄りのところにあるんですよ。灰色の封筒に赤インクで書いた細長い紙片が入っていると書いてあるんですが、実際は赤じゃないんですよ。イルシュ博士が自分だけしか知らない紙片について勘ちがいをして、外国人のスパイにまちがった引き出しをひっかきまわさせるなんて、まったくナンセンスですからね。我々はこの事件から手を引いて、あのにんじん頭の老人にあやまらなきゃならないと思ってるんです」フランボウはすっかり沈んでいた。

ブラウン神父は考えこんでいるようだったが、フォークに小さな白魚をさしてもちあげると――「それでほんとうに灰色の封筒は右側の引き出しにあったというんだね」と尋ねた。

「たしかです。灰色の封筒は――いやそれは白い封筒でしたが……」

ブラウン神父はフォークと小さな白魚を手から落とし、驚いて連れを見つめた。「なんだって」声音《こわね》まで変わっている。

「なんのことです、それは？」とフランボウは熱心に食べながら言った。

「灰色じゃないんだって、フランボウ。これは驚きいった」と神父。

「神父さん、いったいなにを驚いているんです？」

「白い封筒とはね」神父は真剣に答えた。「灰色であってくれさえすればよかったのに。ああ、灰色であってくれたならばなあ。ところが、白ときた、この事件はまったく黒だ。結局、博士はなにかとんでもない悪さをしていたのだ」

「でも、あんな手紙を博士が書くはずはないとお話ししたばかりじゃありませんか」とフランボウは叫んだ。「あの手紙は事実とまったく違ってるんです。博士は、無実にしろ、そうでないにしろ、事実を全部知っていたんですよ」

「あの手紙を書いた男はなにもかも知っていたのだ」神父は落ち着きはらって答えた。「知らなきゃ、そんなに完全にまちがえられるはずがない。あらゆる点でまちがえようとするには、怖ろしく多くのことを知っていなければならんのだ。悪魔がそうだろうに」

「なにをあなたは……」

「嘘ばっかり言っている人間だって、たまにはほんとうのことも言う。たとえばあんたが、緑色の家で、青いブラインドがあって、前庭はあるけれども裏庭がなく、犬は飼っていても猫は飼ってなく、コーヒーは飲むが紅茶は飲まない——そんな家をさがしてこいと言われたとする。それで、そういう家がどうしても見つからなかったら、あんたはその家の話が全部でたらめであると言いはるだろう。だが、わたしだったらそうは言わない。青色の家で、緑のブラインドがあって、裏庭はあるが前庭はなく、猫はいつも飼っているが、犬はすぐ射殺されてしまい、紅茶はいやというほど飲むが、コーヒーは禁止しているような家を見つけたとする。そうすれば、あんたtéž それが自分のさがしていた家だということに気がつくだろう。こんなに正確にまちがうためには、その一軒の家を知りつくしている必要があるだろうに」と神父は看破した。

「しかし、そう言ったところでどうにもならないじゃありませんか」夕食の相手は物問いたげだった。

「それが想像もつかないのだよ。わたしにはこのイルシュ博士の事件はまったくわからない。せいぜい右側の引き出しの代わりに左側の引き出しと書き、黒インクでというところを赤インクでと書く程度のまちがいなら、わたしもおまえさんが言うように、たまたま偽造者が大まちがいをしでかしたんだと考えるところなんだが、三というのは神秘的な数だ。三という数は物事の結末をつける数だ。この場合もそうだ。引き出しの方角、インクの色、封筒の色、そのどれ一つも正しくないということは偶然だろうか。偶然の一致だなどということがありうるだろうか。そうではあるまい」とブラウン神父は説明を続けた。

「それじゃいったいどういう罪名になるんです、反逆罪ですか」フランボウはふたたび夕食に取りかかりながら尋ねた。

「さあ、どうだかわからない」ブラウン神父は困惑したようなぼんやりした面持ちで答えた。「わたしに考えられることはただ……そう、あのドレフュス事件はわたしにもさっぱりわからなかった。だいたいわたしは、道徳的な証拠をほかのどんな証拠よりも楽につかめたのだ。人の目つきや声音でわたしが判断するのをおまえさんは知っているね。この人の家族は幸福そうか、この人はどんなことを選び、どんなことを避けるか――そういったことを判断の材料にする。ところが、あのドレフュス事件ではすっかり悩まされた。両派に帰せられた罪の怖ろしさからではない。むろん——こんなことを言うのは近代的でないが——どんな高い身分の人でも、人間の本性のうちにはいまだにチェンチやボルジア（ともにルネッサンス期の富豪で一家内の殺人で名高い）になる可能性がひそんでいることをわたしは知らないわけじゃない。しかし、わたしを悩ませたのは、両派のまじめさだったんだ。政治的な党派のことを言ってるんじゃない。党派を作っている連中は劇場の観客みたいなもんで、簡単に信じては、すぐにだまされてしまうものさ。わたしが言いたいのは劇の主要人物のことだ。もしその人物が共謀者なら共謀者のことだし、その人物が裏切者なら裏切者のことだ。とにかく事実を知っているにちがいない男のことを言っているんだ。さて、ドレフュスは自分が非道な扱いを受けていることを知っている人間のごとくにふるまった。しかし、フランスの政治家や軍人たちは逆に、ドレフュスが非道に扱われているどころか、まさにほんとうの悪人であることを知っているかのごとくにふるまった。なにもわたしは政治家や軍人たちのほうが正しかったと言っているんじゃない。ただその連中が確信ありげにふるまっていたと言いたいのだよ。こういうことはどうも話しづらい。ともかく自分が言おうとしていることは心のなかでわかっているんだが」

「ぼくにもわかるといいんだが」と神父の友人は残念がった。「それがあのイルシュ老博士となにか関係があるんですか」

神父は話を続けた。「たとえば責任ある地位の男が、最初はまちがった情報を敵に流していたとする。その際男は、自分はまちがった方向へ敵を導いているのだから、自国を救ってるのだとさえ考える。ところが、しだいにスパイ活動にひきずりこまれ、ちょっとした借りもでき、義理も生じてくると、男は外国のスパイに直接ほんとうのことは知らせないが、だんだんそれを当てさせるように仕向けてゆくという複雑な方法で、なんとか自分の矛盾《むじゅん》した立場を維持してゆく――とそういうふうに考えられないだろうか。まだいくらかは残っている良心が胸のなかでこうささやくことだろう――《わたしは敵を助けちゃいない。左の引き出しだと言ったんだからな》だが、その心は同時にこうもささやいているのだ――《左と言ったって、右のことを言ってるんだぐらいはわかるだろうとも》とね。人知の進んだ時代のことだから、こういう心理だってありそうなことだ」

「それは心理学的にはありうることでしょう。そう考えれば、たしかにドレフュス自身は無罪だと信じ、裁判官は裁判官でドレフュスの有罪を確信していた理由の説明はつきます。でも、それだって歴史的にはっきりさせたことにはなりませんね。だってドレフュスの書類――もしあれが本当にドレフュスの書類だったとしての話ですが――それは正確な事実を書いたものでしたからね」とフランボウは応酬した。

「ドレフュスのことを考えていたんじゃない」とブラウン神父。

あたりのテーブルからはすでに人影が消え、静けさが二人を包んでいた。夕べの光はまだここかしこに照りはえ、木立ちのあいだに取り残されてしまったかのようにたゆたっていた。しかし、もう一日は暮れかけていた。急にフランボウは椅子を動かした。静けさのなかでただ一つの物音がこだました。フランボウは言った――「もしも」やや荒々しい声だった。「もしもイルシュ博士がほんとうに臆病な裏切者だったら……」

「ああいうお人にあんまりきびしくしないほうがいい。こういう罪は、すこしも本人のせいじゃないのだよ。あのような人は生まれつき拒絶するという能力に欠けているのだ。女が男からダンスを申しこまれて断わったり、男が投機に手を出すのを断わったりするような能力がもともとないのだよ。ああいう人はなにごとも程度の問題だと教えられてきたんだから」とブラウン神父は穏やかにさとした。

「いずれにしても、イルシュ博士はわたしが介添する決闘者とは較べものになりませんよ。わたしはやりとおします。デュボスクは、ちょっと頭はおかしいかもしれませんが、とにかく愛国者ですからね」フランボウはもう一刻も待てないと言いたげだった。

ブラウン神父は白魚を食べるのをやめなかった。

神父はそうしながらもどこかぼんやりしていたので、フランボウは黒くて鋭い目をあらためて神父に向け、しげしげと見やり、「どうかしたんですか、神父」と尋ねた。「デュボスクはあれで正しいんですよ。神父さんはデュボスクを疑ってるんですか」

ちびの神父はすっかり嫌気がさしたというようにナイフとフォークを下へ置くと、こう言った。「なあ、フランボウ、わたしはすべてのことを疑っている。きょう起きたことのすべてをだ。自分が目《ま》のあたりにしたことなのだけれど、わたしは、あの事件のいっさいを疑わしく思う。まさしくこの自分の目で見てきた光景がなにからなにまで信じられないんだ。どうやら、この事件にはありふれた刑事事件とまったく違ったところがある。ふつうの事件では、いっぽうの側が多少でも嘘をつけば、反対側はその分だけほんとうのことを言っていることになるのだが、これはそうじゃない。さて、さっきわたしは、これなら誰かに認めてもらえるかもしれないと思われるたった一つの仮説をお話ししたが、あれはどうも自分にも満足できない説明だ」

「ぼくも承服できませんよ」とフランボウは顔をしかめた。相手の神父は、すっかりさじを投げた恰好で魚を食べていた。「つまるところ、事実の反対を並べたててその事実を通報するというその手、たしかにそれは抜け目がないと言えます。けれどもそれは……ええと、神父さん、なんと言ったらいいんでしょう」

「いかにも幼稚だと言いたいね」と即座に神父。「こんな幼稚な手はほかにないくらいだ。これが、この事件全体のおかしなところなのだよ。ああいう嘘のつき方はまるで小学生じゃないか。解釈は三通り成りたつ。デュボスクの主張と、イルシュの言明と、それにわたしの解釈だ。あの通信文は、フランスの一官吏を失脚させるために書いたものか、それとも、同じ官吏がそのドイツの軍人を混乱させるために書いたものなのか、三つに一つだ。さてそこで、こういう官吏だとか軍人とかいった連中がとりかわす秘密の手紙となれば、もっと手のこんだものにちがいないと思うのが常識だ。暗号とまではいかなくても、略語ぐらいは使うはずだ。すくなくとも、科学的な、極めて専門的な術語を使うことはたしかだろう。ところが、この手紙ときたら、ことさら簡単明瞭で、安物の怪奇小説に出てくる《紫色の洞窟に金の小箱がある》というような文句と変わりない。どうもこれは……つまり、わざと一読して見破られるように書いてあるとしか思えないな」

　このとき、フランスの軍服を着た背の低い男が風のようにテーブルに近づき、二人がそれと気づかぬうちに早くも腰をおろしていた。

「大ニュースですよ」とヴァローニュ公爵は言った。「いま大佐のところへ行ったんですが、大佐は国を離れるというので荷造りをしています。決闘場へ行って謝罪をしておいてくれとのことです」

「なに！」とフランボウは叫んだ。これほど信じがたいことがありうるだろうか。「謝罪をしてくれって」

「ええ」と公爵は不機嫌に言った──「まさしく決闘の現場で決闘の時刻に、居並ぶ人たちの面前で、いざ剣が抜かれようとするときに、わたしたちは頭をさげてあやまらなくちゃならんのです。そのころには、ご本人は国の外へ逃《のが》れているでしょう」

「いったいどうしたんだ?」とフランボウはわめいた。「小男のイルシュに怖れをなすなんて、そんなことはありえない。えい、いまいましい」こういうのを理性的な激怒という。「イルシュを怖がるなんて、そんなやつは一人もいないはずだ」

「なにか企《たくら》みごとでしょう」とヴァローニュはかみつくように言った。「ユダヤ人とフリーメイソンの陰謀といったとこですよ。イルシュの名声を高めようという……」

　ブラウン神父の顔つきは、いかにもありふれたものだったが、妙な満足感にあふれていた。それは、むろん認識の光で輝くこともあったが、無知であるときにもよく輝いた。だが、いつの場合にも必ず、そのおろかな無知のマスクが落ちて、そのあとにぴたりと賢人のマスクがつけられる一瞬があった。ところでいま、この神父をよく知っている友人のフランボウは、神父が一瞬にしてなにかを悟ったのだということを直感した。ブラウン神父はなにも言わず、魚の料理をたいらげた。

「大佐に最後にお会いになったのはどこですか」とフランボウは苛立たしげに訊いた。

「エリゼ宮殿のそばのサン・ルイ・ホテルです。さっき車でいっしょに行ったあそこですよ。そこで荷造りをしているんですよ」

「まだいるだろうか」とフランボウはテーブルをにらみつけて言った。

「まだ出かけられやしませんよ」と公爵。「なにしろ長い旅へ出かけようという……」

「ちがう」とブラウン神父はあっさり言ってのけると、いきなり立ちあがった。「長いんじゃない、短いんだ、その旅は。なによりも短い旅だといってよいでしょうな。しかし、自動車で行けば、まだつかまえられるかもしれない」

それきりブラウン神父の口からなにも聞きだせないでいるうちに、タクシーは早くもサン・ルイ・ホテルの角を曲がっていた。車からおりると一行は、ブラウン氏を先頭に細い路地を進んだ。宵闇がたれこめて影が深まっているところだった。途中で一度だけ、公爵がどうにも我慢しきれなくなってイルシュに反逆の罪があるのかどうかと質問すると、神父はやや上の空でこう答えたものである――「いいや、野心があるきりだ、シーザーのようにな」そう言ってから神父は、どうも見当違いなことをつけ加えた――「あれはたいへん寂しい暮らしをしている人だ。なにもかも自分でやらなくちゃならん」

「野心家だとしたら、今頃はさだめし満足しているだろうな」とフランボウはいくらか口惜しそうに言った。「あの大佐めがしっぽを巻いて逃げだしたんだから、パリが全市をあげて博士に喝采を送るだろうよ」

「声が高い！」とブラウン神父は低声で言った。「その大佐めがすぐ前にいらっしゃる」

ほかの二人はぎくりとして壁のかげにちぢこまった。なるほど、決闘をずらかった男のたくましい姿が薄くらがりのなかをよたよたと歩いてゆくのが目の前に見えた。両手に一つずつ鞄をぶらさげている。見たところは、初めてこの男に会ったときとだいたい同じ恰好だったが、ただ、登山者がはく派手なニッカーボッカーがありきたりのズボンに替わっているところが違っていた。早くもホテルをひきはらって逃げだしたのだ。

三人がそのあとを追っていった小路は、誰でもときどき出くわすあの世界の裏側のようなところで、舞台装置を裏側から眺めているような按配だった。いっぽうの側には、何色ともつかぬ塀がどこまでも続いていて、そのところどころによごれて色のくすんだ戸口があったが、どれも固く閉ざされていて、通りすがりの腕白《わんぱく》小僧が落書きしたチョークの絵のほかは、どれも変わりばえがしなかった。塀の上から時折、木のこずえがのぞいていたが、その大半は、かえって気がめいるような常緑樹だった。こずえの向こうには、灰と紫の薄明かりのなかにパリ式の家々がその高い背をこちらに向けて段状に並んでいるのが見えた。実際には、わりあい近くに建っていたのだが、うしろ側から見るせいか、大理石の山脈のように近づきがたいものに思われた。この小路の反対の側には、薄闇に包まれた公園の、金色をした高めの手摺《てすり》が続いていた。

フランボウはなにやら不気味そうにあたりを見まわし、「これはこれは」とつぶやいた――「このあたりにはなにやら……」

「しまった」と叫んだのは公爵だった。「あいつが見えなくなった。ふっと消えちまったんだ。妖精じゃあるまいに」

「鍵をおもちですからな」と神父は説明した。「いずれかの庭のなかへお入りになっただけのこと」という言葉がまだ終わりきらないうちに、くすんだ木の戸の一つが前方でがたんと閉まる音がした。

フランボウは、自分の面前でぴしゃりと閉められたも同然のこの木戸めがけて大股で歩みよると、しばらくその前に立って黒い口髭をかんでいた。よほど好奇心を動かされたものと見える。そのうちに、急に両手を差しあげたかと思うと、鉄棒の蹴あがりよろしくからだをひと振りして、あっというまに塀の上に立っていた。紫色の空を背景に、その巨体は黒々とした立木のこずえのように見えた。

公爵は神父を振り返った。「デュボスクの逃走は思ったより念がいってますね」と公爵は言った。「結局はフランスから逃げだすつもりなんでしょう」

「ありとあらゆるところから姿を消しちまおうとしているんでしょうよ」とブラウン神父。

ヴァローニュの目が輝いた――が、声は沈んでいった。「自殺しようというんですか」

「死体も見つからんでしょうな」と神父は答えた。

そのとき、塀の上からフランボウが呼ばわった。「なんてことだ」とフランス語でぼやいている――「ここがどこだかわかったよ。イルシュのじいさんの住んでいる一郭の裏側じゃないか。うしろ姿を見れば誰だかわかるんだから、建物の裏側だって見当がつくものとばっかり思っていた」

「で、そのなかへデュボスクが入っていったのか」と叫んで公爵は唇をかみしめた。「じゃ、結局あの二人は相まみえるんじゃないか」こう言うと公爵は、いきなりフランス人特有の快活さを示して塀にのぼり、フランボウの横に腰かけて、興奮した子供のように足をばたつかせた。神父は一人残って、決闘の檜舞台に背を向けて壁にもたれたまま、思いに沈み、正面の公園の尖った鉄柵や、薄明かりにちらつく木々を眺めていた。

公爵のほうは、どれほど興奮しても貴族の本能は失わなかったので、屋敷を探るよりも見張りを続けるほうを好んだ。ところがフランボウとなると、盗人《ぬすっと》（および探偵）の本能を宿していたものだから、早くも塀から身を躍らせて樹の股にとびうつり、そこからそろそろと枝を伝わって、この見あげるように高い、暗い家でそれ一つだけから灯のもれでている窓の近くに這いよろうとした。窓には赤いカーテンが引いてあったが、ぴったり寄せていなかったので、片隅にすきまができていた。フランボウは、あまり頼もしくない中枝から首をのばすと、煌々《こうこう》と光のともったその豪華なベッドルームをデュボスク大佐が歩きまわっているのを目におさめた。フランボウの位置は、ずいぶん家に近かったが、それでも、塀のあたりで仲間がしゃべっている声が聞きとれた。そこでフランボウは、さっきヴァローニュ公爵の言った言葉をそのまま使って、低い声で二人に言った。

「いよいよ二人は相まみえるぞ」

「永久に相まみえやせん」とブラウン神父が言った。「こんな事件では決闘者は相まみえてはならぬとイルシュは言いましたが、それはほんとうですな。ヘンリー・ジェイムズの書いた妙な心理小説をお読みになったことはありませんか。二人の人がいて、それがいつも偶然の障害から会いそこねている。それが続いているうちに、二人はお互いに怖れを抱くようになり、この会えないことは宿命なのだと思うにいたる——そういった筋だ。今度の事件は、この小説に似ているが、それよりももっと奇妙だな」

「そんな病的な妄想で悩んでいる人間をなおしてやる医者がパリにはいますよ。あの二人は、もしぼくらが縄をつけてひっぱってきて戦わせれば、いやでも顔を合わせるわけだ」とヴァローニュはくいさがった。

「いや、いや、最後の審判の日まで会うことはありますまい」と神父は言った。「全知全能の神が決闘場で采配をふるおうとも、聖ミカエルが合図のトランペットを吹きならして、いざ剣をまじえよと命じようとも、断じて、二人が顔を合わせることはありますまい——片方はそりゃ現われるかもしれないがね」

「そんな神秘めかしたことを言って、いったいそれはどんな意味があるんです」とヴァローニュ公爵はもどかしそうに言った。「どうしてあの二人だけがふつうの人たちとちがって互いに会うことがないというんですか」

「あの二人は、互いに相手の正反対なんですよ」とブラウン神父は妙な微笑をうかべて言った。「互いに否定しあっているんです。相殺《そうさい》しているといってもよろしい」

神父は、反対側の黒ずんでゆく立木をまだ見つづけていたが、ヴァローニュは、フランボウのあげる、声をおしころした叫びを聞いて急に頭をそちらに向けた。明るい部屋をのぞきこんでいた偵察員フランボウは、そのとき、大佐が上着を脱ぐのを見たのだった。そこで最初に考えたのは、この調子ではますますもって決闘にまちがいなしだということだったが、この考えはすぐに訂正を余儀なくされた。デュボスクの胸や肩のへんがしっかりしていて四角ばっていたのは、なんのことはない、大量の詰めもののおかげで、それがいま、上着を脱ぐのといっしょに落ちてきたのである。シャツとズボンだけになったところを見ると、大佐はむしろ、すらりとした紳士だった。そのままの恰好で彼は寝室を横ぎって浴室へ行ったが、それとて、別に血で血を洗うためではなく、自分で自分の顔を洗うためだった。大佐は洗面台にかがみこんでから、水のしたたる手と顔をタオルでぬぐうと、また戻ってきた。強い光がまともにさしたその顔を見ると、あの肌の褐色が消え、黒い口髭もなくなっていた。すっかり髭をそったその顔はとても青白かった。大佐の面影が残っているのは、その明るい鳶色の目だけだった。いっぽう、あの塀の下では、ブラウン神父が深く思いに沈んだ様子で語りつづけていた。独りごとでもつぶやいているようなしゃべり方だった。

「これは、前にわたくしがフランボウに言ったことによく似ている。この互いに相反する二つの存在は、どうもよろしくない。二人ではまずいんだ。二人は戦いもしない。黒のかわりに白といい、液体のかわりに固体といい、左には右という——そんな具合にどこまでも続けていったら……これはどうしても変だ、なにかが狂っているにちがいない。あの二人のうちの一人は金髪で、相手は黒い髪をしている。一人はがっしりした体格で、相手はすんなりしている。いっぽうは強く、他方は弱い。いっぽうには顎鬚はなく、そのかわりに口髭で口もとを隠している。他方には口髭はないが、顎鬚が生えていて顎が隠れている。いっぽうは頭の毛を刈りこみ、首はスカーフで蔽《おお》い隠しているのに対し、他方は低いカラーをつけて首をはだけ、そのかわりに髪を長くして頭の恰好を隠している。どうです、これじゃあんまりうますぎると思いませんか、公爵。どこかが狂っているのです。これほどまでに反対ずくめのものは、けっして衝突することのできぬものなのです。いっぽうが突きでているところは、他方ではひっこんでいる。顔と仮面、鍵穴と鍵……」

フランボウはじっと家のなかをのぞいていた。顔がまるで紙のようにまっ白だった。その部屋にいる男は、フランボウのほうに背を向けて姿見の前に立っていたが、その顔のまわりにはすでにぼさぼさの赤毛が取りつけられ、それが頭からたれさがり、顎のまわりにまとわりついていた。あの、人をせせら笑っているような口もとが、今度はあらわになっていた。その白い顔のこうして鏡に映ったところは、地獄の荒れ狂う炎でかこまれて、怖ろしい笑い声をたてているユダの顔そっくりだった。一瞬、フランボウは男の狂的な赤茶色の目が躍るのを見たが、たちまちそれは眼鏡でさえぎられてしまった。ゆったりとした黒のコートを無造作に着ると、そのまま男は家の表側のほうへ消えていった。ほどなくして、どよめく群衆の歓声が反対側の大路から響きわたった。イルシュ博士がふたたびバルコニーに現われたのである。

通路の人影

ロンドン市アデルファイのアポロ劇場の横を走る一種の通路の両端に、二人の男が同時に現われた。街路には夕暮れの陽光が豊かに輝いて、うつろな乳白色《オパール》をただよわせていた。通路はわりあい細長く薄暗かったので、二人の男には、通路の向こう端の相手が影絵のように黒くうかびあがって見えるきりだった。しかし、このまっ黒な輪郭だけでも、相手が誰であるかがわかった。二人とも際立った風采の男で、しかも憎みあっている間柄だったから無理もない。

この屋根のある通路の一端は、アデルファイ特有の急な坂道の一つに面し、他端は、日暮れどきの色彩に染まったテムズ河を見晴らすテラスに通じていた。通路の片側はのっぺりした壁だった。この壁が支えている建物は、繁盛しなかった劇場食堂が占めていたのであるが、いまは閉鎖されていた。その反対側には、両端に一つずつ計二つの戸口があった。どちらも、いわゆる楽屋口とは違って、極めて特別の出演者が使う特別な私用の楽屋口で、いまのところは、当日のシェイクスピア劇に出演する名男優と名女優とが使っているものであった。人間もこれほど有名になると、友人に会ったり、あるいは友人をまいたりするために、こういう専用の出入口をほしがることが多いのである。

さて、問題の二人の男もこの種の友人であることにまちがいはなく、この出入口を知っており、しかも、それを開けてもらえると信じている連中に相違ない。なんとなれば、二人は同じような冷静さで自信ありげに上手《かみて》の扉に近づいたからだ。歩く速度は一様ではなかったが、このトンネル状の通路の遠い端から入ってきたのが急ぎ足のほうの男だったため、めざす秘密の楽屋口には、二人がほとんど同時につく形となった。そこで互いに丁重なお辞儀をかわし、一瞬その場に立ちどまっていたが、どうやら相手よりも気短らしい、急ぎ足のほうの男が扉をノックをした。

この動作にせよ、他のいかなる点においてにせよ、二人は正反対であり、しかもどちらが劣っているとも決めかねるのだった。私人としては、二人とも好男子で、有能であり、人気者であった。公人としても、どちらとも第一流の地歩を占めている。ところが、各自の特徴となると、その赫々《かくかく》たる功績から見事な容貌に至るまで、なにからなにまで異種で比較しようがなかった。ウイルソン・セイモア卿は、いやしくも常識ある者なら誰もが知っているといった類《たぐい》の重要人物だった。いかなる政治界にせよ、知的職業界にせよ、そのもっとも奥深いグループと交われば交わるほど、ますますウイルソン・セイモア卿と顔を合わせる機会が多くなるというわけだ。卿は二十にものぼる能なし委員会に席をもつ唯一の頭脳明晰な人物であり、その委員会たるや、王立美術院改革委員会から、さては大英帝国金銀両本位制度計画委員会に至るまで、あらゆる種類を包含しており、とりわけ、美術に関しては全能の存在であった。あまりにも独特無比な存在だったため、はたして卿は美術を取りあげた大貴族なのか、それとも、貴族に取りあげられた大美術家なのか、誰にもわからぬ有様だった。しかし、卿と五分も顔をつきあわせていると、誰もが、自分はこの男に一生のあいだ支配されてきたのだと感ぜずにはいられないくらいだった。

卿の風采も、まさしくこれと同じ意味で《傑出》したものだった。慣習に従っていながら、しかも独特なのである。その高いシルクハットを見ても、流行上一点の非難すべき余地もない。それでいて、他人の帽子とは趣《おもむき》きを異《こと》にしている――たぶんすこし高めであり、それが、この人本来の貫禄にいくらか重みを加えているのだろう。背の高いすらりとしたからだは、いくぶんかがみがちだったが、虚弱とは見えず、むしろその反対だった。頭髪は銀白色だったが、けっしてふけて見えず、丈《たけ》もふつうより長めであるが、それでも女っぽくないのである。うねっている毛のくせに、カールしたようには見えない。丹念に先を尖らせた顎鬚《あごひげ》によって、容貌はかえって男らしさを増し、戦闘的でさえあり、自宅の壁にかかっているヴェラスケス作の老提督たちの暗い肖像画そっくりだった。はめている灰色の手袋にしろ、劇場やレストランでよくお目にかかる無数の手袋よりもやや青味が濃く、銀の柄《つか》がついたステッキにしても、ふつう振りまわされているものよりいくぶん長めだった。

もう一人の男は、背はそれほど高くなかったが、誰の目にも小男とは見えず、頑健な美男といったところだった。頭髪はやはりうねってはいたが、金髪であり、たくましくどっしりとした頭に短く刈ってある。この頭は、チョーサーがあの粉屋の頭について述べたと同様、扉をたたき割るのに適した石頭である。その軍人風の口髭《くちひげ》と、肩のいからせ方からして、この男が軍人であるのは明らかだったが、淡々として相手を射抜くような独特の青い目は、むしろ船乗りによくある目だった。顔はやや四角ばり、顎も四角ばり、肩も角ばっていて、上着まで四角ばっていた。当時もてはやされていた奔放《ほんぽう》な諷刺画家の一派に属していたマックス・ビアボーム氏のごときは、この人を戯画化して、ユークリッド第四巻中の一命題として表現したほどである。

というのも、功績こそ別種のものであるにせよ、この男も公《おおやけ》の著名人だったからである。最上の社交界に縁の遠い人でも、カトラー大尉の香港攻囲や中国本土進軍のうわさは聞いているはずだ。どこへ行こうと、そのうわさを耳にしないわけにはいかなかった。大尉の肖像画はどこの絵葉書にものっており、大尉の戦闘場面や地図はどこの絵入り新聞にも出ていて、大尉をたたえる歌はどこのミュージック・ホールでも、どこの手回しオルガンにもとびだしてくる。大尉の名声は、セイモア卿のに較べて一時的ではあっても、その範囲の広さ、俗受けする人気、自然なわきあがりという点では十倍もまさっていた。無数の英国家庭において、大尉はネルソンにもひけをとらぬ英帝国の大偉人としてそそり立っていたのである。しかるに、英国における大尉の権力は、ウイルソン・セイモア卿に及ばなかった。

この二人のために扉を開いてやったのは、年とった召使い、というか《衣装方》だった。その打ちひしがれた顔とからだつき、黒くて見すぼらしい上着とズボンとは、燦然《さんぜん》たる大女優の楽屋の内部と奇妙な対比をなしていた。この楽屋には、あらゆる反射角度に向けられた鏡が一面にはめこまれ、あたかも一個の巨大なダイヤモンドの無数の面を見る思いがした――といっても、ダイヤモンドの内側にもぐりこんで見ることができるとしての話だが。それ以外の豪華な品はといえば、花がいくらかと、色彩豊かなクッションが数枚、それと舞台衣装のはしくれが何品か、周囲の鏡に映じて何倍にも数を増し、アラビアン・ナイトのごとき狂乱を呈し、足をひきずって歩く世話係が鏡を一つ表に向けたり、あるいは壁に向けて押し戻したりするたびに、縦横に踊り狂い、位置を変えていた。

二人の男はこのぱっとしない衣装方を呼ぶのにその名前を言い、パーキンソンと呼びかけて、オーロラ・ローム嬢は在室かと尋ねた。パーキンソンは、ロームさんなら隣の部屋にいるが、自分がそこへ行って伝えて参りましょうと答えた。と、二人の訪問客の面上《めんじょう》に一抹《いちまつ》の影が走った。隣の部屋というのは、オーロラ嬢と共演する名男優の専用室であり、同嬢はといえば、男性に賛美の念を起こさせるときには、必ず嫉妬をも誘発させずにはおかない類の女性だったからである。だが、三十秒もすると、内側の扉が開き、オーロラが例によって舞台に登場するときの態度そのままで入ってきた。そのために、沈黙そのものが割れんばかりの拍手喝采かと思われ、しかも本人が当然受けるに値する喝采と感じられた。オーロラは、孔雀緑と孔雀青の繻子《しゅす》でできたやや風変わりな衣装をまとっていた。それは、青と、緑の金属にも似た輝きを放って、子供や審美家たちが喜びそうな衣装だった。ふさふさとした鳶色《とびいろ》の毛が、すべての男子――特に少年と白髪になりかけた初老の殿方にとって、危険千万な魔力を備えた顔を縁どっていた。オーロラはアメリカの名優イジドール・ブルーノと共演して、とりわけ詩的で幻想的な解釈による《真夏の夜の夢》を、オベロンとティーターニアの役――つまりブルーノと彼女自身に芸術的な焦点を絞りつつ上演することになっていたのである。夢幻的で精妙な背景の前に神秘的な踊りを舞いつつ現われれば、この緑色の衣装は、あたかもきらめくかぶと虫の羽のごとく、妖精の女王が持つとらえがたい個性を表現してあまりあったが、まだ日中の光がさしこんでいるときに、個人として面と向かえば、男どもはこの女優の顔のほうに見とれるだけだった。

名女優は、にこやかではあるが解釈に苦しむような微笑をうかべて二人の男にあいさつした。これこそは、数多《あまた》の男性をしてある同じ危険すれすれの一線にふみとどめさせていた微笑にほかならなかった。まず、カトラーから花束を受け取った。カトラーの戦勝同様に熱帯的で高価な花であった。そして今度はウイルソン・セイモア卿からも違った贈り物を受けたが、卿はこれをあとになってから、しかもさり気なく差し出したのである。なぜなら、むきな態度を示すことは当人の育ちに反するものであり、花束のごとき見えすいた物を贈るのも本人の慣習となっている非慣習性にもとる行為だったからである。くだらぬ物を見つけてきましたが、これは割に珍しい代物《しろもの》ですよ、と卿は言った。古代ギリシア・ミケーネ時代の短剣でして、テシウスやヒポリータの時代に着用されたとしてもおかしくないものです。ギリシアの神人時代《ヒロイック・エイジ》の武器がすべてそうであったように、これも真鍮製《しんちゆう》なのですが、奇妙なことに、いまもって人を刺すことができるほど鋭利な剣です。この葉のような形には心から魅せられていますが、まったく、ギリシアの花瓶に劣らぬ完璧な形でしょう。もしロームさんがこれにすこしでも興味をお感じになるか、あるいは、芝居のどこかで利用できるのでしたら、どうぞこれを……。

そのとき、内側の扉が威勢よく開いて、大柄な人物が現われた。この男は、説明中だったセイモアに対して、カトラー大尉以上に対蹠的《たいしょてき》な存在だった。ほとんど六フィート六インチにも達する巨体と、単なる芝居のための見せかけ以上の筋肉の持ち主であるイジドール・ブルーノは、オベロンの扮装である豪華な豹《ひょう》の皮と金褐色の衣装にくるまって、蛮族の神よろしくの姿で、おりしも狩猟に使うような槍にもたれていた。これは、観客席から見れば、小さい銀色の杖に見えるのだが、この比較的こみあった小部屋では、いかにも見えすいた槍棒に見え、ぶっそうでさえあった。生き生きとした黒い目は、火山のようにぐりぐりとむきだし、青銅色の顔は、見るからに美貌ではあったが、この瞬間には、突きでた顎骨と、固くかみあわされた白い歯とが同時に見え、この男の生まれが南米の植民地ではないかという一部のアメリカ人のうわさが思い出された。

「オーロラ」とブルーノは、数多の観客を感動させた、情熱的なドラムの響きを思わせる太い声で呼びかけた──「お願いだが……」

思わずためらって言葉を中断させたのは、戸口のすぐ内側に六番目の人物がいきなり姿を現わしたためであったが、この人物たるや、この場面に不釣り合いなことおびただしく、喜劇的でさえあった。ローマ・カトリックの教区神父の黒い制服に身を固めた、いたってちびな男で、(特にブルーノやロームのようなスターと居あわせた場合には)箱船から出てきた無骨なノアといった恰好なのである。しかし、本人はいっこう他人との対比に気づいている様子もなく、間の抜けた丁重さで、「ローム嬢がわたしをお呼びになったはずですが」と言った。

目ざとい観察者ならば、おそらく、この極めて非情緒的なじゃま者の闖入《ちんにゅう》に、部屋の感情の熱度がむしろ上昇したことを見てとったにちがいあるまい。職業的な独身主義者が派遣されてきたことによって、他の連中は、自分たちは恋敵《こいがたき》として、一人の女を取り巻いているのだという事実をひしひしと思い知らされたようなものだった。それは、外套《がいとう》に霜をつけた見知らぬ男が入ってくると、部屋のなか全体が暖炉のように感じられるのと同じである。ローム嬢に全然気のない男が同席しているということが、他の男はみな自分にほれている——しかも、それぞれ相当に危険なほれこみようなのだという当人の気持ちをいやがうえにも強めた。あの男優は野蛮人や甘やかされた子供などと変わらぬ貪欲《どんよく》な愛を抱いているし、軍人は知能人というより意志の人にありがちな単純なわがままをもって愛しており、ウイルソンはといえば、昔の快楽《ヘド》主義者《ニスト》たちの道楽に対する打ちこみ方と変わらぬ、日一日と激しくなる熱中ぶりで愛しているし、さては、女優として成功する以前からの知り合いで、部屋を歩くこちらのあとを視線と足とで追いまわしているあの卑屈なパーキンソンまでが、犬のごとくむっつり押し黙ってほれこんでいるのだ。

敏感な人ならば、これよりもさらに奇妙な事実にも気づいたかもしれない。あの黒衣をまとった無骨なノアそっくりの人物も、(敏感さをまったく欠いているわけではなかったので)その事実に気づき、かなりのおかしみを感じたが、それは心のなかに押しとどめておいた。名優オーロラは、男性の賛美に対して無関心ではなかったが、このときには、自分の崇拝者を一人残らず厄介払いし、崇拝者でない男と二人だけになりたがっていた。あの小さな神父は、もちろん他の連中と同じ意味での崇拝者ではなかったが、オーロラが厄介払いに用いたゆるぎなき女性的な外交手腕には敬服し、かつそれを愉快にさえ思ったのである。おそらくは、オーロラ・ロームが器用に処理できるものは一つしかなく、それはほかならぬ人類の半分——つまり、彼女と反対の性だった。さて、小さな神父は、あたかもナポレオンの戦役ぶりを観戦するかのごとくに、オーロラが誰一人排斥することなく、一人残らず追い払ってしまうその精巧敏速な策士ぶりを眺めた。大男の俳優ブルーノは、なにしろ子供っぽい男だったので、むすっとした、たけだけしい表情で扉をばたんと閉め、いたって簡単に出ていった。英国の将校であるカトラーは、思想には無感覚であったが、こと行儀作法となるといたって几帳面だった。遠まわしなさそいかけなら無視するけれども、婦人の口から出た明確な命令に対しては、無視するくらいなら死んだほうがましだと考えていた。セイモア翁はどうかといえば、これは別扱いにしなければならず、いちばんあとまわしにする必要があった。翁を動かすには、親友として心のなかを打ち明けて嘆願し、なぜ人払いをするかの秘密を知らせる一手しかなかった。これらの三目標を、ただ一つのずばぬけた動きで片づけたローム嬢に、神父は感嘆おくあたわざるものがあった。

女優はカトラー大尉のそばにあゆみ寄って、できるかぎり愛嬌《あいきよう》をこめた態度で言ったものである——「この花、みんな大切にしますわ、あなたのお気に入りの花にちがいありませんもの。でも、あたしのお気にいりの花がなくては、完全とは言えませんわ。どうか、角を曲がったところにあるあのお店に行って、鈴蘭を買ってきてくださいさい。そうしていただければ、この花束も、それはそれは美しくなるでしょう」

オーロラの外交の第一目標、すなわちブルーノの憤激した退出は、たちまち達成された。ブルーノはすでに、王侯気どりの態度で持っていた槍を、まるで笏《しゃく》でもあるかのように、かの痛ましきパーキンソンに手渡しおえ、いままさにクッションを敷いた椅子に、王座にでもつくような恰好で腰掛けようとしていた。ところが、自分の恋敵である大尉に、オーロラが公然と嘆願するに及んで、ブルーノの乳白色《オパール》の目玉に、奴隷のような敏感な反抗の色がうかんだかと見る間に、一瞬、日焼けした巨大な手を拳に固めるや、扉を勢いよく開けて隣室に姿を消した。

しかしいっぽう、英帝国陸軍を動員せんとするローム嬢の作戦は、思ったほど簡単に成功しなかった。カトラーは、号令がくだったときのように身をこわばらせて起立し、無帽のまま戸に向かって歩行を開始した。ところが、鏡の一つにもたれているセイモアの物憂げな姿勢に、たぶんどことなくこれ見よがしな優美さがあったのだろう、いきなり戸口のところで立ちどまって、途方に暮れたブルドッグよろしく頭をあっちへ向けたり、こっちへ向けたりしはじめた。

「あのおばかさんに行く先を教えてあげなくては」とオーロラはセイモアに耳うちし、去りかけている客をせきたてるために戸口に出ていった。

セイモアは、姿勢こそ上品でぼんやりしているようだったが、どうやら聞き耳をたてていたらしく、オーロラが声高に最後の指示を大尉に与えてから、くるりと向き直って、笑いながら通路のほかの端――つまり、テムズ河上に突きでたテラス側の端に向かって駆けていった音を聞くと、ほっと胸をなでおろしたらしかった。が、二、三秒もすると、セイモアの眉はまたくもりはじめた。卿のような立場の人には、競争者が大勢いるわけだが、思い出してみれば、通路のほかの端にはブルーノ専用の部屋の入口があるではないか。それでも、卿は威厳を失うようなことはせず、ブラウン神父にていねいな言葉で、ウエストミンスター寺院にビザンチン風の建築様式が復活されたことを話してから、いかにも自然な態度で、自分も通路の奥手のほうにぶらぶらと出ていった。ブラウン神父とパーキンソンがあとに残されたが、この二人は、どちらも余計な口をきく趣味の持ち主ではなかった。衣装方は部屋を回って、鏡をひっぱりだしたり、また押し戻したりしていたが、その手には依然として、オベロン王の明るく優美な槍が握られていたために、くすんだ上着とズボンはますます陰鬱《いんうつ》さを加えた。パーキンソンが一つ鏡の縁をひっぱりだすたびに、黒衣のブラウン神父の姿があらたに出現し、この途方もない鏡の間で無数のブラウン神父が、天使の群れのごとく空中に逆さになったり、曲芸師よろしく宙返りを演じたり、なんともお行儀の悪い人のように、お尻を向けたりしているのだった。

ブラウン神父は、この目撃者の大群を意識している様子もなく、パーキンソンが例の突拍子もない槍を持ったまま向こうのブルーノの部屋に入ってしまうまで、注意深い目で漫然とそのあとを追っていた。相手がいなくなると、神父は、いつも自分を楽しませてくれるぼんやりした瞑想に心をゆだね、鏡の角度や、屈折度や、壁にぴったりとはまる角度を計算していた……と、そのとき、精いっぱいの、しかし声をおしころしたような悲鳴が聞こえた。

神父は、はねあがるように起立し、立ちすくんで耳を澄ました。と同時に、ウイルソン・セイモア卿が象牙のようにまっ白な顔色で部屋にとびこんできた。「通路にいるあの男は誰だ?」

と叫ぶ。「わたしが贈ったあの短剣はどこだ?」

ブラウン神父が、重い半長靴をはいた足のきびすを返す暇もなく、セイモアは部屋じゅうをとびまわって短剣をさがしていた。そして、その短剣はもちろんのこと、武器らしいものがなにも見つからぬうちに、表の舗道に人が駆けてくる音がし、カトラーの四角ばった顔が戸口から突きだした。手にはまだ鈴蘭の花束を不恰好に握っている。「なんだあれは?」と叫ぶ。「通路の奥にいるあいつは何者だ? これはきみのトリックか?」

「わたしのトリックだと!」蒼白《そうはく》な顔の恋敵がむきになって叫び、相手めがけて大股の一歩を踏みだした。

これはほんの一瞬の出来事であったが、そのあいだにブラウン神父は通路に出ていき、その奥に目を走らせ、見えた物に向かって即座に歩み寄った。

これを見て、他の二人も喧嘩を中止し、あとについて駆け寄った。カトラーが「きみはなにをしているんだ? 何者なんだ?」とわめいている。

「わたしはブラウンと申します」こう悲しげに言う神父は、なにかの上にかがみこみ、やおら身を起こしているところだった。「ローム嬢に呼ばれて、さっそくうかがった次第です。来るのが遅すぎましたな」

三人の男は下を見た。そのとき、一同のうちすくなくとも一人の胸中では、この遅い午後の光のなかで生命が絶たれたにちがいない。光が通路を貫いて、黄金の小道かとも思われたが、そのまっただなかに、緑と金にいろどられた衣装にくるまって輝くばかりのオーロラ・ロームが死に顔を上に向けて横たわっていたのである。ドレスは、激しい格闘を物語るかのようにひきちぎられ、右の肩が露出していたが、血が噴きだしている傷口は反対側だった。真鍮の短剣は、一ヤードほど離れたところに、きらめく刃を見せて転がっている。

かなり長い時間、あっけにとられた沈黙が続き、花を売る少女の笑い声が、遠くのチェアリング・クロス広場の外から聞こえ、ストランド街のはずれの通りで、誰かがタクシーを拾おうとしてやたらに高い口笛を吹き鳴らすのが聞こえた。と、大尉が、激情のせいか、お芝居なのか、そのどちらかとしか思えぬような突拍子もない動作でウイルソン・セイモア卿の咽喉《のど》もとをつかんだ。

セイモアは、闘争心も恐怖の念もなく相手をじっとにらんだ。「きみが殺すまでもない」と言う卿の声はとても冷静だった――「自分でやる」

大尉の手はたじろぎ、相手から離れ落ちた。すると卿は前と同じ冷たく淡々とした調子で、「もしあの短剣で自殺する度胸がないとしても、ひと月以内に酒で命をなくしてみせる」と言ってのけた。

「酒なんて、わたしには低級すぎる」とカトラーがやり返す――「わしは、死ぬ前に必ず血をもってこの復讐をしとげてみせる。敵はおまえじゃない――わしには目星がついているつもりだ」

こう言いすてると、ほかの二人に意図を察せられないうちに、短剣をひったくるが早いか、通路の川沿いのほうの端にある別室の扉におどりかかり、かんぬきもなにもかもいっしょに押し破って、楽屋のブルーノの面前に立ちはだかった。そうしているうちに、老パーキンソンが例のふらふらした歩き方で、その戸口から現われ、通路に倒れている死体に目を留めた。おぼつかぬ足どりでそのほうに動いていくと、はげしく顔をひきつらせて弱々しげにそれを眺め、ふたたびおぼつかぬ足どりで楽屋に入り、豪華なクッションが敷かれた椅子の一つに不意に座りこんだ。ブラウン神父はパーキンソンのそばに駆け寄った。はや、カトラーと大男の俳優がなぐりあう音が部屋いっぱいにこだましていた。二人は短剣を先に手にいれようと格闘を始めていたのだが、神父はそのほうには見向きもしなかった。実務的に事を処理する能力をなくしていなかったセイモアは、通路のはずれで、口笛を吹いて警官を呼んでいた。

警官隊が到着すると、なによりもまず猿にも負けぬ取っ組みあいから両人をひき離し、次に二、三の定石的な尋問があってから、ブルーノの恋敵である怒り狂った大尉の訴えにより、殺人の容疑でイジドール・ブルーノを逮捕した。目下の国家的大英雄がみずからの手で犯人をひっとらえたというのは、警察にとって重要な事実であった。警察にも、ジャーナリスト的な要素がないわけではないのである。警官は一種厳粛《げんしゅく》な配慮をもってカトラーを扱い、手にちょっとした斬り傷がある旨を指摘した。倒れた椅子やテーブルのあい間をカトラーに押しまくられていながらも、ブルーノは大尉の手から短剣をもぎ取り、手首のすぐ下に傷を負わせたのだった。それはほんの軽傷であったが、なかば野蛮人の血のまじったブルーノは、部屋からひきたてられるときでさえ、動じない微笑をうかべながら、大尉の傷口から出る血を見つめていた。

「人食い人種みたいなやつじゃありませんか？」と警官がカトラーにそっと言った。

カトラーはこれには答えず、しばらく間を置いて鋭く、「気を使ってやらねばならぬのは……死人のほうだ」と言ったが、その声は明瞭さを欠いていた。

「二人の死人にな」と部屋の奥手から神父の声がした。「この人は、わたしがそばに行ったら、こと切れていましたよ」こう告げる神父は豪華な椅子にうずくまった黒衣の老パーキンソンを見おろしていた。パーキンソンもまた、殺された婦人に対して独自の方法で敬意をあらわしているのだったが、それには無言の雄弁ともいうべきものがなくもなかった。

沈黙を最初に破ったのはカトラーだった。粗野ながら優しい心がほろりとしたのであろう、「わしはこの男になりたい」としゃがれた声で言った。「思い出すが、この男はオーロラの歩く姿を、誰よりも熱心に、じっと見つめていたものだ。オーロラはこの男の空気だった。それで、この男はひあがってしまったのだ。ひとりでに息絶えたのだ」

「わたしたちはみんな死んだも同然だ」とセイモアが通りの先を見ながら妙な声で言った。

二人は町角でブラウン神父に別れのあいさつを述べ、もし失礼な言動でもあったらお許しくださいと詫びを言った。二人とも顔つきが悲痛だったが、なにかいわくありげな様子でもあった。

ちび神父の心はいつでも、あまり敏速にとびはねるのでとらえようのない無数の奔放な想念のすみ家であった。この場合にもその心には、二人が嘆き悲しんでいるのは確実だが、はたして潔白であるかどうかは自信がもてぬぞ、という考えが、あたかも兎のまっ白な尾のようにちらついたのである。

「わたしたちはもう帰ったほうがいい」と重々しくセイモアが言う――「できるだけの手助けはしたのだから」

「お二方」とブラウン神父が穏やかに訊いた――「もしわたしが、あなた方は能《あた》うかぎりの害をなしたと言ったら、なぜわたしが、そんなことを言うかおわかりかな?」

二人は、なにかうしろ暗いところでもあるかのようにはっとなった。カトラーが鋭く切り返した――「害をなしたって、誰をです?」

「ご自身をです」と神父は答えた。「もし、あなた方に警告を発するのが当然の義務でなかったとしたら、わざわざ、そちらのご心配に輪をかけるようなことを言いだしはしません。もし、あの俳優さんが無罪釈放となれば、あなた方はご自身を絞首刑に追いやるようなことばかりやらかしてきたことになるんですよ。警察はきっとわたしを召喚するでしょう。そうなればわたしはいやでも、悲鳴が聞こえた直後にあなた方が二人ともすさまじい勢いで部屋に入ってきて、短剣のことで喧嘩をおっぱじめたと証言しなければなりますまい。わたしの宣誓証言の範囲内では、あなた方のうちどちらかが犯人だということになりかねません。ご自身を害されたというのはそこなのです。それに、大尉殿は短剣で我と我が身を傷つけておられるし」

「自分を傷つけたと!」大尉が軽蔑した口調で叫んだ――「くだらんかすり傷さ」

「出血したかすり傷ですな」と神父は、にっこりうなずきつつやり返した。「ご存じでしょうが、あの真鍮の剣にはいま血がついている。だからして、喧嘩以前に血がついていたかどうか永久にわからなくなってしまった」

ひとしきり沈黙が続いたあとで、セイモアが、いつもの語調とは似ても似つかぬ強いアクセントで言った――「だが、わたしは通路に人影を見た」

「それは知っています」とブラウン神父は、無表情極まりない顔で答えた――「カトラー大尉もごらんになっておられる。そこが、どうにもありそうのない点なのです」

二人がこの言葉の意味を了解して答える暇《いとま》もないうちに、ブラウン神父は、ではごめんとていねいにあいさつして、例のずんぐりして古ぼけた蝙蝠傘《こうもり》を持って、のこのこと行ってしまった。

現代の新聞記事のなかで、もっとも真実に近く、もっとも重要なニュースは警察のニュースである。二十世紀では政治よりも殺人事件のほうに多くの紙面がさかれているということが事実だとすれば、それにはれっきとした理由がある――つまり、殺人のほうが深刻な問題だからだ。しかし、この理由だけでは、ロンドンや各地方の新聞紙上をにぎわした「ブルーノ事件」ないしは「通路の謎」の詳報が、なぜあれほど至るところで話題にのぼり、広く流布されたかを、ほとんど説明したことにならない。興奮があまり激しかったため、数週間というもの、新聞はいつになく真相を伝え、そのため、主尋問や反対尋問の報告記事は、なんとも読むにたえぬものではあったが、すくなくとも信用はできた。大騒ぎの真の理由は、いうまでもなく登場人物が偶然みな大物揃いだったことにある。被害者は人気女優、被告人は人気男優ときているうえに、被告人をいわば現行犯で召し捕えたのが当時の愛国的風潮に乗った当代きっての人気軍人なのだ。こういった異常な状況のために、さすがの新聞も麻痺状態に陥って、誠実で正確な報道を伝えざるをえなかったのである。そこで、このかなりきてれつな事件の残りの部分は、ブルーノ裁判の報道記事から転載しても心配はないわけである。

同裁判はモンクハウス裁判官のもとで開かれた。モンクハウスは、ユーモラスな裁判長だと世間からひやかされているものの、概して、こういう裁判官は、くそまじめな裁判長よりもよっぽどまじめな場合が多い。この人もそういうタイプであった。職業的なしかつめらしさにしびれをきらしているからこそ軽妙な調子を出すのだ。それに対し、謹厳な裁判官は、虚栄心ばかり強いために、実は軽薄のかたまりなのである。事件の主要人物である社会的な名士に対し、訴訟代理人の面々もうまく釣り合いがとれていた。検事はウォルター・カウドレイ卿で、この男は、自分を英国的な、信頼に足る人物として人目に映じさせる術を心得たうえに、もったいぶった雄弁を発揮する手を承知している、鈍重だが貫禄のある検事だった。被告人の弁護に当たったのは、王室顧問弁護士パトリック・バトラー氏であった。同氏は、氏のアイルランド人的性格を誤解している人々や、氏の審問を受けたことのない連中によって、ただのぐうたらとまちがえられていた。さて、医学的な証拠には、なんらの矛盾《むじゅん》も見られなかった――セイモアが現場に呼び寄せた医師の証言と、のちに検視を行った有名な外科医の見解とが一致したからである。オーロラ・ロームを刺し殺した凶器は、ナイフもしくは短剣様《よう》の鋭い刃物であり、すくなくとも刃の短い凶器であることは確実だった。傷口は心臓の真上にあり、即死であった。最初の医者がオーロラを見たとき、死後二十分と経っていなかった。とすると、ブラウン神父が発見したときは、死後三分も経過していなかったはずだ。

続いて公式の捜査証拠が提出されたが、主としてそれは、抵抗した形跡ありや否《いな》やに関するものだった。抵抗の可能性を示す唯一の手がかりとしては、ドレスが肩のところでひき裂かれていた事実があるが、これは、一撃で死に至らしめた致命傷の方向とうまく符合しなかった。こういった細部にわたる証拠が、解明されぬまでも、ともかく提出されおわると、重要証人第一号が呼びだされた。

ウイルソン・セイモア卿の証言ぶりは、いやしくも卿が行う他のすべてのことと同様、みごとであったのみか、完璧ですらあった。裁判長よりも遙かに高名な名士であるにもかかわらず、卿は、国王代理の裁判長の面前において、自己を滅却した立派な態度をとったのである。出席者一同は、卿を見るにあたかも総理大臣かカンタベリーの大主教をでも見るかのような目つきをもってしたが、この事件における卿の役割については、私人たる紳士——とくに紳士——としての役割にすぎぬという以外になんとも言いようがなかったであろう。卿はまた、委員会の席上におけると同様、気持ちのいいほど明晰だった。「劇場にローム嬢を訪問しておりました。その場でカトラー大尉に会ったのですが、しばらくのちに被告人も仲間に加わりました。被告人はやがて自分の楽屋に戻りました。次にローマ・カトリックの坊さんが加わり、坊さんは故人に会いたいと言い、名はブラウンだと申しました。するとローム嬢は、カトラー大尉があの人のために追加の花を買いにいく花屋を教えてやるために、劇場の表に出て、通路の入口のほうへ行ってしまい、本証人は部屋に残って神父と二、三、言葉をかわしておりました。そのとき、大尉を使いっ走りに送りだした故人が、笑いながらきびすを返して、通路の奥のほうへ駆けていく音がはっきり聞こえました――その方向には被告人の部屋があったのです。友人諸君のせわしい動きで自分もなんとなく好奇心に駆られ、通路の上端に出て、被告人の部屋の戸口のほうを眺めました」

「通路になにか見えましたか？」

「はい、なにかが見えました」

ウォルター・カウドレイ検事は、しばし感動的な沈黙を許し、そのあいだ、証人は目を伏せていたが、いつもと変わらぬ冷静な態度にもかかわらず、顔の蒼白さは日頃以上にひどく見えた。やがて検事が、同情的であると同時に気味の悪い小声で質問した――「それははっきり見えたのですか？」

いかに興奮していたとはいえ、ウイルソン・セイモア卿の優秀な頭脳はいささかも乱れずに活動していた。「その輪郭は非常にはっきりしておりましたが、輪郭内の細部となると、だいぶ――いや、まったく不明瞭でした。通路が非常に長いために、そのまんなかに立っている人間は、向こう端の光を背にしてまっ黒にうかびあがって見えます」ここで証人はまた不動のまなざしを下に向け、こうつけ加えた――「わたしは、ことが起こる前にこの事実に気づいておりました――カトラー大尉が最初この通路に入ってきたときに気づいたのです」ふたたび沈黙があり、裁判長は前かがみになってメモをとった。

「では」とウォルター検事が忍耐強く言った――「その輪郭はどんなでした？　たとえば、殺された婦人の姿に似ていたとかいうことはなかったですか？」

「全然似ておりませんでした」静かにセイモアが答える。

「あなたの目にはどう見えましたか？」

「わたしには、背の高い男のように見えました」と証人。

法廷に居並ぶ人々は誰もかれも、自分のペンとか、傘の柄《え》とか、本とか靴とか、そのほかなんでも自分がたまたま見やっていた個所に視線を釘づけにした。あらんかぎりの力をふりしぼって、背丈の高い被告人の姿から目をそむけているらしいが、それでも、被告人席の人物を意識し、おまけにそれがばかでかい姿であると感じないわけにはいかなかった。ブルーノは人目にのっぽと映じたが、みなの目が無理やりその姿からそむけられると、かえってますます背丈が伸びてゆくかのようだった。

カウドレイ検事は例の謹厳な面持ちで、黒い絹の法服と絹のような白い頰髯《ほおひげ》とをなでさすりながら着席しかけていた。ウイルソン卿が、ほかにもその点を証言する人が大勢いた二、三の細目について最後の証言を終え、まさに証人台を離れようとしたとき、弁護人がいきなり起立して、卿を呼びとめた。

「お引きとめするのはほんのしばらくです」と、赤い眉毛の、半分眠ったような表情の野暮くさいバトラー弁護士が言った。「その人影が男であるということがなぜわかったか、その点を、お話し願えませんか？」

セイモアの顔に上品な微笑がかすかにただよったかに見えた。「あまり俗っぽい見わけ方で恐縮ですが、ズボンでそれと知れました」と卿は答えた。「長い足と足のあいまに日の光が見えたので、結局これは、男だと確信した次第です」

バトラーの眠たげな目が、音のせぬ爆発よろしく不意に大きく開かれた。「結局、とおっしゃいましたな」とかれは証人の言葉をゆっくり繰り返して言った。「するとあなたは、最初は女だと思っていたのですね？」

セイモアはここで初めて困惑の色をあらわした。「これはけっして客観的な事実というものではありませんが、もしわたしの印象を述べよというのが裁判長閣下のご希望ならば、もちろんそういたしましょう。あの姿は、はっきり女とは断言できないが、そうかといって男とも言えぬものでした――どうも曲線の様子が違っているのです。それに、なにか長い髪の毛のようなものが見えました」

「ご苦労さまでした」とバトラー王室顧問弁護士は言い、これで望むものが手に入ったと言わんばかりの様子でいきなり着席した。

カトラー大尉は、ウイルソン卿に較べて遙かに口べたで落ち着きのない証人ではあったが、事件の発端の部分に関する大尉の証言は確固として同じものであった。大尉は、ブルーノが自分の楽屋に戻ったこと、ひと束の鈴蘭を買いにやらされたこと、通路の上手《かみて》の端に帰ってきたとき、通路内でなにものかを見かけたこと、セイモアが怪しいぞと思ったこと、ブルーノと格闘したことなどを述べた。しかし、自分とセイモアとが見たという黒い人影については、ほとんどなんら芸術的証言も提供できなかった。その輪郭について質問されると、自分は美術批評家ではありませんので、とセイモアのほうにこれ見よがしな冷笑を投げながら答えた。男だったか女だったかと訊かれると、むしろ獣《けだもの》のようだったと、今度は被告人にこれ聞こえよがしに答えた。しかし、大尉が悲嘆の情と真剣な怒りで動揺していることは一目瞭然であり、カウドレイは、すでにかなり明らかにされている事実を確認させる手間を省いてやった。

弁護人による反対尋問も、やはり短時間のうちに終わった。とはいえ、（この弁護人の癖として）手短でありながら、けっこう長い時間をかけているような印象だった。「あなたはずいぶん変わった表現をお使いになりましたね」眠そうな目でカトラーを見ながら弁護人は言った。「いったい、その姿は男や女というより獣に近かったとおっしゃったのは、どういう意味なのですか？」

カトラーの興奮はいよいよ高まったかに見えた。

「たぶんそんなことは言わんほうがよかったのでしょうが、なにしろ、あん畜生はチンパンジーそっくりの大きな猫背をもち、頭からは豚みたいなこわ毛が突きだしていたものだから、つい……」

バトラー氏は大尉のおかしい性急な話を中途でさえぎった。「髪の毛が豚みたいだったかどうかは問題ではありません」と氏はいう──「女の髪の毛でしたか？」

「女の毛かって！」と軍人が叫ぶ。「とんでもない！」

「この前の証人はそう申しております」と弁護人は無遠慮に間髪をいれずに述べた。「それで、その人影には、先ほどの証人が雄弁に説明されたような、蛇を思わせる半分女性的な曲線がすこしでもありましたか？　なかったのですね？　女性らしい曲線はなかったのですね？　だとすると、その姿はむしろがっしりして角張っていたことになりますね？」

「前かがみになっていたのかもしれん」とカトラーはかなり力のないしゃがれ声で言った。

「そうだったかもしれませんし、そうでなかったかもしれません」とバトラー氏は述べ、ここでまたいきなり腰をおろした。

ウォルター・カウドレイ検事によって呼びだされた三人目の証人は、ちびのカトリック神父であった。他の二人に較べてえらく背が低く、証人台の上に頭がやっと出るか出ないかで、子供を相手に尋問しているようだった。ところが、不運なことに、ウォルター卿は（主として自分の家族の宗教が分裂していたために）先入観にとりつかれ、ブラウン神父は、被告人が悪者で外国人で黒人の血がまじっているということから、被告人側の肩をもっている証人なのだと信じこんでいた。そこで検事は、ブラウン神父がなにか説明しようとすると、この生意気な坊主めがとばかりに手厳しく叱責《しっせき》し、然《しか》りか否かを答え、余計な説教ぬきで淡々と事実を述べよ、と命じた。ブラウン神父が持ち前の単純さから、自分が思うに通路の人影の正体は、と言いかけると、検事は神父の仮説など聞きたくないとつっぱねる有様だった。

「通路で黒いものが目撃された。そして、あんたもその黒いものを見たと言われる。さあ、そのものの形はどんなでしたか？」

ブラウン神父は叱られてでもいるかのように目をぱちくりさせたが、服従というものは命じられたとおりに行わねばならぬことを神父はとうに承知していたので、「その形はずんぐりしていて太かったのですが、その頭というかてっぺんというか、その部分の両側から上のほうに向かって弓なりに二本の黒く鋭い突起物が出ておりました――角みたいに、それで……」

「ふん、角の生えた悪魔にちがいない」とカウドレイが、勝ち誇ったひょうきんな仕種《しぐさ》で着席しながら吐きだすように言った。「新教徒《プロテスタント》を食いに来た悪魔さ」

「いいや」と神父は熱のない口調で言った――「それが何者であったかわたしは知っとります」

法廷内の人々は、これはとんでもないことになったと、なんとはなしに緊張をおぼえた。一同は被告人席にいる人物を忘れ、ただあの通路の人影だけを頭に思っていた。通路の人影というのは、その目撃者である有能で身分の卑《いや》しくない三人の言によると、変幻自在の夢魔なのだ――一人は女だと言い、一人は獣だと称し、もう一人は悪魔だと主張している……。

裁判長は、まっすぐな射ぬくような視線でブラウンを見やっていた。「あなたは特に風変わりな証人ですね」と裁判長――「しかし、あなたはどことなく真相を述べようとしていなさる様子があります。さあ、通路でごらんになったというその人物は誰でしょうか?」

「わたし自身です」とブラウン神父。

バトラー弁護士が異常なほど静かにがばと起立し、いとも冷静に言った――「裁判長殿、反対尋問をお許し願います」そして、息もつかずにブラウンに向かい、一見なんの関連もありそうにない質問を発した――「短剣のことはお聞きでしょうね。専門家の言によると、犯行は刃の短い凶器で行われたはずだということをご承知でしょうな?」

「刃は短い」とブラウンは梟《ふくろう》そっくりにしかつめらしくうなずきつつ一応それに同意しておいて、「ところが、柄《つか》がやけに長い」と言ってのけた。

あの神父は長い柄のついた短い剣で人殺しをしている自分の姿を見たのだという考えを傍聴人一同が払いのける暇もないうちに、神父は自発的に急いで説明を始めた。

「つまりそれは、短い刃がついているのは短剣だけとはかぎらぬという意味です。槍だって刃は短い。槍でも、芝居に使う類の槍ですと、短剣と同じように鋼《はがね》の切っ先で突くことができます。ロームさんが家庭内のもめごとを解決してもらおうとわたしを呼び寄せた直後に、あのあわれなパーキンソン老人が細君のロームさんを殺したのも、その槍だったのです。わたしは行くのが遅すぎた——神よ許したまえ！ しかし、パーキンソンは改悛して死にました——あの男の死因は改悛の情なのです。おのれのなしたことに耐えられなかったのです」

法廷内の一般の印象は、このちびな神父さん、べらべらまくしたてているうちに証人台の上で文字どおり発狂してしまったな、といったところだったが、当の裁判長は依然として明るい、たじろがぬ目つきで興味深げに神父を眺めていた。弁護人は平然として尋問を続けた。

「もしパーキンソンがパントマイム用の槍で犯行をしたとすれば、四ヤード離れた地点から突かねばならなかったはずですが、そうすると、ドレスが肩のところで引きちぎられているといったような格闘の形跡はどう説明しますか？」バトラーはいつのまにやら、この一介の証人を権威ある専門家として扱う態度に変わっていた。しかし、まだそれに気づいた者は誰もいなかった。

「殺されたご婦人のドレスがひきちぎられていたのは」と証人が言う——「あの人のまうしろにとびでた鏡板にひっかかったためです。そこで、懸命に振りほどこうとしていると、そこへパーキンソンが被告人の部屋から現われて、槍で突き刺したのです」

「鏡板ですって?」と弁護人がおかしな声でおうむ返しに言った。

「その裏側は鏡になっていたのです」とブラウン神父は説明する。「わたしは、楽屋に入っていたとき、一部の鏡はきっと表の通路にすべりでる仕掛けになっているのだろうと気づいておったのです」

ここでもう一度、途方もない不自然な沈黙が法廷を制したが、今度は裁判長が口を開いた。

「すると、あなたが通路の奥を見たときに見えた姿は、鏡に映ったあなたご自身だったというわけですか?」

「さようです、裁判長閣下、わたしの言わんとしていたことは、まさにそのことなのですよ。……ところが、みなさんはその恰好について質問なさった。そこで、我々神父の帽子には角そっくりの縁があるものだから、わたしは……」

裁判長は老眼をさらに輝かせ、身を前にのりだして特に明瞭な音声で言った——「するとあなたはこうおっしゃりたいのですな——ウイルソン卿が目撃した、曲線のしなやかな、女の毛を生やして男のズボンをはいた得体《えたい》の知れぬものは、ウイルソン・セイモア卿だったというわけですな?」

「お説のとおりです、裁判長閣下」とブラウン神父。

「それからまた、カトラー大尉が見た、猫背で豚のこわ毛を生やしたチンパンジーは大尉自身にほかならなかったというわけですか?」

「お説のとおりです、裁判長閣下」

裁判長はからだを引いて椅子にもたれたが、その複雑な態度には、皮肉と賛嘆とがいっしょくたに含まれていた。

「そこでもう一つお訊きしたいのですが、ほかのご立派な方々が二人とも見さだめがつかなかったものを、どうしてあなただけが、これを鏡に映った自分の姿だとわかったのでしょうか?」

ブラウン神父は前よりさらに辛そうに目をぱちくりさせていたが、やがてつっかえがちに答えた——「実際のところは、自分にもよくわかりません……ですが、ことによると、わたしが平生あまり鏡を眺めないせいかもしれません」

機械のあやまち

日暮れどきのテンプル・ガーデンにフランボウとその友人の神父が座っていた。そこが法学院の近所であるためか、とにかくそういった偶然の力に左右されて、二人の話題は裁判のことに移った。反対尋問ではどのくらい尋問者に自由を許すべきかという問題から話はしだいにそれてローマ時代と中世における拷問へ、そこからさらにフランスの予審判事の問題および現代アメリカの拷問《サード・ディグリー》へとさらにとんでいった。

「そのことなんですがね」とフランボウは言った――「その新しい精神測定法というやつは大した評判になっていますよ、特にアメリカで。なんのことだかわかるでしょう。それ、手首のところに脈拍計をつけておいて、なにか二言か三言単語を言って、それに対する心臓の反応を調べるというやつですよ。これをどう思います」

「なかなかおもしろいと思う」とブラウン神父は答えた――「それで思い出したが、中世の暗黒時代にも、人殺しが死体にさわれば血が流れだすというおもしろい考えがありましたな」

「まさか」とフランボウは強く問いただした――「いまのと昔のと、この二つの方法が同じくらい貴重なものだと思っているんですか」

「同じように値打ちのないものだな」とブラウン神父は答えた。「血というものは、死人だろうと生きた人だろうと、ゆっくり流れたり、速く流れたり、いろいろだ。それには無数の理由があるんだろうが、我々人間にはわからない。血はたいへんおかしな流れ方もしなきゃなるまい。――たとえば、マッターホルンを流れのぼってゆくというふうにな。そうしたら、わたしだってこれは自分も血を流さにゃならんと思うだろう」

「この測定法は、アメリカでも屈指の科学者が何人も保証しているんですよ」とフランボウは知らせた。

「科学者というやつは、なんてセンチメンタルなのだろう」とブラウン神父は叫んだ。「アメリカの科学者ときたら、それに輪をかけて底ぬけのセンチメンタリストだ。心臓の鼓動からなにかを証明するなんて、アメリカ人以外の誰が思いつく。それじゃまるで、女の人が顔を赤くしたからおれはその人に愛されているんだと考える男とちっとも変わらないセンチメンタリストだ。その方法は、あの不滅なるハーヴェイが発見した血液循環説にもとづいたテストだが、いいかげんなものさ」

「それにしたって」とフランボウは譲らない――「それでなにかがぴたりとわからないともかぎりませんよ」

「なにかをぴたりと指しているステッキには一つ不便な点がある」ブラウン神父は言った。「それはなにか。ステッキの反対の端が正反対の方向を指すということだ。ステッキのどちら側の端を持っているかということによって事の成否はきまる。おまえさんが話したようなことをわたしは前に見たことがあるが、それ以来そういうものは信じられなくなったのでね」こう言って神父は自分の経験した幻滅の物語を披露した。

それはもう二十年も前のことで、当時ブラウン神父はシカゴの某刑務所つきの神父として働いていた。そこではアイルランド系の囚人が犯罪並びに贖罪《しょくざい》の両面で有能ぶりを発揮していたので、専属の神父はかなり忙しかった。そこの副所長はグレイウッド・アシャーといい、この役人は、刑事あがりだが、死人のように顔の青い、慎重な話し方をするヤンキー的哲学者で、えらくこわばった顔を、ときたま妙にすまなそうなしかめっ面《つら》に変えることがあった。この副所長は、多少恩にきせるような態度ながら、ブラウン神父を好いていた。神父のほうも、この男の理論はあまり好きではなかったが、人物としては気にいっていた。アシャーの理論は極めて複雑だったが、その主張の仕方は極めて単純だったのである。

ある晩のこと、神父はアシャーに呼ばれて副所長室に行き、そこでいつものとおり、書類が山と積まれている乱雑なテーブルに向かって無言で待っていた。アシャーがその書類のなかから新聞の切り抜きを選《よ》りだし、神父に渡した。神父は謹厳そのものの表情でそれを読んだ。アメリカにおける社交界の専門新聞でも特に桃色がかったものからの切り抜きらしく、次のように書かれてあった——。

「社交界随一の才知ある男やもめがまたもや風変わりな晩餐会を計画している。本紙の読者諸兄はまちがいなく《乳母車行列の晩餐会》をご記憶だろうが、その席上でこの奥の手のトッド氏は、ピルグリムズ・ポンドにある同氏の広壮な邸宅において、社交界にデビューしたばかりの若手名士を実際の年よりもはるかに若く見せることにも成功した。社交的見地からしてこれと同様な優雅さをもち、これよりも雑然として太っ腹だったのは、その前年に同じ奥の手氏が催した大評判の《食人種の昼食会》で、この食事に供された菓子類は、人間の腕や脚をおかしく形どったものだった。出席者のなかには、自分のパートナーを食ってみせると言いだした者も一人ならずあったそうだ。さて、今夜の催しを活気づける趣向は、日頃からあまり口の軽くないトッド氏の胸のうちに秘められたままであるのか、そうでなければ当市のもっとも社交的な指導者たちの、宝石に飾られた胸に隠されている。しかし、聞くところによると、それは、下流社会の質素な習慣や作法を巧みにもじったものであると言われる。これには、客好きのトッド氏があの有名な旅行家フォールコンロイ卿を招待しているので、ますます興趣を添えるにちがいない。フォールコンロイ卿は、イギリスの樫《かし》の森林より到来したばかりの血統正しい貴族である。卿の世界旅行は、卿の家の封建時代の称号がまだ復活されなかった時分に始まっており、卿は青年時代にも一度アメリカにいたことがあり、今回の再訪にはこすからい目的があるとささやく上流の雀もいる。エタ・トッド嬢は我が情深きニューヨーク子の一人なのだが、いずれ約十二億ドルの金を手にいれることになっているのである」

「どうです」とアシャーが訊いた――「これに興味がもてますか」

「いや、口じゃ言えないくらいですよ」とブラウン神父は答えた。「いまのところ、なにがつまらないといって、これほどつまらないことはほかにないでしょう。だいたいこんなことを書く新聞記者は、合衆国民の正義の怒りにふれて、とうとう電気椅子にかけられることになったというのでもなければ、あんたにだってこんなことはなんの興味もないでしょうが」

「はん」とアシャー氏はそっけなく言って、また別の切り抜きを手渡した。「それじゃ、これはどうです？」

この記事は《看守虐殺さる。囚人は脱走》という見出しで、その内容は——「当州シーカの既決囚収容所で今朝払暁《ふつぎょう》前に助けを求める叫び声があがった。係員が急遽駆けつけると、刑務所北側の塀の上を巡視する看守が死体となっていた。北側の塀はもっとも堅固なもので脱走がどこよりも難しく、したがって巡視は一人で充分だとされていたのだが、この看守は不幸にも、高い塀の上から投げ落とされた。棍棒で打たれたのか、頭をたたきわられているうえに、所持していた銃が紛失している。ひきつづいての調査によって、独房の一つが空になっていることが判明した。そこはオスカー・ライアンと名のる陰気で口数のすくない無頼漢《ぶらいかん》が収容されていたところである。ライアンは、比較的軽微な暴力行為の罪で短期の刑に服していたものだが、誰もがあの男は暗い過去をもつ危険人物だという印象を抱いていた。最後に、すっかり夜があけて、殺人現場の状況がはっきりすると、次のような断片的な文章が死体の近くの塀に書かれているのが発見された。あきらかに血に指をひたして書いたものである。《これは正当防衛だ、相手は銃を持っていた。俺はやつにも誰にも害を加えるつもりはなかった——ある一人だけは別だが。弾丸はピルグリムズ・ポンドのためにとっておく。O・R》武装した守衛がいるのをものともせずにこのような塀を襲った男は、よほど悪辣《あくらつ》な奸策を弄《ろう》したか、さもなければ、よほど野蛮で驚くべき肉体的勇気をもっていたに相違ないのである」

「そうですね、文体はこのほうがいくらかましですな」と神父は陽気そうに認めた。「しかし、これでも別にわたくしがお役にたてることはなさそうです。こんな体操の名手みたいな人殺しをわたしがこの短い足で追いまわしたら、とんだお笑いものになるのが関の山でしょう。いや、わたしにかぎらない、誰が追跡したって見つかるかどうか怪しいものだ。シーカの刑務所はここから三十マイルも離れています。そのあいだの土地はやたらにいりくんだ荒地だし、刑務所より先は、その男がぬけ目なければきっと足を向けたに相違ない完全な無人境で、その向こうは大草原になっています。脱獄囚はどんな穴にもぐっているかもしれず、どんな木に登っているかもしれないのですよ」

「穴には入らない」と副所長は言った。「木にも登っていない」

「ほう、どうしてわかるんです?」とブラウン神父は目をぱちくりさせて言った。

「この男と話をしてみたくないかね」とアシャーは訊いた。

ブラウン神父は無邪気な目を大きく見開いた。「ここにいるんですか。あんたの部下はまたどうやってやつをつかまえたんですか」

「我輩が自分でつかまえたのさ」とアメリカ人は気どって言うと、やおら立ちあがり、火の前で細い両足を物憂げにつっぱってみせた。「ステッキのひん曲がった柄《え》でひっとらえたんだ。そう驚かなくてもいい。ほんとに我輩がやったんだ。我輩がよくこの陰気な構内から外に出て、田舎道で気分転換をすることはご存じだろう。今夜も早くから、我輩は散歩に出ていた。あれは、黒ずんだ生垣や灰色の畑が両側に続いている急な坂道だった。新月が出ていて、道は銀色に輝いていた。この月明かりのおかげで我輩には、一人の男が大股で畑を横ぎって道のほうへ走ってくるのが見えた。からだを前にかがめ、ちょうど長距離レースの速さで駆けていた。えらく疲れているようだったが、深々と茂った黒い生垣のところまでくると、それがまるで蜘蛛《くも》の巣でできた生垣ででもあるかのように苦もなくそれを突きぬけた。生垣がへなへなだったのではなく、男のからだが石づくりだったといったほうがいいかもしれない――なにしろ、あの丈夫な枝がぽきぽき折れたんだからね。男が道を横ぎろうとして月の光のなかにくっきりうかびあがったその瞬間に、我輩は柄の曲がった籐《とう》のステッキをやつの足に投げつけて、つまずかせた。たちまちやつは倒れたね。我輩はそこで大きな口笛をひとつ、長々と吹いた。すると部下たちがやってきてやつを完全にふんじばったというわけだ」

「ずいぶんまずいことになったでしょうね」とブラウン神父は言った――「もしもその男が人気のある選手で一マイル・レースを練習しているところだったとしたら」

「ところが、さにあらずだ」アシャーはにこりともせずに言った。「すぐにやつの素姓がわかったよ。しかし、我輩にはもう最初から、月の光がやつを照らしだしたときにわかっていた」

「あいつは脱獄囚だとお考えになったのは」と神父はあっさり言ってのけた――「けさ新聞の切り抜きで囚人が脱走したという記事を読んだからですね」

「そんなものより、もっとしっかりした根拠があったのさ」と副所長は冷やかに言った。「第一の根拠はあまり簡単だから力説はしない。人気のある運動選手なら畑のなかを走ったり、茨《いばら》の生垣で目をひっかかれるようなまねはしないということがそれだ。うずくまった犬みたいに猫背になって走るなんてこともスポーツ選手ならやるはずがない。そういったことも一つの根拠だが、些細な点でそれよりもっと決定的な決め手になることがある。これは、かなりよく訓練された目をもっていないと観察できないことだがね。よろしいか、あの男はぼろぼろになった粗末な布の服を着ていたが、それはただぼろぼろでがさつなだけではなく、グロテスクに見えるくらいからだに合っていなかった。この男がのぼりかけた月を背にしてまっ黒にうかびあがったときでさえ、上着の襟が頭を隠していたために背がもりあがっているように見え、両袖がだらんと長くたれていたので手がない人間のようだった。とっさに我輩の頭にひらめいたのは、この男はどうやってか囚人服を誰か相棒の服に着替えたのではないかということだった。それからもう一つ、やつが走っていた方角からは風がかなり強く吹いていた。もし髪の毛が短く刈ってなければ、向かい風でなびくやつの毛が見えたにちがいないのだが、それが見えなかった。それから我輩が思い出したのだが、やつが渡ろうとしていた畑の先にはピルグリムズ・ポンドがあり、脱獄した囚人は弾丸をそこで使うためにとっておくと言った――これでぴんときた我輩はためらうことなくステッキをとばしたというわけさ」

「あっというまの、実に鮮やかな推理です」とブラウン神父は言った。「しかし、銃を持っていましたか、その男は」

アシャーがこれを聞いて急に足をとめたので、神父は申しわけなさそうにつけ加えた――

「弾丸というものは銃がないとちっとも役にたたないと聞いておりますが」

「銃は持ってなかった」と相手は厳粛《げんしゅく》に言った。「しかし、それはなにかごく自然な事故でなくなったのか、最初の計画を変更したのか、どちらかにまちがいない。服を着替えたのと同じ方針で銃を捨てたんだろう。殺した看守の血まみれの上着を失敬してくるんだったと悔みだしたんだな」

「なるほど、それならありそうなことですな」

「だいいち、これはなにも当て推量をしなくてもいい問題だ」と言って、アシャーは別の新聞に目を移した。「もうこの男がお尋ね者の脱走犯だということはわかっているんだからね」

神父はかすかな声で訊いた――「どうしてそうだとわかったんですか」グレイウッド・アシャーは新聞をほっぽりだして、また例の二枚の切り抜きを手に取った。

「ずいぶん頑固な人もあったものだ」と彼は言った――「仕方がない、そもそもの始まりから話してあげよう。ここにある二枚の切り抜きには共通点が一つだけある。それ、ご存じのあの有名な富豪アイアトン・トッドの所有地ピルグリムズ・ポンドの名がどちらにも出ているということだ。このトッドがなかなかの人物だということも知っているだろう。とび石づたいにぴょんぴょんと出世した……」

「古き自己の殻を捨てて向上また向上。ええ、わかっていますよ。たしか石油でしたな」

「とにかく」とアシャーは言った――「奥の手トッドは今度のずぶとい事件に大いに関係がある」

アシャーはもう一度、火の前で伸びをしてから、お得意の大げさな説明口調で話を続けた。

「第一に、この点については、表面上にはなんの不思議もない。一人の囚人がピルグリムズ・ポンドへ銃を持っていくということは、不思議でもないし、変なことですらない。我々アメリカ人はイギリス人とは違うんだ。誰かが金持ちになっても、病院やら馬やらに金をまきちらしているかぎり、その金持ちをゆるしてしまうのがイギリス人だ。奥の手トッドは、自分一人の実力でえらくなった。彼のすご腕を見せつけられた者のなかには、鉄砲かなにかでお返しをしてやりたがっているのが何人いるかわかったものではない。トッドは誰かその名前を聞いたこともないような男にいつ倒されないともかぎらないんだ。ロックアウトでやつが締めだしをくわせた労働者とか、やつが潰した事業で働いていた事務員とか、そういった連中だ。たしかに奥の手氏は知的な才能をもった名士だ。しかし、この国では、雇い主と労務者の関係はかなり緊張しているんでね。

このライアンという人物がトッドを殺害する目的でピルグリムズ・ポンドへ出かけたとすれば、それは以上のような理由によるのだ。こういう見方を我輩はしていたところ、もう一つちょっとした事実が発見されて、我輩の探偵本能が目ざめた。我輩は、捕えた男を無事にひき渡してから、ステッキを拾いあげて、田舎道をぶらつき、ふた曲がりほどすると、トッドの地所の横門の前に出た。ピルグリムズ・ポンドという名前の起こりになっている池というか湖のあるあところにいちばん近い入口だ。そう、いまから二時間ばかり前だから、七時ごろだった。月の光がますます明るさを加え、その神秘的な池の上で月光が何本もの長く白い筋になってゆらいでいた。この池の灰色の岸は水をたっぷり含んでぬらぬらとした泥池で、昔、魔女たちにそこを歩かせて、池の底にからだが沈んでゆくまで休ませなかったという話があるくらいだ。もうその詳しい経緯《いきさつ》は忘れてしまったが、この池のことはご存じだろう。トッドの屋敷の北方にあたる荒野のなかに節《ふし》くれだった妙な木が二本あるが、これはどう見てもまともな葉の茂った木とは思えない、むしろ巨大なきのこの化け物かと見まがうほど不気味なのだ。

さて、このかすんだ池をのぞきこんで立っていると、屋敷のほうから近づいてくる人影がちらりと見えたような気がした。しかし、あたりが薄暗かったうえに人影はだいぶ離れていたので、それが錯覚だったかどうかもわからず、ましてこまかなことはさっぱりわからなかった。しかも、このとき我輩はもっと身近で起こったことにはっとして、そっちのほうに注意をひかれたんだ。我輩は塀のかげにうずくまった。大きな屋敷の一角からやっと二百ヤードばかり延びてきているその塀は、運よくところどころ破れていたので、のぞきこむにはおあつらえむきだった。左側に出ばっている建物の一角のドアが開き、なかの明かりを背に人影が一つうきあがったんだ。ずいぶん着ぶくれした人で、からだを前かがみにしているところは外の闇のなかをうかがっていたにちがいない。やがてドアを閉めた。ランタンをさげていて、その明かりが当人の着ているものや姿恰好を、充分とはいえないが、ちらほらと照らしだした。どうやらぼろぼろのマントにくるまった婦人のようだった。人目を避けるために変装をしていたんだろう。金の壁紙を張った部屋から出てきた女がぼろをまとったり、人目をしのんだりするなどとは、どう考えてもおかしなことだ。女は曲がりくねった庭道を慎重な足どりで歩き、我輩から五十ヤードと離れていないところへ来た。そこでちょっとのあいだ、あの泥沼を見渡す段状になった芝生の上に立って、火のともったランタンを高々とさしあげると、合図をするようにして前後に三度、慎重に振った。二度目に振ったとき、一瞬ちらりとその顔に光が投げかけられた。それは、我輩の知っている顔だった。なんとも異様なくらい青ざめていて、頭は、借りてきた品のないショールで包んでいた。しかしながら、それはまぎれもなく百万長者の娘エタ・トッドだった。

エタは出てきたときと同じにこっそりとひき返し、やがてドアのかげに消えた。我輩は塀をのりこえてあとをつけようとしたが、いくらなんでも探偵熱にとりつかれて柄にもない冒険をするなんて体面にかかわるし、だいいち、そんな密偵のまねをしないでも、もっとれっきとした公《おおやけ》の権限によって我輩の手のなかには必要なカードが全部揃っているじゃないか――とそう我輩は思い返したのさ。こうしてひき返そうとしたそのとき、新しい物音が夜の静けさを破った。屋敷の上のほうの窓が開いた音で――その窓は、建物の角より向こうだったので見えなかった――ひきつづいて、ひどく明瞭な声が庭いっぱいに響きわたった。フォールコンロイ卿がどの部屋にも見えない、いったいどこにいるんだとわめいている声だった。誰がどなっているのかはまちがいようがなかった。それは我輩も政治演説会や重役会でよく聞いたことのあるアイアトン・トッド氏の声だった。下のほうの窓や入口のステップにも他の人たちが出てきたらしく、トッド氏に向かって口々に大声で『フォールコンロイは、一時間前にピルグリムズ・ポンドへ散歩に出かけたきり帰ってきていない』と叫んだ。するとトッドは『大した殺人が起こったぞ』と叫ぶなり、力まかせに窓を閉めた。すぐにトッドが階上から階段をおりてくる音が聞こえてきた。我輩は、さっき思いついたもっと賢明な方法を思い出し、こちらにさがしにくるにちがいないみんなの前から立ちのいて、八時前後にここへ帰ってきた。

さて、きみにはおもしろいどころかどうやら苦痛でさえあるあの社交新聞の記事を思い出してくれないか。もしあの脱獄囚がトッドのために弾丸をとっておいたのでないとすれば――そうでないことは明らかだが――フォールコンロイ卿のためにとっておくつもりだったというのがいちばん可能性のあることだし、実際その弾丸はもう使われてしまったようにも見える。あの池の異様な地理的環境くらい人殺しに便利な場所はまたとあるまい。死体をあそこへ投げこめば、深い泥に飲みこまれて、文字どおり底なしの淵に沈んでしまうことだろう。とにかく、ここでひとつ、髪を短く刈られたくだんの男が殺しにきたのはトッドではなく、フォールコンロイのほうだったと仮定してみよう。ところが、前にも指摘したとおり、アメリカにはさまざまな理由からトッドを殺したがっている人間が大勢いるのに対し、まさかアメリカ人がいくらなんでもイギリスの貴族を殺したがる理由などありうるはずがない。ただ一つ、あの桃色新聞に書いてあったこと、この到来したばかりのイギリスの貴族が百万長者トッドの娘に目をつけているということ、それだけは例外だ。イギリス貴族を殺したがる理由はそこにならあるかもしれない。問題の坊主刈り頭の男は、いくらからだに合わない服を着ていようと、よっぽど恋いこがれている恋人にちがいない。

こういう考えが、きみには耳ざわりなばかりか滑稽《こっけい》でさえあると思われるだろうが、それだってきみがイギリス人だからさ。これじゃまるで、カンタベリの大主教の娘がハノーバー・スクエアの聖ジョージ教会で仮出獄中の道路掃除人と結婚するようなものだときみは思うだろうが、だいたいきみは、我が市民たちの進歩し向上する力というものを認めていないんだ。夜会服を着て風采のいい、どことなく威厳のある白髪の男がいる。この男が我が州の大黒柱になっていると聞くと、きみはどうせ親譲りなんだろうと思う。が、それはまちがいだ。わずか数年前には貧乏長屋か、よくあるように、牢屋にでもいたのかもしれない男だとは、きみは気づかない。我が国民の弾力性と向上心というものを考慮にいれてないいんだな。我が州でもっとも有力な市民トッド氏は、最近になって出世した人だが、それだけじゃない、かなり年をとってからのしあがってきたんだ。トッド氏の令嬢は、父親が初めて大もうけをしたときには、もう十八になっていたのであるから、身分の低いひもをもっているとしても不思議じゃないし、どこかの下層階級の男に頼って暮らしていたということさえありうる。あのランタンの合図から察すると、どうも後者の可能性が強い。だとすれば、あのランタンを持っていた手は、問題の銃を持っていた手と関係がないとは言いきれない。この事件は、とにかくひと波瀾《はらん》ありそうだな」

「なるほど」と神父は辛抱強く言った――「それからどうなさいました?」

「これを聞いたらさぞ驚くだろうな」とグレイウッド・アシャー氏は答えた――「こういう問題の領域における科学の進歩に対してあまりよい顔をしないきみのことだからね。我輩はこの刑務所で相当の自由裁量を許されている。場合によってはいくぶん規定以上に独断でやることもあるくらいだ。さて、今度の事件を見て我輩は、これこそきみにいつか話したあの心理測定器をためしてみる絶好の機会だと考えた。あの機械は絶対に嘘はつけないものなんだ」

「どんな機械だって嘘はつけませんよ」とブラウン神父は言った――「真実を言うこともできませんしね」

「この場合、測定器はまさしく真実をしゃべったのさ。それを話してあげよう」とアシャーはひるまずにしゃべりまくった――「我輩は、からだに合わない服を着た問題の男を安楽椅子に座らせ、黒板にいくつか単語を書き並べた。機械は男の脈拍の変化を無心に記録する。我輩は男の態度を無心に観察する。このテストの要点は、まったく関係のないいくつかの単語を書きつらねたなかに問題の犯罪に関係のある単語をさりげなく挟んでおくのだ。我輩は《青鷺《あおさぎ》》、《鷲《わし》》、《梟《ふくろう》》と書いてから《隼《フォールコン》》と書いた。するとやつはえらく動揺した。吾輩はその《フォールコン》のあとに《ロ》という字を書き加えたが、そのときには機械がとびあがるほどだった。アメリカにいる人間で、イギリスから到着したばかりのフォールコンロイの名前を見てとびあがるなんて、フォールコンロイを撃った犯人にきまっているじゃないか。これは証人たちの出まかせなおしゃべりよりよっぽどましな証拠じゃないかね。信頼にたる機械の証言なんだ」

「あんたはいつも忘れておいでですよ」と神父は述べた――「その信頼にたる機械を動かすのは、いつも信頼できぬ機械だということをね」

「と言うと?」

「つまり人間ですよ。わたしの知っているかぎり、人間こそいちばん信頼できぬ機械なんです。なにも失礼なことを申しあげるつもりはありませんが、同時に、あんたが人間というものをご自分の不愉快な、もしくは不正確な影にすぎないのだとお考えになるだろうとも思いません。あんたは、その男の態度を観察したとおっしゃった。が、はたしてその観察の仕方が正しかったかどうか、どうしてそれがわかります？　いくつかの単語を自然にさりげなく並べたというお話でしたが、あんたがそれを自然にやったかどうか、どうしてわかります？　そうとなれば、相手のほうでもあんたを観察していなかったとはかぎりますまい。あんたのほうこそえらく動揺していたかもしれない。そうではなかったと証明することができますか。あんたの脈には機械が結びつけてなかったんでしょう」

「とんでもない」とアメリカ人はこのうえなく興奮して声をはりあげた。「我輩は冷静そのものだったね」

「調べられる罪人だって冷静になれぬことはない」とブラウン神父は笑顔で言った――「あんたと同じくらい冷静を保っていたかもしれない」

「ところが、あの男はそうじゃなかった」とアシャーは書類を投げちらしながら反駁《はんばく》した。「きみにはもううんざりするよ」

「どうもお気の毒です。わたしはただ、理論的にありうることを述べたまでです。その男を絞首台に送りこむ決め手の単語はこれだということが当人の態度から見わけられたとすれば、反対に当人だって、今度はいよいよおれの首に縄をかける単語がとびだすぞということがあんたの態度から察せられるというものじゃありませんか。わたしなら、いやしくも一人の人間を絞首刑にする以上は、そういう単語だけじゃものたりませんね」

アシャーはここぞとテーブルを強くたたいて立ちあがった。憤慨しているが、どんなものだといいたげな誇らしい態度だった。

「だから、そのほんとうの決め手をこれから教えてあげようとしていたところなんだ。我輩が最初あの機械を使ったのは、あとでもっと別の方法でそれを確かめてみるためにすぎなかったんだよ。そうしてみたところが、きみ、やはりあの機械の言ったことは正しかったのさ」

アシャーは一息ついてから、いくらか興奮をおさえてまた話しだした。

「まあ、くどいようだが、そのあたりまではこの科学的な実験のほかは頼るものがなかったのは事実なんだ。実際あの男には不利な点が一つもなかった。からだに合っていなかったというあの服だって、こういう犯罪人が属しているはずの貧民層のものにしてはかなり上等だったし、それればかりか、畑を走りまわり、埃《ほこり》だらけの生垣をくぐったりした以上よごれているはずなのに、わりと清潔だった。むろん、これだってその男が牢破りをして脱走したばかりだったからということにもなりうる。しかし、どうしても我輩には、かなり上品な部類の貧乏人が死に物狂いで行儀をよくしているというふうに見えて仕方がなかった。この男は、そういうタイプの連中のように堅く口をとざし、どこまでも威厳を失わなかった。そういう人たちと同じように、なにか隠している大きな悲しみがあるようだった。あの看守殺しについてはもちろん、ほかのどんな質問にも、知らぬ存ぜぬで押しとおし、この筋の通らない苦境から自分を救いだしてくれるようなうまいことが早く起これればよいとでも思っているらしい様子で不機嫌にいらいらとして待っているきりだった。ずっと以前に商売上のいざこざがあったとき助けてもらった弁護士に電話をかけていいかと何度も我輩に訊いたり、そのほかあらゆる点で無実の人間がやりそうなことをやっていた。やつに不利な証拠は、やつの脈拍の変化を示した表示盤の小さな針のほかにには、世界じゅうさがしたってなにもなかったというわけだ。

そんなわけで、神父さん、機械がテストされていたことになるんだ。その結果は——機械はまちがっていなかった。我輩がやつを個室から連れだし、ほかの連中が尋問を待っている大部屋に入っていったときには、さすがのやつも、いくらかなりと泥を吐いて事件を片づけようという気になっていたらしい。我輩のほうに振り向いて、低い声でこう言ったのだ——『ああ、これ以上がまんできない。どうしてもわたしのことを洗いざらいお知りになりたいというのなら……』

こう言いかけたとたん、大部屋のベンチにかけていた貧しい女の一人が立ちあがって金切り声をはりあげ、やつを指さした。あんなに怖ろしくはっきりとした言葉を聞いたのは生まれて初めてだった。女のやせ細った指が豆鉄砲さながらにやつをぴたりと指していた。女はひと声わめいたきりだったが、それが一字一字まるで時計の鳴る音の一つ一つのようにははっきりと聞きわけられたのさ。

《ドラガー・デイヴィス！》と叫んだのだ。《ドラガー・デイヴィスが捕まった！》

こそ泥だとか夜の女だとかいった罪深い女たちのうちから二十ばかりの顔がいっせいに振り向き、みんなざまあ見ろと言いたげな表情で唖然としていた。このときに、たとえその女の叫び声が我輩の耳に入らなかったとしても、とたんにやつの顔にうかんだひとかたならぬ驚きの色を見たら、この自称オスカー・ライアン殿が女の口から出た自分の本名をお聞きになったのだということが、難なくわかったことだろう。だが、そこまで見なくても、我輩にはわかっていた——きみは、まさかと思うだろうが、とにかく、このドラガー・デイヴィスというのは、以前によく警察を悩ました、とんでもない大悪党だったのさ。起こったばかりの看守殺しなんかよりもずっと昔に、この男が一度ならず殺人を犯していることは、たしかなのだ。ところが妙なことに、当人は一度も殺人の罪であげられたことがないんだ。というのも、やつは殺人よりもずっと穏やかな——あるいは、それよりもっとたちの悪い——犯罪をやるのと同じ手口で殺しをやったからなんだ。軽いほうの犯罪ではやつもよくあげられていたんだよ。だいたいあの男は、ある程度は美男子で上品に見える類《たぐい》のごろつきだった。

そんなものだから、たいがいはバーの女給だとかショップガールと歩きまわっては、その相手のふところをすっからかんにさせるのを常習としていた。もっとひどいことにまで手をだしたことも一度じゃない。やつの女は、たばこかチョコレートに一服もられ、そのあいだに全財産をごっそり持っていかれるというわけだな。こんなこともあった。ある事件で娘が死んだ。いくら綿密に調べても証拠がはっきりせず、なによりも始末の悪いことに、悪党の男のゆくえがさっぱりわからなかった。聞いた話によると、次にやつはまったく正反対の人物となってどこかに現われ、今度は金を借りるんじゃなくて貸すほうになっていたそうだ。それにしても相手はやっぱりやつの個人的な魅力にまいってしまいそうな後家さん連中で、みんなえらい目にあったという話だ。

さあ、これがきみの言う潔白な男だ。これがやつの潔白の素行記録だ。その後にも、四人のごろつきと三人の看守が面とおしでやつの人相を確認した。こうなったからには、さあ、きみは我輩のおとなしい機械になんと言うつもりだね。やつは機械にしてやられたんじゃなかったかね。それとも、あの女とわたしに、してやられたとでも言ってくださるのかね」

「あんたはやつにしてやったのですよ」とブラウン神父はだらしのない恰好で立ちあがり、ぶるぶるっとからだを震わせた――「やつを電気椅子から救ってやったというわけです。もう遠い昔のあんなあいまいな毒殺事件でドラガー・デイヴィスを殺すわけにはゆきますまい。それから、看守を殺した脱獄囚ですが、あんたがこの囚人を捕まえてないことは明白です。デイヴィス氏は、なにはともあれ、今回の看守殺しに関しては無実です」

「なんてことを言う」と相手はにじり寄った。「この事件では罪がないなんて、どうしてそんなことを?」

「なに」と小柄の神父はいつになく活気づいて大きな声になった――「デイヴィス氏はもっと別の罪を犯しているからですよ。あんたのような人たちのお気持ちは、わたしにはさっぱりわからない。あんた方は、ありとあらゆる罪がみんな一つ袋に入っているのだとお考えになっているようだ。月曜日のけちん坊は火曜日にも守銭奴《しゅせんど》なのだと言いたげな話しぶりをなさる。あんたのお話によると、ここに捕えられている男は、貧しい婦人方を甘い言葉で釣って、はした金をせしめるのに、何週間もいや何カ月も費していたそうですね。また、いちばんおとなしいときには麻薬を使い、毒薬を使ったのはごくひどい場合にかぎられていたそうですし、あとでもっとも悪質な金貸しになってからも以前と同様に辛抱強く、平和的に貧しい人たちをだましていたということでしたね。まあ、それはそうとして、論議を進めるのに便利なように、あの男がこういったことを全部やったものとしておきましょう。そうしておいてから、ひとつ、その男がやらなかったことをお話しして進ぜましょう。忍びがえしのついた塀を襲い、弾丸をこめた銃を持った男に立ち向かうようなまねをデイヴィスはしなかった。その塀に自分の手で《これはおれのしわざだ》などと書きもしなかった。これは正当防衛だと弁解するために足を止めたりもしなかった。その看守に対してはなんの恨みもないと説明することもなかった。持ち去る鉄砲の行き先である大富豪の名をあげもしなかった。他人の血で自分の頭文字を書きもしなかった。ああ、これはなんとしたことだ。あんたには、両者の性格がまるで違っているのがおわかりにならないのか。なるほど、あんたはちっともわたしと似たところがないようですな。あんたという人は、みずからのうちに悪徳というものをもったことがないんじゃありませんか」

あっけにとられたアメリカ人は、抗弁しようとして口を開きかけていたが、そのとき、この私室兼副所長室のドアを力まかせに荒々しくたたく者があった。アシャーがこれまでに経験したことのないような乱暴で無作法なノックだった。

ドアがとぶようにして開いた。グレイウッド・アシャーは、その一瞬前までは、どうもブラウン神父という人は狂人らしいという結論に達しかけていたのだが、この瞬間を境として、自分も気が狂ったのではないかと考えだした。この部屋に文字どおりなだれこんできたのは、世にもきたないぼろを着た男で、ななめにかぶった帽子は油でよごれ、形が崩れていた。虎の目のように光っている目の一つからはみすぼらしい緑色の目蔽いが突きでていた。顔の、それ以外の部分はもつれた顎鬚《あごひげ》やら頬髯《ほおひげ》やらが一面に蔽って、何者とも見わけがつかなかった。その鬚のあいだから辛うじて鼻が突きだしていたが、あとは全部、赤いスカーフだかハンカチだかにさらに深く包まれていた。この州で誰よりも、荒くれの男たちをたいがいは見知っているというのがご自慢のアシャー氏でさえも、かかしそっくりの身なりをしたこんなマントヒヒは初めてだと思ったほどだった。そのうえさらに、この男が初めて口をきったときのそのしゃべり方ときたら、アシャー氏の平穏な、科学者としての生活ではいまだかつて聞かれたことのないようなものだった。

「おい、アシャーのおじさん」と、この赤いハンカチにくるまった生き物は叫んだ——「もう、うんざりしてきたよ。いいかげんに隠れんぼはやめとくれ。これ以上はもうばかにされないぞ。さあ、おいらのお客さんを帰してくんな。そうすりゃ、こちとらも変なまねはしないでおこう。あと一秒でもやつをひきとめておいたら、とんだ目にあうぞ。こう見えても、手づるがないわけじゃないいんだからな」

我が優秀なるアシャー副所長はひたすらびっくり仰天してこのほえ狂う怪物をうちながめるばかりだった。驚き以外の感情は完全に種ぎれになっていた。目を驚かされただけなのに、耳まで役にたたなくなっていた。やっとのことで片方の手を伸ばすと、思いきりベルのボタンを押したが、ベルの音が鳴りひびいているうちにも、ブラウン神父の声がもの柔らかに、しかし明瞭に聞こえた。

「ひとつ提案したいことがあるんですよ」と言っているのだった。「しかし、これはどうも一筋縄じゃゆきそうもないことなんです。わたしはこの紳士を存じあげておりません――いや、しかし、存じあげていると思います。あんただってご存じのはずですよ。よく知っていなさるはずだ。ところが、やはり知ってはいない。無理もないことです。どうも逆説めいていけませんな」

「宇宙にひびが入ったみたいだ」とアシャーは言って、丸い事務椅子にぐにゃりと身を倒した。

「さあ、さあ」と見知らぬ男はテーブルをたたいてすごんだ。が、妙なことにその声は、まだどなりちらしてはいたけれども、わりあいに穏やかで、もっともらしい響きをおびていた。

「おまえなんかの出る幕じゃない。こっちの望みは……」

「おまえはいったい何者だ」とアシャーが急に身をすっくと起こしてどなり返した。

「このお方の名前はトッドというんでしょうな」と神父。

そう言ってつまみあげたのは、あの桃色新聞の切り抜きだった。

「どうもあんたはこの社交界専門紙をちゃんとお読みにならなかったようですな」と前置きしてブラウン神父は淡々とした声で読みはじめた。

「『そうでなければ当市のもっとも社交的な指導者たちの、宝石に飾られた胸に隠されている。しかし、聞くところによると、それは、下流社会の質素な習慣や作法を巧みにもじったものであると言われる』どうです、今夜ピルグリムズ・ポンドで貧民の大晩餐会があったのですよ。

アイアトン・トッド氏はたいへん親切な主人《ホスト》でいらっしゃるから、急いでもう一人の方をさがしに出かけられ、仮装を脱ぐひまもなかったというわけなのです」

「もう一人って、誰のことかね」

「畑を走ってくるところをあんたがごらんになった、あの滑稽《こっけい》なくらいからだにしっくり合わない服を着ている男のことですよ。あの人を調べにいらしたほうがいいんじゃありませんか。お客さんは、さぞかしシャンパンのあるところへ帰りたがっておいででしょう。銃を手にした囚人が現われたのを見て、あわてふためいて逃げてきたんですよ」

「まさかきみは……」と副刑務所長は言いかけた。

「とにかく、アシャーさん」と神父は静かに言った――「あんたは、機械がまちがえるはずはないとおっしゃった。たしかにある意味ではそうでした。が、もう一つの機械がまちがいをやらかした。機械を動かす機械が狂ったのですよ。あのぼろをまとった男がフォールコンロイ卿の名前を見てとびあがったのは、ほかでもない、フォールコンロイ卿を殺したからだとあんたは早合点《はやがてん》をしてしまわれたのですよ。やつがフォールコンロイ卿の名前を見てびっくりしたのは、なんのことはない、やつがフォールコンロイ卿その人だったからです」

「じゃ、どうしてそう言わなかったんだ」とアシャーは目を丸くして訊いた。

「自分の服装やら、先ほどの狼狽《ろうばい》ぶりをかえりみて、我ながらあまり貴族らしからぬことだと思ったのです」と神父。「そこで、最初のうちは名前を隠そうとした。しかし、とうとう名前をあかそうとしたそのとき」ここで神父は目を落として靴の先を見た――「ある婦人がやつのもう一つの名前を見つけたというわけです」

「だが、いくらなんでも」とグレイウッド・アシャーは顔面を蒼白《そうはく》にして言った――「フォールコンロイ卿がドラガー・デイヴィスだったなんて言いだすんじゃないでしょうね」

　神父はしばらく真剣な目つきでじっとアシャーを見ていた。けれども、その顔の表情は、どうとも解釈のできない、謎めいたものだった。

「そのことについてはなにも言いますまい」と神父は言った。「あとは全部あんたのご推察にまかせます。この桃色新聞には、フォールコンロイ卿は最近になって爵位を復活したと書いてありましたね。しかし、こういう新聞はちっともあてにならない。若い時分アメリカにいたと書いてありますが、それだって怪しいものだ。デイヴィスとフォールコンロイは、どちらもたいへんな臆病者ですが、臆病者ならほかにも大勢いるというものです。こういう場合、わたしだったら自分一人の意見で犬一匹だって殺すようなことはしたくありません。が、それはともかく」神父は考えこむようにして話を続けた――「わたしの考えでは、あんた方アメリカ人はあんまりご自分を卑下《ひげ》なさりすぎる。イギリスの貴族というものを理想化しておいでだ。イギリスの貴族は貴族的であるにちがいないと思う、その考えからしてまちがっている。夜会服を着た、風采のいいイギリス人をごらんになる。そして、この男が貴族院議員であると聞かされる。するとあんた方は、その男の家が代々同じ名で続いてきたものと思いこんでしまう。だいたい、あんた方はわたしどもイギリス国民の弾力性と向上心というものをお認めになっておらんのです。我が国でもっとも有力な貴族はごく最近のしあがってきたばかりで……」

「もういい、やめてくれ」とグレイウッド・アシャーは神父の顔にちらつく皮肉の影にがまんできなくなって手をねじるようにして叫んだ。

「こんな頭のおかしな奴と話なんかしていないで」とトッドが咆哮《ほうこう》のような声で言った――「さあ、友だちのところへ連れていってくれ」

さて、翌朝ブラウン神父はあいかわらずつんとすました表情で、またしても一枚の桃色新聞を手にして現われた。

「この流行の新聞をあんたはどうもおろそかになさっているようですな」と神父は言ったものである。「しかし、この切り抜きならあんたも興味がもてるんじゃありませんか」

アシャーはその見出しを読んだ――「奥の手氏の宴席から迷いでたうかれ者たち。ピルグリムズ・ポンドで起こった爆笑的椿事《ちんじ》」その内容はどうかというと――「昨夜ウィルソンのガレージ付近で滑稽極まる事件が起きた。パトロール中の警官が不良連の注進に従って駆けつけてみると、高級乗用車の運転席にゆうゆうと乗りこもうとしている囚人服の男があった。みすぼらしいショールをまとった娘が同行していた。警官が口を出すと、若い婦人はショールを脱ぎすてた。百万長者トッド氏の令嬢の変装姿であることがそれで判明した。同嬢はピルグリムズ・ポンドの邸宅で催されていた貧民晩餐会という変わり種パーティーから抜けだしてきたところだった。その席上では社交界のそうそうたる連中がみなこの二人と同じような略装をしていたのである。トッド嬢と囚人服の青年は、例によって例のごときドライブへ出かけるところだった」

この切り抜きの下にもう一枚、もっと新しい版の切り抜きがあるのをアシャー氏は見つけた。その見出しは——「大富豪の令嬢と脱獄囚の驚くべき逃走。令嬢は奇抜パーティーを催させ……いまや安全な土地に……」

グレイウッド・アシャー氏は思わず目をあげた。が、ブラウン神父の姿はもうそこになかった。

シーザーの頭

　ブロムトンだったか、ケンジントンだったか、背の高い家がどこまでも続いているところがある。豪華だけれども、がらんとした空き家が多く、まるで一段と高い丘に墓石が並んでいるような具合だ。どの家も、その陰気な玄関に登ってゆくステップが、なんと、ピラミッドの斜面そこのけのけわしさなのである。ドアの前まで行ってみれば、それをあけてくれるのはミイラではあるまいかと、ノックする手も臆しがちになるというものだ。ところが、その灰色の屋敷の前面《ファサード》でそれよりもうっとうしいものが、まだほかにある。すなわち、それが望遠鏡のように長く、なんの変化もなく続いているということである。ファサードに沿って歩く人は、これでは永久にその切れ目や角に着くことはあるまいと考えるにちがいない。と言っても、一つだけ例外がある。とても小さなものだが、歩いている人が思わず歓声をあげそうな変化である。二軒の背の高い屋敷の中間に見たところ厩《うまや》のようなものがあるのだ。街路に較べるとドアの裂け目みたいな細い口があいている。それでもごく小型のビール屋か立食い屋が狭苦しそうに建っているだけの余地はある。金持ちたちはいまだにこういう店を雇い人の馬丁たちに認めてやっているのである。それがいかにも薄よごれた小屋であるというところがまた妙に陽気であり、それがまったくとるにたらぬ存在だというところになにか自由で悪戯《いたずら》っぽいところがある。それはまるであたりにそそり立つ石づくりの巨人たちの足もとに明かりをともした小人の家のように見えた。

秋も深まった、とある日の夕暮れにこのあたりを通りかかった人ならば、一本の手がその小屋の赤いカーテンをひきあけ、続けて、いままでそのカーテンに半分隠されていた奥から一つの顔がのぞくのを見たことだろう。それは無邪気な鬼の顔のようでなくもなかった。が、なんのことか、それは怪しむにたらないブラウンという人名をもったものの顔で、この男、前にはエセックスのコブホールで司祭をしていたが、いまはロンドンがその任地となっている。向かいあって座っているのはブラウンの友人で半官半民の探偵であるフランボウで、いましがた調べあげたばかりのこの近所の事件についてしきりに総ざらいのノートをとっているところである。二人を隔てている小さなテーブルは窓に近かったので、いま神父がカーテンをひきあけて表をのぞいてみたわけなのである。神父は、一人の見知らぬ通行人が窓の前を通りすぎるのを待って、それからカーテンをもとに戻した。と、神父のくりくりした目が窓ガラスの高くに書かれた白い文字をひょいと見あげ、それから隣のテーブルに移った。そこには、ビールとチーズを前にした労働者と、赤毛で一杯のミルクだけの若い娘が座っているきりだった。それを見て(そしてフランボウが手帳をしまうのを見て)から、神父はそっと、つぶやくように言った——。

「十分ほどの暇があるんなら、あのつけ鼻の男を尾行してみるといいんだが」

フランボウは驚いて目をあげた。ところが、赤毛の娘もまた目をあげ、しかもその様子は単なる驚き以上のものを示していた。娘の服装は簡素で、ライト・ブラウンのズック地のものをだらしなく身につけている。だが、一人前のレディー然としており、なおもよく見ると、レディーでもかなり不必要に横柄な部類と察せられた。「つけ鼻の男だって!」とフランボウはこだまのように繰り返した。「何者なんです?」

「それがさっぱりわからないんだ」とブラウン神父は答えた。「それをおまえさんに探ってもらいたいのだよ。これは私のお願いだ。男はあっちへ行った」神父はここで肩越しに指をうしろに向けて動かした。神父のよくやる控えめな手ぶりだ。「まだ三本先の街灯を通ってもいないだろう。どの方角へ行くのか、それだけわかればけっこうだ」

フランボウはしばらくとまどいとおかしさのあいなかばする表情で神父を見つめていたが、意を決したのか、椅子から立ちあがると、この超小型酒場の小さなドアに大きな図体を割りこますようにして外に出、宵闇のなかにまぎれた。

ブラウン神父はポケットから手帳を取りだし、一心不乱に読みはじめた。赤毛のレディーが自分の席を立ち、神父の前に移ってきたことに感づいているような様子を神父はすこしも見せない。女はとうとう前に身をのりだして、低いが力の入った声で言った――「どうしてなんです? どうしてあれがつけ鼻だとわかるんですか?」

神父はどちらかと言えば重たそうな瞼《まぶた》をあげた。そして、かなり困った様子でそれをぱちくりさせてから、不審そうな目つきで正面のガラスに書かれた白い文字をまた見るともなく見やるのだった。若い女の視線もそれを追って、やはりその文字に釘づけになったが、なんのことやらとんとわからぬ様子だった。

「そういうことじゃないんですよ」とブラウン神父は相手の考えていることに答えて言った。「あれは《SELA》と書いてあるんじゃない。SELAなら聖書の詩篇のなかに出てくるんだが、わたしもいましがたぼんやりしていたときにはそう読んでしまったが、あれは《ALES》と書いてあるんですよ」ALESとはビールのことである。

「へえ」と若いご婦人は目を大きくして訊いた――「あそこに書いてあることがどうしてそんなに大切なんです」

神父の忙しい目は回りまわって娘の軽いズック地の袖に向けられた。その袖口にはちょっとした芸術的模様の糸が縫いつけられていて、これが平凡な女性の労働着ではないことを辛うじて示し、むしろ美術を勉強しているレディーの仕事着のように見えさせてはいた。このことについて神父はとっくりと考える材料を見つけたらしかった。が、その口に出た返事はとてもゆっくりとしていて、ためらいがちだった。「こうなんですよ、マダム」と神父は言ったのである――「外から見たところ、この酒場は……いや、ここはけっして不道徳な場所ではありませんが、しかし、あんたのようなレディーは……まあたいがいこんなところは敬遠するものです。自分から進んでこういうところに入ることはまずない。ただ――」

「ただなんですの?」と女は先を促した。

「ただ、ミルクを飲むために入ってくるんじゃない少数の不幸な人たちだけは別だが」

「ずいぶんおかしな人ですわね」と若いレディーは言った。「どういうおつもりでそんなことをおっしゃるんです？」

「そのことであんたにご迷惑をかけるためじゃなくて」と神父はいたって穏やかに言った――「あんたを助けてあげられるように予備知識を得ておきたいからですよ。もっとも、遠慮なさって助力はいらないと言うのなら話は別ですが」

「でも、どうして私が人さまの助力を求めなくちゃならないんです？」

神父はうっとりと夢を見ているような具合にモノローグを続けた。「あんたはここへ弟子だとか平民の友だちと会うためにやってきたんではない。もしそうだったら、ホテルのロビーにでも行けばよいはずです。また、気分が悪くなったために入ってきたのでもない、それならば、ここのおかみに声をかければいいはずです。おかみさんは品の悪くない人ですからね。だいいち、あんたはどこも悪そうには見えない、ただ気分が晴れないだけのことらしい。……ここの道はどこまでも続いている一本道で、カーブがぜんぜんないし、両側の家はどれもみな閉まっている。……どう考えてみても、あんたは誰か顔を合わせたくない相手がやってくるのを見たが、あたりに身を隠す場所はこの酒場しかなかったのでとびこんできたのだとしか考えられませんな。……あんたが入ってくるとすぐ前を通ったのはあの男だけしかいなかったのですから、わたしがついその男に目を向けたのも別に失礼なことじゃありますまい。ところが、わたくしの考えではどうもその男がいかさまくさく……あんたのほうがまともに見えたもんだから、そこで、あんたがもしあの男に困らされているんなら、ひとつお手伝いしてあげてもいいと考えたわけなんです。あの友人ですか、あれはすぐ帰ってきますよ。こんな道路じゃ、いくら歩きまわってもなにも探りだせやしません。……それはわかっていたんですがね」

「じゃ、どうして見にやらせたんです？」と女は身をのりだした。たいそう興味をそそられたらしい。女の顔つきは、昂然《こうぜん》としていて、せっかちなところがあり、それがまた赤っぽい顔色やローマ鼻とよく似あった。たしかマリー・アントワネットもそうだった。

神父はここで初めて相手の顔をまじまじと眺め、こう言った――「あんたが話しかけてくるようにしてやろうと思ってね」

女は紅潮した顔をしてしばらく神父を見ていたが、そこには赤っぽい怒りの影がさしていた。だが、内心の不安もさることながら、結局はユーモアが女の目と口の両端からどっとこぼれ、ちょっと皮肉をこめてこう答えた――「まあ、そんなにまで私にしゃべらせたいのなら、私が質問したら答えてくださるでしょうね」そこで一息いれてから――「ありがたく伺わせていただきますが、いったいあの男の鼻がつけ鼻だということがどうしてわかったのです？」

「こういうお天気だと、蠟《ろう》というやつはちょうどさっきのようにぽつんと光って見えるんでね」

とブラウン神父はいともあっさりと答えた。

「でも、ずいぶんひんまがった鼻でしたわ」と赤毛の娘はさからった。

今度は神父がにっこりした。「あれは美男子に見せるためのつけ鼻じゃないことはたしかですよ」と認めて――「あの男が見せかけの鼻をつけているのは、ほんとの鼻があんまりりっぱだからなんでしょうな」

「どうしてその必要があるんです」

「そら、こんな子守歌があったでしょう」とブラウン神父はうっとりとして言った。「とても根性の曲がった男があったとさ、そいつの歩いた道も曲がっていたそうな。さっきの男もどうやらとてもまともじゃない道を歩いているようですな――あの曲がった鼻の向くほうへ歩いていけば、そうなるのも無理はない」

「それじゃ、あの男はなにをしでかしたというんです？」と問う女は小刻みに震えていた。

「あんたに無理やりに告白をさせるつもりはないんだが」と神父は静かに言った――「やっぱり、あの男についてはわたしよりあんたのほうがいろいろご存じのはずでしょう」

娘はがばと身を起こして棒立ちになった。両手を握りしめ、そのまま行ってしまうのかと思われた。が、固めた拳がだんだん開いて、やがて娘はまた腰をおろした。

「なにが不思議だと言って、あなたほど不思議なものはありませんわ」と娘はさじを投げた恰好で言った。「でも、あなたの不思議さのなかにはなにか中心がありそうだわ」

「なによりも怖ろしいのは、中心のない迷路です。だからこそ無神論者は夜ごと悪夢にうなされる」

「すっかりお話しします」と赤毛の娘はつっぱなすように言った……「ただ、どうしてうちあける気になったのかは言えません。自分にもわからないんですもの」

娘は継ぎはぎだらけのテーブルクロスを突っつきながら話を始めた。「あなたには俗物的なものとそうでないものとを区別する力がおありです。だから、私の家がちょっとした旧家だと申しあげても、それはただこの話に必要な前置きにすぎないのをわかっていただけるでしょう。実を申せば、私の身に迫っている主な危険は、兄がとてもプライドの高い冷たい考えをもっているために起こったものなのです。《高い身分には義務が伴う》《ノブレス・オブリージュ》という昔からのことわざがそれなんです。ところで、私の名はクリスタベル・カーステアズ。父は、たぶんお聞き及びかと思いますが、あのローマ貨幣の収集で名高いカーステアズ・コレクションを設けたカーステアズ大佐です。父がどんな人だったか、それは、どうにも形容できません。まあ、父自身ローマ貨幣にそっくりだったと申しあげるのが関の山です。美男子で、純粋で、稀に見る人で、金属的に冷やかなところなど、ほんとうにローマのお金そっくりでした。そう、もう時代遅れで使いものにならないというところまで同じでした。父は家紋よりも自分のコレクションを誇りとしていました。それだけしか父についてはっきり言えることはありません。

父のいっぷう変わった性格は遺書にいちばんよく出ています。子供は息子が二人に、女の子が一人だったのですが、上の息子、私の兄のジャイルズと父は言い争いをして、わずかばかりの仕送りを約束してオーストラリアにやってしまいました。父はそれから、カーステアズ・コレクションを、兄の場合よりもっと少額の年金をつけただけで次男のアーサーに贈る遺書をこしらえました。父としては、アーサーが孝行者で正直な人であるうえに、ケンブリッジで数学や経済学をやって優秀な成績をあげていることを認めて、それに対するご褒美というつもりだったのです。父は、私には全財産を遺してゆきました。これはきっと軽蔑のしるしなんでしょう。

アーサーがそれに不満だったとしても無理はないとお考えになるかもしれませんが、アーサーときたら、まるで父そっくりなのです。小さいうちはそんなに似たところはなかったのに、コレクションをひきうけるとすぐ、異教の坊さんがお寺に一生を捧げるように、すっかりそれにうちこんでしまったのです。かつての父とおなじに、かたくなな偶像崇拝の態度でもって、半ペンスの値もないローマの銅貨とカーステアズの名誉を混同し、ローマのお金をまもるにはローマ人のもったあらゆる徳をもっていなければならないと言わんばかりでした。なんの楽しみもなく、お金といえば一文《いちもん》のこらずコレクションにつぎこみ、ただもうひとえにローマ貨幣のために生きていました。簡素な食事の席に、着替えもせずに出てくることも珍しくありません。茶色の、古ぼけた部屋着にくるまって、紐でしばった茶色の紙包みがいくつも置いてあるなかをぶらぶら歩きまわるのです。その紙包みには、ほかの誰も手を触れることはできないのです。部屋着の太い紐と房《ふさ》、それにあのほっそりとして上品な青白い兄の顔がいっしょになると、まるで昔の禁欲の修道僧のように見えました。それでも、どうかすると、すっかり当世風の紳士になって現われることもあるんです。と言っても、それはロンドンの店へカーステアズ・コレクションに加える新しい品を買いにいくときだけなのですが。

もしあなたが若い者の気持ちをご存じならば、こういう暮らしで私がもうすっかりめいってしまっていると申しあげても、別に驚きはなさらないでしょう。そりゃ、昔のローマ人だって立派な人たちだったでしょう。でも、私は兄のアーサーとはちがいます。楽しいものを楽しまずにはいられないのです。この赤い毛は母方のほうから受けついだのですが、そのほかにも、ロマンチックな気質や他愛のないところなどを私は母から受けついでいます。ジャイルズだってそうでした。上の兄のジャイルズには、あの貨幣だらけの雰囲気はたまらなかったにちがいありません。そりゃ、あの人はほんとにいけないことをしでかして、危なく刑務所行きになるところでしたよ。でも、私のしたことだって兄の犯した悪事ととんとんでしたわ。そのことについては、すぐあとで申しあげます。

そろそろ、この話のなかのばかばかしい部分が始まります。あなたのように頭のよい人ならば、こういう立場に置かれた十七の気ままな娘が退屈しのぎにどんなことを始めるか、おおよそ見当がつくでしょう。ところが、現在の私はそんなことよりもっと怖ろしいことに気もそぞろになっているので、自分の気持ちがちっとも読みとれないのです。いま考えてみると、自分はいったいあれを恋愛遊戯だと思ってあざけっているのか、それとも失恋として耐え忍んでいるのか、さっぱりわかりません。あのころ、私たちは南ウェールズの小さな海水浴場のあるところに住んでいました。二、三軒離れたところに住んでいた退役の海軍大佐の家に私より五つ年上の息子さんがいました。ジャイルズがまだ植民地へ出かけない前の友だちだった人です。名前は別に言う必要はありません。でも、そう、なんでも包み隠さずにお話しする約束でしたわね。フィリップ・ホーカー、それがあの人の名前でした。私たちはいつも連れだって小蝦《こえび》を捕りに出かけました。お互いに愛していることを口にだしましたし、心のうちでもそう考えていました。すくなくとも、あの人のほうはそれを口にし、私はそれを心に思っていましたわ。あの人の髪が青銅色をしていてふさふさと波うっていたばかりか、海風のために青銅色になった、隼《はやぶさ》のような形の顔をしていたと申しても、それはおのろけじゃなくて、この話にどうしても欠かせないことだからなのです。

ある夏の午後、フィリップと浜辺へ小蝦を捕りにいく約束をしていた私は、応接間でいらいらしながらじっと立って、アーサーが買ったばかりの貨幣の包みをほどいて一度に一枚か二枚ずつ家の裏側の暗い書斎兼博物館へゆっくり運んでいくのを眺めていました。やっとのことで重いドアがしまって兄が書斎にこもると、すぐに私は、蝦とりの網と黒い大きな帽子をつかんで、あと一歩で忍びでようとしたのですが、ふと、兄の置き忘れた貨幣が一枚、窓際の長いベンチで光っているのが目に留まったのです。青銅の貨幣だったんですが、その色といい、それに刻まれたシーザーの頭のローマ鼻の曲線や、ほっそりとした首の伸び具合といい、どう見てもフィリップ・ホーカーそっくりでした。そこで私は思い出したのですが、ジャイルズはいつかフィリップによく似た顔の貨幣があるという話をしたことがあって、フィリップはとてもそれを欲しがっていたのです。いまそれを目の前にして、私の頭にどんなばかげた浅はかな考えが渦巻いたか、あなたなら想像できるでしょう。それは妖精たちからの授《さず》かり物のように思えたのです。それを手に持って走りだし、婚約指環にしては変わり種だけれど、とにかくフィリップにあげてしまえば、それが二人の永遠の絆《きずな》になってくれるだろう――そんな他愛のない考えが一どきにいくつも頭のなかを駆けめぐりました。でも、自分がどんなことをしているのかを考えると、足もとにぽっかりと大きな穴があいたような心地になって、これを知ったアーサーがどう思うかということが、まるで焼けた鉄にさわったときのように私をいても立ってもいられなくしました。カーステアズ家の者が泥棒になる。しかも盗む品はカーステアズ家の宝！　そんなだいそれたことをしたら、兄はきっと、私が魔女かなんぞのように火あぶりにされても、黙って見ているだろう、そう私は思いました。けれどもそういう兄の狂信的な冷酷さを考えるにつけ、兄がいつも薄ぎたない昔の品のことで大騒ぎをしているのを前々からよく思っていなかった私の憎しみと、それに海のほうから呼びかけてくる青春と自由へのあこがれが強まってくるばかりでした。表では、日がかっと照りつけていて風が吹いていました。庭に生えたはりえにしだの黄色い頭が窓ガラスを打ち、私は、生命をもったこの黄金の植物が世界じゅうのあらゆる荒野から私に呼びかけていると感じ、それに較べて兄が大事にしている使われなくなった、輝きのない金や青銅や真鍮《しんちゅう》は時のたつのにつれてますます埃《ほこり》にまみれてゆくばかりなのだと思いました。自然の力と、カーステアズ家のコレクションがとうとう決戦を始めたというわけなんです。

　自然のほうが我が家のコレクションよりも古いのです。ローマ貨幣をきつく握りしめ、浜辺への道を駆けてゆく私の背中にカーステアズ家の全系図ばかりかローマ帝国全体まで重くのしかかってくるような気がしました。紋章についた銀のライオンが吠えたて、帝王たちのあらゆる鷲《わし》のしるしが羽ばたきと悲鳴のような鳴き声もさかんに、よってたかって私を追いまわしているような気持ちでした。それでも私の心は子供のあげる凧《たこ》のように高みへ高みへとのぼり、いつのまにか私は乾いた砂の丘を越え、まっ平らな湿った砂浜へ出ていました。見ると、フィリップがもう何百ヤードも沖へ出て、きらめいている浅い水に踝《くるぶし》までつかって立っていました。日が没しようとしていて、まっ赤な夕焼けがどこまでも広がっていました。そのあたりの海は、半マイルの沖まで踝を越えない浅瀬が続き、この時刻にはまるでルビーの炎に燃える湖のようでした。私は靴とソックスを脱ぎ捨て、陸《おか》からだいぶ離れたフィリップのいるところまでざぶざぶと水のなかを歩いていきました。振り返ってあたりを見ると、だだっぴろい海とぬれた砂地のあいだに立っているのは私たち二人だけでした。私はそこでシーザーの頭をあの人に贈ったのです。

そのときでした。なぜか私はぞっとする寒気におそわれました。遠くの砂の丘に男が一人、じっとこちらを見ながらつっ立っているような気がしたからです。なに、これはつまらない気の迷いなのだ、と私は自分に言い聞かせました。その男はずっと離れたところにただ一点のまっ黒なものの形として見えただけなのですから。身動きせずに、いくらか首をかしげてなにかを見ているような恰好ではありましたが、見られているのが私であるなどという証拠はまったくなかったのです。船か、沈んでゆく夕日か、鷗《かもめ》か、それとも途中の浜辺のあちらこちらを散歩している人たちの誰か一人を、その男は眺めていたのかもしれません。けれども、最初に私が胸騒ぎを感じたのは、たとえそれが偶然であったとしても、これから来《き》たるべきものの前兆だったことはまちがいありません。なぜって、その男はだだっぴろいぬれた砂地を横ぎって私たちのほうへまっすぐに勢いよく歩きはじめたのですから。近づいたところを見ると、色の浅黒い、顎鬚《あごひげ》を生やした男で、黒眼鏡をかけた目がばかにどぎつい感じでした。身なりは、古ぼけた黒のシルクハットから、いかにもがんじょうそうな黒い靴にいたるまで、みすぼらしいけれどきちんと整ったものでした。それなのに、男は身なりなどちっとも気にかけていないのか、ためらうことなく海に入ると弾丸のように脇目もふらずにこっちにやってきたのです。

こうしてその男が陸と海の境目を黙って押し破ったその有様が私にはこのうえなく怖ろしい奇跡のように思えました。断崖の端に向かってまっすぐ歩いていた人が、そのまま空中をどこまでも進んでくるようなものでした。大地にしっかりと建っていた家がふわりととびあがったり、人間の頭がころがり落ちたりする――まるでそんな感じだったのです。男はただ靴を濡らして水のなかへ入ってきただけなのですが、それが私には自然の法則を無視している悪魔のように思えたのです。男がもし水際で一瞬なりとためらったのなら、どうということもなかったのですが、男はまるで私の姿のほかはなにも眼中にないかのように私のほうを見つづけていたのです。フィリップは何ヤードか離れたところで私に背中を向けて網の上にかがみこんでいました。見知らぬ男はどんどん歩きつづけ、やがて二ヤードばかり離れたところで立ちどまりました。脛《すね》のあたりまで波が洗っています。男はことさらに調子をつくった声音《こわね》でぽつりぽつりと言いました――『お訊きしますが、ちょっと変わった銘のある貨幣をどこかよその方面へ寄贈していただけますまいか』

たった一つの例外を除けば、その男にはこれといっておかしな点はありませんでした。黒いと見えた色眼鏡もけっして黒ではなく、よくある青色のものでしたし、その奥の目そのものもきょときょとせずにじっと私を見つめておりました。黒い顎鬚にしても、別に長くもなく、ぼうぼうとしてもいませんでした。でも、顎鬚は、頬のでっぱりのすぐ下から始まっていたので、顔全体がずいぶん毛深いようにに見えました。顔色は黄色っぽいとか青黒いとかいうことがなくて、むしろ晴ればれとして若々しい艶《つや》をたたえていました。そのくせ、まるでピンクと白の蠟のような感じがして、なぜか身の毛がさかだつような恐怖がつのってくるのでした。はっきりと指摘できる奇妙な特徴はたった一つ、その鼻が、ほかのところはどこもちゃんとした形なのに、先端のところだけこころもちひん曲がっていることでした。まるで、まだ柔らかだったあいだに玩具《おもちゃ》のハンマーで横からたたきのめしたみたいなのです。醜いというほどではありませんでしたが、それでも私にはなんとも言いようのない恐怖の的でした。男は夕日に染まった水のなかに、咆哮《ほうこう》もすさまじく血の海から現われでたばかりの怪しい海獣さながらにつっ立っていたのですが、どうしてあの鼻のかすかなゆがみがあれほど私の空想を刺激したのか、いまでもわかりません。男はその鼻をまるで指のようにひくひくやることができるのだという気がしてならなかったのです。いや、ちょうどそのとき鼻を動かしたようにさえ思えたのです。

男は『ほんのちょっとご協力をいただければ』と前と同じ奇妙な、えらぶった口調で言うのです――『それだけでもう私としてはご家族に連絡しなくてもすむんですが』

それでなるほどとわかったのですが、どうも私は青銅の貨幣を盗んだことを種に脅迫されているらしいと気がつき、それまでの単に迷信的な恐怖や疑いが消えて、かわって一つの大きな実際的な問題が頭をもたげてきました。この男にどうしてわかったのだろうという疑問です。私はあの貨幣をとっさのはずみで盗みだした。その場には誰も居あわせなかった。外へ出てからも、あとをつけてきた人はたしかにいなかった。たとえいたとしても、私の手に握られた小さな貨幣を見破るなんてX線でも使わなくちゃできないことです。ましてや遙か向こうの砂丘に立っていた男に、私がフィリップに渡した物が見てとれたなんてことは、蠅《はえ》の片目を射ぬくよりも難しい放れ業《わざ》でしょう。

私は万策つきて叫びました――『フィリップ、その方がなにをほしがっているのかお訊きして』

フィリップは網をつくろっていたのですが、やっとその手を休めて、頭をあげたあの人の顔は、機嫌を悪くしていたためか、恥じ入っていたためか、赤らんでいました。ことによると、ただかがんで力をいれていたのと夕焼けのせいだったのかもしれません。フィリップはただひと言『余計なお世話』と言ったきりでした。そして、すぐについてくるようにと私に手招きをすると、男には目もくれずに岸へ向かって歩きだしました。砂丘の下から海に突きでている石の防波堤に登って、さっさと帰っていくのです。防波堤の石はごつごつとしているうえに、緑色の海草でぬらぬらしていましたので、あの悪霊のような男には、若くて慣れている私たちより歩くのに骨が折れるだろうと考えたからでしょう。ところが、そのしつこい男は、しゃべり方にも劣らぬ機敏な歩き方でやすやすとついてくるじゃありませんか。しかもしゃべりかけてくるのもやめずにです。その変にとりすました、いやらしい声が私の後から同じ要求をくどくどと繰り返しているうちに、私たちは砂丘を登りつめていましたが、そのあたりでとうとうフィリップの堪忍袋《かんにんぶくろ》の緒《お》が切れたのでしょう――だいたいあの人はあんまり我慢強い人じゃありませんでしたので――『いいかげんに帰ったらどうだ。おまえと話をしてる暇なんかない』と言ったかと思うと、相手に返事をする暇も与えずに、その口に一発くらわせました。男のからだはいちばん高い砂丘のてっぺんから下まですっとんでしまいました。見おろすと、砂だらけで這いまわっていましたわ。

この一撃で私はいくらか気分が収まりました。よく考えれば、そのために私の危険が増すことになったのかもしれないんですが、とにかく溜飲《りゅういん》をさげたわけです。ところがフィリップときたら、ふだんのあの人らしくなく、このお手柄にも気をよくした様子を見せず、優しくしてくれるのはいつもと同じでしたが、ずっとふさいでいるらしいんです。いったいどうしたのかと尋ねる暇もないうちにあの人の家の門まで来てしまい、そこで別れたのですが、別れ際にあの人の言った二つのことがどうも妙なんです。いろいろな点を考えてみると、あの貨幣はまたコレクションのなかに返しておくほうがいい、ただ『当分は』ぼくが預かっておこう——とそう言ってから、だしぬけにまったく筋違いのことをつけ加えました——『ジャイルズがオーストラリアから帰ってきたんだってね』」

酒場のドアが開き、フランボウ探偵の巨大な影がテーブルの上に落ちた。ブラウン神父は例によって軽い口調ながら人を納得させるに充分な力をもったしゃべり方でフランボウを娘に紹介し、こういう事件へのこの探偵の造詣《ぞうけい》と同情の深さを伝えた。娘はそこで、ほとんど我知らずのうちに自分の身に起こった物語を今度は二人の聞き手に繰り返した。ところでフランボウは、一礼して席につくときに、小さな紙片を神父に渡した。ブラウン神父はちょっと意外な面《おも》持《も》ちでそれを受けとった。それには《車を拾って、パトニーのマッキング通り三七九のワガワガへ向かう》と書いてあった。娘は話の先を続けた。

「私は頭のなかに旋風が吹き荒れているような心地で急な坂道を登って家へ帰りました。玄関のところまで来てみますと、そこのステップに牛乳の缶と、それからあの鼻の曲がった男が立っているではありませんか。牛乳の缶が出ているということは、召使いがみんな外出中だということを教えてくれました。アーサーはどうせいつもどおりの茶色の部屋着を着て、茶色の書斎にとじこもっているのですから、ベルの音を聞いて出てくるなんてことはないのです。とすると、家のなかには私を救ってくれる人は誰もいないわけです。もし兄に助けを求めれば、すべてが暴露して私の身は破滅です。私はもう無我夢中でその気味の悪い男に二シリングのお金を押しつけ、よく考えておくから二、三日したらまた来てみてくれと言いました。男はいかにも不機嫌そうにして立ち去りましたが、思ったよりおとなしかったのは、さっき墜落して弱っていたためなのでしょう。その敵《かたき》は必ずとってやるぞと言いたげな不気味な笑みをたたえてひき返してゆく男の背中に砂が点々と光っていました。男は六軒ほど先の角を曲がって見えなくなりました。

私は家へ入り、自分で茶をあつらえ、じっくり考えてみようとして、庭を見はらす応接間の窓際に座りました。庭はいまが最高潮の夕暮れの光にはえていましたが、気を取り乱してぼんやりしていた私は、心を落ち着けて芝生や植木鉢や花壇を見ることができませんでした。ですから、そのものが見えているのを意識するまでずいぶん時間がかかったので、それだけショックを激しく感じたわけです。

さっき追い払ったあの男というより怪物が、庭のどまんなかにじっと立っているんです。闇のなかに現われる顔の青ざめた幽霊の話ならいくつも読んだことがありますが、これはそんな幽霊なんか足もとにも及ばないくらい怖ろしいものでした。男は、長い影を地面に投げかけているのに、自分は暖かい陽ざしをいっぱいに受けて立っているんですから。それに顔色なんですが、それが青ざめているんじゃなくて、床屋の人形みたいな蠟の色艶《いろつや》なんです。そういう顔をじっと私に向けて立っている男、チューリップなどの細長くて派手な温室向きの花の咲き乱れているなかでその姿がどんなに怖ろしく見えたか、言葉では言いあらわしようもありません。庭のまんなかに彫像のかわりに蠟人形が立っているように思えました。

男は、窓の奥で私が動いたのを見ると、やにわに裏木戸から走りでてゆきました。木戸は開けっぱなしになっていましたので、男はそこから忍びこんできたのだと思います。とにかく、このときにも男がいかにもびくびくしていて、前に海のなかへ突進してきたときの図々しさとはうって変わった態度だったのが、私の気持ちにはなんとなく慰めになりました。あの男はアーサーに会うことを思いのほか怖れているのだろうとも考えてみました。これでやっと落ち着いた私は一人でひっそりと夕食をすませました――アーサーがコレクションの整理をしているときは、そっとしておいてやる習慣になっていたのです。私の頭は、いくらか緊張をといたせいでしょうか、フィリップのことでいっぱいになり、私は、まだカーテンを引いてないほうの窓をむしろ楽しい心地で見るともなく見ていました。窓の外はもうとっぷりと暮れて石板のように黒々としていました。ふと私はそのガラスの外側に、なにかなめくじのようなものがへばりついているような気がしたのです。目をこらすと、誰かがガラスに親指を押しつけているように見えました。恐怖と勇気を同時に呼びさまされた私は窓辺に駆け寄りました。が、思わず悲鳴を押し殺して後ずさりをしました。

それはなめくじでも、親指でもなかったのです。曲がった鼻の先がぺしゃんとガラスにひっついていたんです。まっ白く見えるほどきつく押しつけられていました。初め、その奥の顔と目はよく見えませんでしたが、やがて、こっちを見据えている目と顔が幽霊のようにぼうっとうかびあがり、私はやっとの思いで鎧戸を締め、自分の部屋に駆けあがると、鍵をかけて閉じこもりました。部屋へ行く途中、さっきの窓の隣の窓にもあのなめくじみたいな鼻がたしかに見えました。

やはり、これはアーサーのところへ行くのがいちばんよいのではないか。あんな怪物が猫のようにこの家のまわりにところかまわず出没するというのは、脅迫よりもっとあくどい目的があってのことかもしれない。兄はこの話を聞いて私を追いだし、永久に呪われてあれと祈るだろう。けれども、紳士である以上は、さしあたって私の身に迫った危険からは私を守ってくれるにちがいない。そんなことを十分間ほど考えてから、私は階段を降りて兄の部屋に入ってゆきました。そこで私の目に入ったものこそ、なによりも怖ろしい最後の光景だったのです。

兄の椅子はもぬけの殻でした。外出していたんでしょう。ところが、あの鼻の曲がった男が帽子を脱ぎもせずに兄のランプの下で兄の本を読みながら座って兄の帰りを待っているじゃありませんか。その顔つきは、ゆったりとして、いかにも心を使っている人の顔のようでしたが、鼻の先端はいまでも顔のなかでいちばん動きやすい部分らしく、そう、ちょうど象の鼻みたいに左から右に向きを変えたところのようでした。この男が私を追いまわしたり監視したりしているときにも私はずいぶん気持ちの悪い人だと思ったのですが、このときに私が入ってきたのにも気づかずにいる男の様子はかえって不気味なものでした。

私は大声で長い悲鳴をあげたようでした。でも、それはどっちでもいいことです。それよりも私がそのあとでやったことが重大なんですから。私は持っていたお金を残らずその男にくれてやりました。なかには紙幣もずいぶん交じっていましたが、それはたしかに私のものだとはいっても、私の一存でどうすることのできるものではなかったのです。男は長々といやらしく巧みな言葉を並べたてて、残念だがいまはこれで我慢しておこうというようなことを言って出てゆきました。私はあらゆる意味で破滅してしまった心地で腰をおろしました。けれども、その晩はまったくの偶然のおかげで、私は救われたのです。アーサーはその晩急に古物の売り立てに立ちあうためにロンドンに出かけて——そういうことはよくあるんです——遅くはなったけれどにこにこ顔で帰ってきて、我が家のコレクションにさえも一段と光彩を添えるような逸品が手に入りそうだと言うのです。兄があまり上機嫌なので、私はその品に較べたらずっと些細なあの硬貨を失敬したことをすんでのところで白状してしまおうとしたのですが、兄は自分の計画を話すのに夢中でほかの話題はみんなそれに押しきられてしまいました。その品の売買はまだ確定したわけではないから、その骨董屋《こっとうや》に近いフラムの宿屋にこれからいっしょに行かないか、さあ、早く荷造りをして——とそう言うのです。こうして私は否応なしに真夜中のうちにあのくせ者の追ってこられないところへ逃げだしたわけなんですが、同時に私はフィリップのもとからも逃げてしまったことになるんです。兄はよくサウス・ケンジントン博物館へ行くんですが、私としてもぼんやり毎日を送っているだけじゃつまらないので美術学校でレッスンを受けることにしました。いまその学校からの帰り道だったんですが、この通りを歩いてくると、あの見るのもいやなくせ者が長いまっすぐな通りをやってくるじゃありませんか。それから先は神父さんのおっしゃったとおりですわ。

いま一つだけお話ししておかなくちゃならないことがあります。私は助けてもらう値打ちのない女です。罰を受けても仕方がないと思います。甘んじてそれを受けましょう。この災難は当然の報いなんです。それでも私はこの割れそうな頭でお訊きしたいのです——いったいどうしてあんなことが可能だったのでしょうか？　私は奇跡によって罰せられているのでしょうか？　もしこれが奇跡でないのなら、私が海の沖で小さな硬貨を渡したという、私とフィリップだけにしかわからないはずのことをどうして赤の他人が知ったのでしょう」

「これは並大抵の問題じゃありませんね」とフランボウが事件の難しさを認めた。

「といっても、その答えほどじゃない。答えのほうがよっぽど並はずれている」とブラウン神父は暗い顔で言った。「カーステアズさん、これから一時間半したらフラムのお宅へ伺いたいのですが、家にいていただけますかな？」

娘は神父を眺め、立ちあがって手袋をはめた。「ええ、おりますわ」と言うなり、その姿はもう外に消えていた。

その夜、探偵と神父はまだこの怪事件のことを語りあいながらフラムにあるカーステアズ兄妹の家へと足をはこんでいた。その家は、たとえカーステアズ一家にとって一時の仮の宿であるとはいっても、妙に見すぼらしい借家だった。

「もちろん、考えの浅い人なら、最近えらく不意にオーストラリアから帰ってきた兄に見当をつけるところでしょう。あの男は前にもめんどうを起こしたことがあるし、怪しげな仲間がついていても不思議のない人物です。しかし、兄がこの事件に登場するなんてことは、どう考えたって不可能です……ただ――」

「ただ、どうしたというんだね?」と神父は辛抱強く先を促した。

フランボウは声を落とした。「ただ、あの娘の恋人も一味だとすれば話はわかるというんです。だとすれば、そのホーカーというやつはよほどの悪党です。オーストラリアから帰ってきた男は、たしかにホーカーがあの硬貨をほしがっていたのを知っていた。けれども、ホーカーがそれを手にいれたということがわかるには、ホーカーが沖から陸《おか》にいるその男か代理の人物に合図をしなくちゃならなかったはずです」

「それはほんとうだ」と神父は感心したように相槌《あいづち》をうった。

「もう一つのことに気がつきませんでしたか」とフランボウは熱をこめて続けた――「ホーカーというやつは自分の愛人が侮辱されているのに黙って聞きすごし、やっと柔らかい砂丘まで来てからなぐりとばしたそうじゃありませんか。あそこならいかさま喧嘩で相手をたたきのめすこともできるわけです。それがもし岩のごつごつした海の上でやったのなら、仲間に傷を負わせたかもしれませんからね」

「今度もお説のとおりだ」とブラウン神父はうなずいた。「さあ、そこで出発点から考えてください。この事件は数名の人、すくなくとも三人の人間をめぐって起きている。自殺なら一人、人殺しには二人で充分ですが、強請《ゆすり》となると最少限度三人は必要です」

「どうして？」と神父は穏やかに訊いた。

「わかりきったことじゃないですか」とフランボウは声を大きくして言った。「秘密をあばかれる者と、あばくぞとおどかす者とその秘密を聞かされてびっくりする者すくなくとも一人」

神父は長いあいだ考えこんでいたようだったが、やがて、「あんたは論理の過程を一つとびこしている。たしかに理論的には三人必要だが、実際には二人で用がたりる」

「というと？」

「脅迫者が自分自身に密告してやると言って被害者をおどすという場合だってあるだろう」と神父は低い声で言った。「たとえば、夫が足しげく酒場にかよっていることを知った細君が、夫にそのことを隠させるために厳格な禁酒主義者になり、夫が酒場がよいを秘密にするようになると、他人の筆跡で脅迫状を書き、細君に密告するぞとおどす。これだってうまくゆくだろう。あるいは、父親が息子の賭けごとを禁じておいて、巧みな変装をしてあとをつけ、おやじさんに言いつけてやるぞとおどす。そこなんだよ問題は、フランボウ」

「まさか」とフランボウは思わず叫んだ――「まさかあなたは……」

誰やら元気のいい姿がめざす家のステップを駆けおりてきた。金色のランプの光のもとにうかびあがったのは、まぎれもなくあのローマ硬貨そっくりの男の頭だった。「カーステアズさんはあなたが来るまでなかに入ろうとしないのです」とホーカーはあいさつ抜きで言った。

「それじゃ」と神父は親しげに言った――「お嬢さんはそのまま外で待っているのがいちばんよいのじゃありませんか。あんたがつきそっていてあげられるんでしょうから。あんたはもう自分でこの事件の真相を見やぶっていたんじゃありませんか」

「ええ」と青年は調子を落として言った。「砂浜でもうすうす感づいていたんですが、いまならもうたしかです。そっとなぐったのも、そのためなんですよ」

フランボウは、娘からは鍵を、ホーカーからは問題の硬貨を受けとると、がらんとした家のなかに神父と連れだって忍びこみ、表側の居間に入った。そこにはたった一人の人間がいるきりだった。酒場の前を通ったのを神父に見られたあの男、まさしくあのくせ者が壁に背を向けて、追いつめられた人のような恰好で立っていたのである。黒い外套《がいとう》を脱いで茶色の部屋着を着ているほかは、どこも変わっていない。

「こうして伺ったのは」と神父が礼儀正しく言った――「この硬貨を持ち主にお返ししたかったからです」神父はつけ鼻の男に件《くだん》の品を渡した。

フランボウは目玉をぐるぐるさせた。「この人も硬貨の収集家なんですか?」

「この方はアーサー・カーステアズさんですよ」と神父は断定的に言った。「たしかに、ちょっと風変わりな硬貨の収集家ですな」

問題の人物はここで怖ろしく顔色を変えたので、その曲がった鼻が顔とは離れた滑稽《こっけい》な代物《しろもの》に見えて仕方なかった。それでもこの男は、破れかぶれの尊厳に満ちたともいえる態度で――、「こうなった以上は、これでもまだカーステアズ家代々のすぐれた素質を全部なくしてはいないことをこれからごらんにいれよう」と言うなり、背を向けて奥の部屋に行き、ばたんとドアを閉めた。

「行かせるな」とブラウン神父は叫ぶと同時に身をおどらせたが、椅子にぶつかって倒れそうになった。フランボウはノブをふたひねりほどしてドアを開け放ったが、もう遅かった。黙々として彼は部屋を横ぎると医師と警察に電話をかけた。

床の上に空《から》の薬瓶がころがっていた。茶色の紙包みがいくつも裂けて口をあけているテーブルの上に茶色の部屋着姿の男がつっぷしていた。その包みからこぼれでていたのはローマの古銭ではなく、まさしく現代イギリスの流通硬貨だった。

神父はシーザーの頭を形どった青銅貨を取りあげた。「カーステアズ家のコレクションで残っているのはこれだけです」

しばらくの沈黙ののち、神父は常よりもなお優しく言葉を続けるのだった――「この男の意地悪な父親がこしらえた遺書は残酷なものでした。この男はたしかにその遺言を快く思っていなかった。自分に遺されたローマの硬貨なんかどうでもよい、それよりもびた一文も遺してもらえなかった本物のお金のほうがましだと思うようになった。そうして、コレクションをすこしずつ売りだしたのはまだよいとしても、しまいには金をもうける手段としてはいちばん下劣なことにまで手を出し、変装をして自分の家族を脅迫するところまでなりさがった。この男は、もう忘れられているつまらない犯罪を種にオーストラリア帰りの兄を強請《ゆす》った——パトニーのワガワガへ車を走らせたのはそのためですよ。それからまた、この男だけにしか見られなかったはずの盗みをあばいてやると言って妹さんを脅迫した。ついでに言っておきますが、あの妹さんが遙か向こうの砂丘にこの男が立っているのを見ただけで、あれほど超自然的な推測をくだすことができたのも、その男がほかならぬ自分の兄だったからなのです。いくら離れていても、全体の姿恰好と歩き方さえ見えれば、メーキャップをした顔を間近に見るよりもずっとその正体を感づきやすいものなのです」

またひとしきり沈黙が続いたのち、「じゃ」と探偵が唸るように言った——「この偉大な古銭学者、硬貨収集家がただのありふれた守銭奴《しゆせんど》だったというんですか?」

「どっちにしても大した違いはあるまいに」とブラウン神父は相変らず人の罪を大目に見るような妙な口調で言った。「守銭奴のいけないところというのは、たいがい収集狂のいけないところと一致するんじゃないかね。絶対にいけないということも一つだけはある。《なんじらおのれのために偶像を刻むべからず、なんじらそれに礼拝し、かつ仕うべからず……》ところで、あの若い二人はどうしているか見にいかねばなるまい」

「そりゃ」とフランボウは即座に言った——「なにが起ころうと、うまく行っているにちがいありませんよ」

タイプライターの陽気な音を伴奏に、手紙を開けたり、校正刷りに手をいれたりしていた。《改新日報》紙の勤勉な編集者エドワード・ナット氏は、元気のいい若い婦人社員のたたく

この人はたくましいからだつきで男前もよく、きょうはワイシャツ姿だった。動作はてきぱきとして、口もとはひきしまり、しゃべり方もあいまいなところがなかった。ところが、どこか赤ん坊じみたその丸い碧眼《へきがん》には、以上の特徴にまったくそぐわない、なにか思いあまったような、悲痛とさえいえそうな表情があった。しかも、この表情はうわべだけのものでなく、たしかに内心の実態を暗示していたのである。権威をもったジャーナリストによくあることだが、この男も、たえまない不安という感情になによりも悩まされていた。つまり、中傷記事に対する訴訟を怖れること、広告を落としてしまうのではないかという心配、誤植の怖れ、それに馘《くび》の心配である。

この新聞（とエドワード・ナットと）を所有すると同時に石鹸《せっけん》業者でもある老人――この社長はその精神にどうしようもない欠陥を三つもっている――そういう老社長と、ナット氏が新聞を動かすために集めた有能な執筆陣とのあいだのゆきあたりばったりの妥協を図ることが同

君の毎日の生活だと言ってよかった。スタッフのなかには、ずばぬけて頭のいいベテランもおり、また（もっと始末の悪いことに）この新聞の政見に心から賛同している熱狂家もあるといった按配だった。

こういう手あいの一人がよこした手紙がいま目の前に置いてあったが、ふだんは機敏でためらうことのないエドワードも、これを開ける段になると尻ごみしているようで、封を切るかわりに校正刷りを一枚取りあげると、青い目と鉛筆をそれに走らせ、《姦通》という言葉を《不行跡》に、《ユダヤ人》を《異国人》と訂正してから、ベルを鳴らし、至急その紙片を階上に持っていかせた。

そうしてから、いっそう思案深い顔つきになって、スタッフ中でも特に腕ききの記者からの手紙を開けた。それはデヴォンシャーの消印のついた手紙で、内容は次のようなものだった

――

ナット君――きみは幽霊記事と乱闘記事を同時に扱っているようだが、どうだろう、エクスムアのエアー家のあの怪事件を記事にしてみたら。それは当地のおばあさん連に言わせると《エアーの悪魔の耳》という事件なんだ。エアー家の当主はエクスムアの公爵だ。いまじゃもう数すくなくなっている昔ながらのがんこな保守党貴族の一人で、こちこちにかたまった暴君だから、我々としては突っついてみる甲斐のある人物だ。おまけに、突っつくのに好適な材料をぼくはつかんだと思っている。

むろん、ぼくはジェームズ一世についての伝説を信じているわけじゃない。きみときたら、なんにも信じない男だ。なにしろジャーナリズムさえ信じていないんだからな。ところで、その伝説というのは、きみもおぼえているだろうが、英国史でいちばん悪虐非道の事件に関したものだ。あの猫のように性悪な魔女フランシス・ハワードが自分とサマセット伯カーとの結婚に反対したオーヴァベリを毒殺したということと、時の国王ジェームズ一世がどうしたわけか恐怖にとりつかれて下手人たちを赦免したということが伝えられている。この事件には魔術の力が大いにあずかっているということになっている。鍵穴に耳をあてていた下男がジェームズ王とカーとの話を聞いて真相を知ったのだが、それを聞いたほうの耳がまるで魔法にかかったように大きくなり、目もあてられない醜い大耳になってしまったという。それほどこれは怖ろしい秘密だった。その下男は領地や黄金をしこたま授《さず》かって公爵家の始祖となったのだけれども、その怪物のような耳はまだ血統に繰り返して現われてくるのだそうだ。もちろんきみは悪魔の呪術なんてものは信じまいし、たとえ信じても、記事に書くことはないだろう、きみの編集室ではなにか奇跡が起こったとしても、きみはそいつを握りつぶさねばなるまい。いまどきの主教さまときたら不可知論者が多いからな。

まあ、それはどうでもいい。問題は要するに、エクスムアの主とその一家になにかほんとうにおかしなところがあるということだ。それはしごく自然なことなんだが、いたってアブノーマルなことなんだよ。どうもあの耳が関係しているらしいんだ。シンボルとしてだか、迷信としてだか、病気としてだか、とにかく耳が主人公になっているらしい。別の伝説によると、ジェームズ一世の死んだすぐあとで王党派の連中が髪の毛を長く伸ばすようになったのは、初代のエクスムア卿の耳を隠すためだったということになっている。これもずいぶん夢のような話じゃないか。

このことをきみにお知らせする理由はこうだ。我々は貴族を攻撃するのにもっぱらあの連中のシャンパンやダイヤモンドを目の敵《かたき》にしているが、それはまちがいじゃないだろうか。たいがいの人は貴族が楽しい生活を送っているのをむしろ賛美しているが、ぼくの考えじゃ、貴族制度によって貴族ご自身たちの生活までが幸福になっているのだと認めてしまうのは、あまりに貴族連中に頭をさげすぎることじゃないかと思う。ぼくがいま考えている連載の記事は、一部貴族の家庭内に、いかに殺伐とした、非人間的で、とことんまで悪魔主義に染まった空気が満ち満ちているかをすっぱぬくものなんだ。その実例はふんだんにあるが、やはり手始めには《エアー家の耳》ほど手頃なものはないと思う。今週末まででにはこの真相をお伝えできるだろう。

フランシス・フィン

エドワード・ナット氏は自分の左の靴を見つめて、しばらく思案した。それから、しっかりした大声なのに生気をまったく欠いて、どの一語も同じに聞こえるような口調で、「バーロウさん、フィン君への手紙をタイプしてください」と呼びかけた。

フィン君――例の話、ものになると思う。原稿は土曜日の第二便までに送ってほしい。

E・ナット

この丹念な書状をエドワード・ナットはただ一語の文句のように読みあげ、それをまたバーロウ嬢はただ一語の文句のようにタイプで打ちあげた。ナット氏はすぐにまた別の校正刷りを取りあげ、青鉛筆で《超自然的な》を《驚異的な》に、《射ち倒す》を《弾圧する》に訂正した。

こうした幸福で健康な仕事にナット氏が毎日精をだしているうちに、やがてまた土曜日がめぐってきて、あの同じ机についた氏は、これも同じタイピストに口述をしながら、また同じ青鉛筆をフィン氏の連載記事の第一回分の原稿に走らせていた。初回の記事は、おえらがたのいまわしい秘密に容赦ない毒舌をあびせ、この世の位《くらい》高き者たちの絶望をついた健全な文章で、書き方は荒々しいが、立派な英語が使われていた。しかし、編集者は例のごとくそれを何部かに分けて小見出しをつける仕事を他の者にやらせた。その小見出しがまたいいきのいい文句で、《貴族夫人と毒薬》、《あやしい耳》、《潜伏しているエアー家》といった具合におもしろおかしく変わってゆくのである。そのあとに《耳》の伝説がくる。それはフィンの最初の手紙の内容をひきのばしたものである。その次には、フィン記者の後日の新発見が記事になる。それは次のような文面だった。

ジャーナリストの習慣として、話の結びをその冒頭にもってきて、それを見出しと称するのが常である。また、《ジョーンズ卿死す》というニュースを、そもそもジョーンズ卿とやらが生きていたことも知らなかった人たちに伝えるのがジャーナリズムというものだということも私は知っている。本通信員の考えるところでは、そのような報道の仕方は他の多くのジャーナリズムの習慣とともに悪しき報道であり、《改新日報》は断固としてこの面においてよりすぐれた模範を示さねばならない。つまり、私は自分の語るべき物語をそれが実際に起こったとおりの順序で語ろうとするものである。登場する人物には実名をもちいることにする。これらの方々は進んで本記者の記事が真実であることの証人となろう。ところでセンセーショナルな宣言にほかならぬ見出しであるが、それは本記事の末尾に現われるはずである。

記者はデヴォンシャー州のとある私有果樹園を縫うように通っている細い公道を、どうやらデヴォンシャー州名産の林檎酒《りんごしゅ》めざして歩いているようだった。はたせるかな、その道の暗示したような場所に突然、記者はつきあたった。細長い、屋根の低い酒場で、小さな母屋《おもや》と二棟の納屋がその全部をなし、屋根は、歴史の始まる前から生えていたような白茶けたかやでふいてある。ところが、ドアの外にかかった看板はここが《青竜》であると告げ、その下に、まだ禁酒主義者とビール醸造業者が力をあわせて自由を破壊しない前、我が英国の自由なる酒場の外にたいていい立っていた、あの長いひなびたテーブルが一つあり、そこに、もう百年は生きていたろうと思われる紳士が三人座っていた。

この人たちをよく知ってしまったいまでは、そのときの印象を分析するのは簡単である。が、あの瞬間には三人がどうしても実体をもった幽霊のように思えてならなかった。なかでいちばん他を圧倒している人物は（この御仁《ごじん》は縦横厚みともに最大であり、記者のま向かいの、テーブルの長いほうのまんなかに座っていた）、黒ずくめの服に身を包んだ背の高い、太った男で、卒中にでもかかっているような赤ら顔にかなりはげあがった額を悩ありげにひそめていた。よくよく見直すと、その聖職者であることを示す白い古風なネクタイと額に刻まれた皺《しわ》のほかには、別にどことい って古くさい感じは認められなかった。

テーブルの右端にいた男となると、はっきりした印象をつかむのがなおのこと難しかったが、実のところ、これはどこにでもいそうな平凡極まる人物で、茶色の髪の丸頭に団子鼻、着ているものは第一の人物よりもなおからだにきつすぎる黒の僧服だった。記者がこの男を見てなにか古めかしいものを連想したのはなぜか、その謎がやっと解けたのは、幅の広い、うねりくねった帽子がテーブルの上にのっていたのを見たときだった。ローマ・カトリックの神父なのである。

おそらくは、テーブルの向こう端にいた第三の人物こそ、この古風な印象の源になったものではないかと思われる。この紳士は、他の二人よりからだつきもすらりとして、着ている服も無頓着《てい》だった。いささかきつすぎるくらいの袖やズボンに細長い手足をねじこんだといった体の着方だった。細長くて黄色い鷲《わし》のような顔は、やせこけた顎がカラーとタイを兼用したような古風の襟飾りに閉じこめられていたので、ますます陰気な感じを深めていた。髪の毛は（濃い鳶色《とびいろ》であるべきなのに）妙にくすんだあずき色で、それが黄色い顔に接しているので、赤っぽいよりもむしろ紫色に見えた。この控え目だがふつうでない髪の色は、髪そのものが不自然なくらい生き生きとして波をうち、しかもいっぱいに伸びていたので、それだけ余計に目についた。だが、どう分析しても結局は、記者が初め古めかしい印象を受けたのは、ほかでもないひと揃いの古風な細長いワイングラスと、レモン二、三個と、陶製の長パイプが二本あったというだけのことに由来しているようだ。それにまた、記者の用件が昔の伝説に関したものだということもあったのだろう。

私はちょっとのことにはびくともしない新聞記者だし、そこは公《おおやけ》の酒場でもあったので、さして図ぶとい心臓を働かさなくても、その長いテーブルに着席して林檎酒を注文することができた。黒ずくめの大男はたいそうな学識の持ち主らしく、特にこの地方の昔話については詳しかった。黒ずくめの小男は、口数こそすくなかったが、大男よりも広い教養を示して私を驚かせた。こうして私たちは折り合いよく話しあったが、窮屈そうなズボンの紳士、つまり第三の男はどちらかといえばよそよそしい傲慢な態度を保っていて、記者がエクスムア公爵とその先祖に話をなにげなくもってゆくまでそうだった。

ほかの二人はこの話題にいささかまごついたようだったが、うまいことに第三の男はこれでそれまでの呪文にかかったような沈黙から抜けだして、自制のよくきいたいかにも高等教育を受けた紳士らしい口調で、ときたま細長いパイプをふかしながら世にも怖ろしい話をいくつも語ってくれた。この前の代のときエアー家の一人が父親を絞め殺した話だの、それとは別の一人が荷車のうしろに妻をつるし、鞭《むち》でそのからだを打たせながら村内を一周させたことだの、また同じ一家の他の一人が子供で満員の教会に火を放ったという話などである。

そのなかには公共の出版物に記載するに適さない話もある。たとえば、《真紅の尼僧》の話とか、《ぶちの犬》の事件とか、採石場で起こったことだのがそれだが、これらの血なまぐさい瀆神《とくしん》の悪業の数々が、その男の上品そうな薄い唇から物語られるのだった。男は話しながら細長いグラスからワインをすすった。荒っぽい物語も、なにか小ざっぱりしたもののように聞こえて仕方がなかった。

記者の真向かいの大男はなんとかしてその話をやめさせようとしているらしかった。それでも、見たところ、かなりの尊敬を老紳士によせている模様で、いきなり相手の話の腰を折るようなことはしなかった。テーブルのいっぽうの端にいる小柄の神父は、そういう懸念や当惑はすこしも見せなかったが、じっとテーブルを見つめたまま、非常な苦痛をこらえてこの瀆神の物語に聞きいっているようだった。職業柄それも無理からぬことである。「あなたはエクスムアの家系をあまりよく思ってないようですね」と記者は話していた人物に質問した。

相手はちらと記者を見たが、依然としてしかつめらしかったその唇から血の気がひき、それが一文字にきつくひきしまった。と、この人物は、長いパイプとグラスを力まかせにテーブルにたたきつけ、立ちあがった。一分《いちぶ》のすきもない紳士でありながら悪魔のようなむかっぱらをたてやすい性質の男の姿がそこにあった。

「どうせここにいらっしゃる紳士方がお話しするだろうが、あんな家柄をわたしが好かねばならぬ理由はなにもない。エアー家の呪いは昔からこの地方に重苦しくのしかかっていて、多くの人がそれで苦しんできた。なかでもわたしほど苦しんだ者はいないということは誰でも知っている」と言いすて、落ちていたグラスのかけらを踵《かかと》でこなごなに踏みにじると、林檎の樹がきらめく緑色がかった夕明かりのなかへ立ち去った。「ずいぶん風変わりな紳士もあったもんですね」と記者はほかの二人に言った。「エクスムアの一家があの人にどんなことをしたのかご存じですか？　あれはどこの方なのです？」

黒服の大男はじっと記者を見つめていたが、その様子は途方にくれた牡牛《おうし》といったところだった。初めはこちらの質問の意味を解さないようだったが、やっと、「誰だか知らなかったんですか？」と訊いた。

記者はほんとうに知らない旨を確言すると、またしばらく沈黙が続いた。やがて小柄の神父がまだテーブルを見つめながらこう言った——「あの方がエクスムア公爵ですよ」

これを聞いた記者が、なにがなんだかわからなくなった頭をしずめる暇もないうちに、神父は、あいかわらず穏やかだが問題にはっきりきまりをつけておこうとする断固とした態度で、「この方はわたしの友人のマル博士です。エクスムア公爵の蔵書保管係をやっています。わたしはブラウンと申す者です」とつけ加えた。

「ですけど」と記者は思わず口ごもりながら訊いた——「あの人がエクスムア公爵であるならば、いったいどうして先祖の公爵たちを悪く言うのです？」

「あの方は、先祖の人たちに呪いをかけられていると本気で信じているらしいんですよ」とブラウンという神父は答え、続けて、「鬘をかぶっているのもそのためなんです」とどうも筋違いなことを言いだした。

その意味がおぼろげにわかってくるまでにはしばらく時間がかかった。記者はそこで、「あなたはあのお伽噺《とぎばなし》のような耳の怪事件のことを言っているんじゃないでしょうね」と質問した。「その話なら、もちろん聞いたことがありますが、いくらなんでも、それはなにかもっと単純な事実を土台にしてでっちあげた迷信にすぎないんでしょう。ぼくはよく考えるんですが、この耳の話は、昔よくあった身体切断の事件を奔放《ほんぽう》に脚色したもんじゃないのですか。罪人の耳を切りとる習慣が十六世紀にはあったじゃないですか」

「そうは思えないんですよ」と小男の神父は考えこむようにして言った。「だが、家族のなかに片方の耳がばかに大きな者がたびたび現われるということなら、自然科学の法則に反したことじゃないですな」

大男の司書はばげあがった大きな額をまっ赤な大きな手に埋《うず》めて、自分はここでどうするのが正しいのかと考えているらしかったが、やがて「違うんです」と呻《うめ》くように言った。「あなたは公爵を誤解しています。断わっておきますが、私にはなにも公爵を弁護しなければならない理由はないし、公爵に忠誠をつくす義理もないのです。公爵は、他の誰に対してもそうでしたが、私にも辛く当たりました。公爵がいかにもざっくばらんにこんなところに座っていたからといって、だから公爵が——悪い意味で——大した貴族様だというのはおかしいなどと考えてはいけません。公爵という人は、目と鼻の先のベルを鳴らさせるために十町も遠くにいる男を呼びにやるようなお方です。おまけにそのベルを鳴らさせるのは、なんのことか、それで三十町も離れたところにいる別の男を呼びつけて、手の先三間ほどのマッチ箱を取らせるためなんですよ。従僕にステッキを持たせたり、下男にオペラ・グラスをささえさせたりなんてことはしょっちゅうです」

「そうだろうが、執事に命じて服にブラシをかけさせはしないだろう」と妙にぶっきらぼうに横槍をいれたのは神父だった。「執事はついでに公爵の鬘にもブラシをかけたがるだろうからね」

司書は記者がいることなど忘れてしまった様子で神父を見やった。えらく感心したふうで、それにワインがだいぶまわっていたらしい。「ブラウン神父さん、よくそれをご存じですね」と司書は言った。「たしかにそうなんです。公爵は世界じゅうの人間を動員してでも自分の用をぜんぶ他人にやらせるくせに、着替えだけは別なんです。着替えは、砂漠のまっただなかのようなところで一人きりでやるんだと断言しています。そのときには、一人残らず家の外に追いだして、公爵のドアに近づく者さえないようにしておくんです」

「おもしろいじじいさんじゃありませんか」と記者は感想をもらした。

「そうじゃないんです」とマル博士はあっさり答えた。「そんなふうに思っていなさるからこそ、あなたの公爵に対する考え方は不当だと私は言うのです。お二方、公爵はさっき口にしたあの呪いのことでほんとうに苦しみを味わっているんですよ。あの人は心からの恥ずかしさと恐怖を感じつつあの紫色の鬘の下になにものかを隠しているんです――人の子がそれを見たら罰が当たって吹きとばされてしまうようなあるものを毛で蔽《おお》い隠しているんです。そうなんです、けっしてそれは生まれながらのものだとか、罰として受けた傷だとか、遺伝によるふつうでない姿だとかいったものではありません。そんなことよりもっともっとひどいものなのです。ある男の口から私はこれを聞きました。その男は、本当に起きたある場面にいあわせました。そこではわたしたちの誰よりも強い力をもった人がその秘密をあばこうとして、恐怖のあまりたじたじとなってひきさがったということです」

記者はしゃべろうとして口を開きかけたが、マルには記者が眼中にないらしく、両手で顔を抱えたまま語りつづけた。「神父さん、これからお話しすることは、お気の毒な公爵を裏切る話ではなく、むしろほんとうの弁護となることですから、思いきって申しあげましょう。公爵がすんでのところで領地のぜんぶをなくしかけた話をお聞きですか?」

神父は首を横に振った。司書はそこで、前任者から聞いた物語をそのまま伝えた。この公爵家の前司書は、自分の保護者であり先生だった人で、自分はこの人に暗黙の信頼をよせているのだという。さて、その物語であるが、ある程度までそれは大家の破産というごくありふれた経緯だった。つまり、お抱え弁護士の登場する横領事件というわけである。けれども件《くだん》の弁護士は――こういう表現でうまく通じるかどうかはともかくとして――正、直にごまかすだけの分別をもっていた。保管をゆだねられた財産を使いこむようなことはせずに、公爵が不注意で無頓着なのにつけこんで一家を財政的窮地に追いこみ、公爵をしてやむなく一家の実権をこのお抱え弁護士に譲り渡させるようにしむけた。

弁護士の名前はアイザック・グリーンといったが、公爵はいつもエリシャと呼んでいた。それはたぶん、弁護士がまだ三十そこそこだというのに完全なはげ頭だったからだろう。この弁護士は大した速さで出世した男で、しかもその出だしはあまりきれいとはいえなかった。最初は警察に密告する犬、それから金貸しもやった。しかし、エアー家の法律顧問としては、最後の一撃を加える用意が整うまでは技術的ないかさまはやらないだけの分別を保った。その最後の一撃がくだったのは、ある晩餐の席上だった。老人の前司書は、この小柄な弁護士が、にたりと顔をほころばせて領地を半分わけしようと言いだしたときのランプの笠や酒瓶まで、いまでもありありとおぼえていると言ったそうである。これ以後の経過は絶対に見のがせない。公爵はこれを聞くと死んだように黙りこくり、いましがた果樹園で公爵がグラスをみじんに砕いたのと同じように、いきなり弁護士のはげ頭に酒瓶をたたきつけた。脳天に三角形のまっ赤な傷をつけられて弁護士はさすがに目の色を変えたが、顔にうかべた微笑はそのままだった。

弁護士はよろよろと立ちあがって、本性をさらけだして反撃に出た。「これはありがたい。こうなればご領地をぜんぶちょうだいできますからな。法律がそういうふうに取り計らってくれますよ」

エクスムアは灰のような血の気のない顔で、しかし目だけは赤々と燃えたたせて言った――「法律はそうしてくれるだろうが、貴様の手には入りゃせん。なぜか？　ほかでもない、そうなればおれはおれの最後の日を迎えることになり、もし貴様が領地を手にいれたなら、おれはこの鬘を脱いでやる……ふん、毛をむしりとられたかわいそうな鶏め、貴様のそのはげ頭は誰にも丸見えだ。だが、おれの頭は、ひと目でもそれを見たやつは生きのびることができないんだ」

これをどう評し、どう解釈しようと読者の自由だが、マル博士の証言によると、弁護士は拳を一、二度頭の上で振りまわしただけで、すごすごと退却し、二度とその近辺には現われなかった。これは厳粛《げんしゅく》な事実だそうである。それからというもの、エクスムアは、当地の領主および治安判事として怖れられる以上に魔法使いとして怖れられるようになった。

以上のような話を、マル博士はずいぶん芝居がかったジェスチャーやすくなくとも片びいきの情熱をもって語ったのである。むろん、これが徹頭徹尾ほらとゴシップの好きな老人のでっちあげだと見ることもできるが、この調査結果の第一次報告を終える前に一言、記者の二回にわたる調査が博士の話を裏書きしていることを、博士のためにも明言しておきたい。この村の薬屋の老人から聞いたのであるが、ある夜のこと、夜会服を着たはげ頭のグリーンと名のる男が店を訪れて、額の上にできた三角の切り傷に膏薬《こうやく》をはらせたというし、また、裁判記録や古い新聞を調べてみたところ、グリーン某がエクスムア公爵を相手どって訴訟を起こす気配を見せ、すくなくともそれを開始したことが記者にわかった。

《改新日報》のナット氏は、原稿の上端に一言二言話の筋とはまるで関係のない言葉をつづり、今度は縦にわけのわからぬ記号を書いてから、またあの大きいが単調な声でミス・バーロウに呼びかけた。「フィン君への手紙だ、書きとってくれたまえ」

フィン君——あの原稿でけっこうだが、すこし見出しをつけさせてもらった。それからローマ・カトリックの坊主だが、《日報》の読者はいやがるにきまっている。了見の狭い連中がいることを忘れちゃいけない。神父はブラウンという心霊実在論者に変えておいたからよろしく。

E・ナット

それから二日ほどして、この活動的で物わかりのいい編集者は、上流社会の秘密をあばくフィン氏のストーリーの第二回分に目をとおしていた。編集者の青い目は、読みすすむにつれてだんだん丸く大きくなってゆくようだった。文章は次のように始まっている——。

記者は驚くべき発見をした。初めに告白しておくが、これは予期していた発見とはまったく違ったもので、それよりもさらに大きな衝撃を各方面に与えるにちがいない。これはうぬぼれではないが、この記事はヨーロッパ全土はもとより、アメリカや我が植民地においても読まれるであろう。そのような話であるにもかかわらず、これは実のところ前回の話に出たあの小さな林檎林のなかのあの小さな木造テーブルを立ち去る前にぜんぶ聴取したことなのである。

それというのもみなブラウンという小柄な神父のおかげである。神父はずばぬけた人だと言うほかない。あれからすぐ、大男の司書は、自分の長話を恥ずかしく思ったためか、あの妙な主人がひどくおこって座を立ったのが気になっていたためか、とにかくテーブルを離れ、公爵のあとを追うようにしてとぼとぼと木立ちのあいだを行ってしまった。ブラウン神父は、レモンを一つ手にして、なにやら楽しそうにそれを眺めまわしていた。

「どうだ、このレモンの色のきれいなこと。公爵の鬘で一つだけ気にくわんところがある。あの色なんですよ」と神父は言うのだった。

記者にはその意味がわからなかった。

「なるほど公爵はマイダス王みたいに自分の耳を隠さなくちゃならんわけだ」と神父は、この場合としては軽率とさえ思えるほどの陽気さであっさりと言った。「公爵の耳は、真鍮《ちゅう》の板や皮の耳隠しで蔽うよりも髪の毛で隠すほうがずっと気がきいている。それはよくわかるんですが、どうせ髪の毛をそれに使うんなら、どうして髪の毛らしく見せようとしないのか？　世界じゅうさがしたって、あんな色の髪の毛ってありませんよ。あれじゃ、髪の毛というより森のなかを通る夕焼け雲だ。公爵が一家にまつわる呪いをそんなに恥ずかしく思っているのなら、なぜそれをもっと上手に隠さないのか？　そのわけは――公爵はちっともそれを恥ずかしがってはいないのです。誇りにしているんです」

「誇りとするにはまたずいぶん見苦しい髪だし、話そのものだって気持ちのいいもんじゃないですね」と記者。

「胸に手をあてて、とくと考えてごらんなさい、自分がこういうことを内心どう思っているか」と妙な小男の神父は言った。「なにもわたしは、あんたがほかの人たちよりてらっているとか、病的であるとか言うつもりじゃありませんが、どうです、ほんとうはうすうすこんな感じを抱いているんじゃないですか――もしでっちあげでない本物の呪いが自分の家系に取りついていたらどんなによいことか――とそう思っていやしないでしょうか。もしあの怖るべきグラミ一家の相続人があんたを《我が友よ》と呼んでくれたり、あるいはバイロンの家族があんただけにうちあけ話をして、一族のご乱行《らんぎょう》ぶりを語ってくれたら、あんたは恥ずかしがるよりもむしろ得意になるんじゃありませんか。貴族方の頭がわたしらと同じようにあんまり強くなく、やはり自分の悲しみを誇大視して悲劇の主人公気どりでいるとしても、それだからといって貴族連中を責めてはいけないのですよ」

「なるほど！」と記者は唸った。「言われてみればもっともな話です。私の母親の実家にも、死人があると泣いてそれを予告する化け物がついているということでした。いまから考えてみると、あれは気のめいったときにずいぶん私を慰めてくれたものです」

「だいたい」と神父は話を続けた――「あんたが公爵の先祖のことをもちだしたとたんに、公爵の薄い唇から堰《せき》を切ったようにほとばしったあの残虐な物語の数々を考えてごらんなさい。公爵が初めて会う人ごとにああした恐怖談を話したがるというのは、内心それを誇りにしているからじゃありませんか。公爵は自分の鬘を隠さない、血統も隠そうとしなければ、一家の呪いについても言葉をにごさない、一家の人たちの犯した罪についても同様です。ところが……」

ここで小柄な神父の声はがらりと調子を変え、その手がきつく握りしめられた。目は眠りからさめた梟《ふくろう》のようにみるみる大きく、丸くなってらんらんと光った。まるでテーブルの上に小爆発が起こったような激変ぶりである。

「ところが」と神父は結末を述べた――「公爵はまぎれもなく自分の身づくろいを隠している」

そのおりもおり、話題の公爵が司書と連れだって、ほのかに輝く木立ちのあいまに音もなく現われたということで、記者の幻想感覚はいやがうえにも刺激された次第である。公爵は軽やかな足どりで夕焼け色の頭髪も鮮やかに近づいてくる。が、まだこちらの話が聞こえる圏内に入ってくる前に、ブラウン神父はいとも落ち着いてこうつけ加えた――「あの紫色の鬘がなんの目的で使われているかという秘密をなぜ公爵はあかさないのか。それはみんなが推測しているような秘密じゃないからです」

公爵は家の角を曲がって近づくと、いつもの威厳にみちた態度でテーブルの上座《かみざ》についた。司書はおろおろとして、まるで大きな熊が後足で立ったようにまごついていた。公爵は真剣味たっぷりに神父に呼びかけた。「ブラウン神父さん、マル博士から聞きましたが、あなたはなにか頼みたいことがあってここへいらしたそうですな。わしはもう先祖の宗教を守っているとは言えない、が、その先祖のためにも、また前にもあなたにお目にかかったよしみもあることだから、喜んで話をうかがうとしましょう。それにしても、話は内密でしたいところじゃありませんか」

いっぽうでは、ただ紳士としてそうするのが礼儀だと思って記者は立ちあがったが、同時に職業意識も働いて、そこを立ち去りかねた。この麻痺状態が過ぎ去らないうちに、神父はかすかにひきとめるようなそぶりをした。「もしもわたしの心のうちを披瀝するお許しをいただけるものならば」と神父は公爵に言った――「あるいは、公爵さまにご忠告する権利がわたしにあるといたしますれば、どんなものでしょう、なるべく大勢の方にいてもらいたいのですが。このあたりには、わたしどもの宗派を信じてくださる人たちさえも含めて、呪術のために想像力を毒されている者が数知れずおるのですが、その呪いの魔力を公爵さまに打ち破っていただきたいのです。デヴォンシャーの住人を一人残らずこの場に呼んで、公爵さまが呪いを解くところを見物させたいくらいでございます」

「わしがどうするところを見せたいと言うのかね？」と公爵は眉をけわしく寄せて訊いた。

「なに、鬘をお脱ぎになるところですよ」と神父。

公爵の顔つきはびくとも動揺しなかったが、相手を見つめるそのガラス玉のような目つきには人間の顔にかつて現われたこともないような、なんとも怖るべき表情があった。司書の大きな足がまるで池にうつった茎の影のように震えているのが記者の目をひいた。周囲の木という木がこの沈黙のなかに小鳥ならぬ悪魔を充満させている――そんな幻想を記者はどうしても頭から追い払うことができなかった。

「よしておこう、そのほうがあんたの身のためでもある」と公爵は人情味を欠いた憐みの声で言った。「お断わりします。わしが一人で背負っていかねばならぬこの怖るべき重荷がどんなものか、それをごくかすかにでもにおわせたら、あんたはわしの足もとにすがりついて泣き声をあげ、もうそれ以上は聞きたくない、勘弁してくれと言うにきまっている。だからにおわせることも遠慮しておこう。未知なる神の祭壇に書かれたることは、その冒頭の一字もつづってはならぬのですぞ」

「未知なる神ならわたしも存じております」と小さな神父は言ったが、その口調には大理石の塔のようにすっくとした確信からくる勇ましさが我知らずのうちにこめられていた。「その名前は――サタンです。真正の神は受肉して、わたしどものあいだに住みたもうた。はっきり申しあげておくが、人々がただ神秘だけに支配されているとしたら、その神秘は不正なものと言わねばなりません。もし悪魔がこれは怖ろしいものだ、見てはならぬと言ったなら、断じてそれを見るべきです。聞くに堪えぬほど怖ろしい話だと言うのなら、それを聞いてしまうにかぎる。ある事件の真相が心に耐えがたいものと思えたなら、臆《おく》せずにそれに耐えるがよろしい。さあ、公爵さま、この場でいますぐ呪いの秘密をおしまいにしてくだされ」

「そんなことをしたら」と公爵は低い声で言った――「あんたの身と、あんたの信じているすべてのことと、あんたの生き甲斐であるすべてのことが、なによりも最初にしおれて滅びてしまうだろう。あんたは息をひきとる前に一瞬あの大いなる無を知ることになろう」「キリストの十字架よ、我を害悪から守らせたまえ」と祈って神父は——「その鬘を取りなされ」と迫った。

記者はどうにもおさえがたい興奮にわななくからだをテーブルの上にのりだしていた。この異様な応酬を黙って聞いているあいだに、一つの考えとも衝動ともつかぬものが記者の頭に入りこんでいたのである——「公爵」と記者は呼ばわった——「そんなはったりはおやめなさい。その鬘を取るんです、いやならぼくがたたき落としてやる」

暴行罪で起訴されることになりかねないが、記者はそれを実行してよかったと思っている。公爵が前と変わらぬ石のように冷たい声で「従いかねる」と答えると、記者はあっさり公爵にとびついた。数秒のあいだ彼は地獄の全体に加勢してもらっているかのように果敢な抵抗を試みたが、記者はその頭をおさえつけたので、とうとう鬘が落ちた。白状しておくが、組みうちをしながら記者は、鬘が落ちたその一瞬、思わず両眼を閉じた。

記者はマル博士の叫び声にはっと我にかえった。博士もこのときには公爵のすぐ脇に来ていたのだった。博士の頭と、記者の頭はともに鬘を脱いだ公爵のはげ頭の上にかがみこんでいた。沈黙を鋭く破って博士は叫んだ——「これはどうしたわけなんだ？　なにも隠さなくちゃならんものはないじゃないか。あたりまえの耳をしている」

「それだから隠す必要があったのです」とブラウン神父。

神父はつかつかと公爵の面前に歩み寄ったが、どうしたわけか、その耳には目もくれなかった。ただ公爵のはげあがった額を滑稽《こっけい》なほどしげしげと見つめ、もう癒《い》えてから、だいぶたった三角の傷痕を指さして、「察するところ、グリーンさんでいらっしゃいますな」と礼儀正しく言った。「結局、この方は領地をぜんぶ手にいれられたのですよ」

さてここで記者は《改新日報》の読者諸氏に、本事件中もっと瞠目《どうもく》すべき事柄を述べることにする。このいわば変身の物語は、一見したところ、ペルシアのお伽噺なみに奔放華麗に見えるだろうが、事実は、(記者のテクニカルな暴行は別として) 終始一貫して、合法的なものだった。珍妙な傷痕と人なみの耳をもったこの男は、人の名を騙《かた》った詐欺師ではない。もっとも (ある意味では) 他人の鬘を着用したうえに、他人の耳を我が耳なりと主張していたにはちがいないにしろ、けっして他人の宝冠を横どりしたわけではない。この人こそ紛れもなく唯一無二のエクスムア公爵にほかならぬ。それはこういうわけなのである。老公爵の耳がいくらか変わった形であったことは事実で、これは遺伝によるものだった。公爵はこのことでノイローゼにかかっていた。グリーンに酒瓶をぶつけた武勇談はすでに書いておいたが (これは実際に起こったことである)、そのとき自分の耳をもしグリーンが見たら、グリーンはただではすまされまいぞと公爵が本気で言ったということも、大いに考えられる。しかし、この争いはまったく意外な結末をとげた。グリーンはあくまでも要求をつきつけて領地を手にいれた。領地を失った貴族はピストル自殺を試み、一子ものこさずに死んだ。しかるべき期間がすぎると、我が美《うる》わしい英国政府はエクスムアの

「死滅していた」爵位を復活させて、それをもっとも重要なる人物、すなわち財産を手にいれた人物に授与した。

件の人物は封建時代の昔から伝わる説話を利用することを思いついた。察するに、柄にもなく貴族ぶりたい根性から、この伝説を心からねたみ、それにあこがれたのだろう。そうしたわけで、幾百幾千もの民衆が、遠い昔に定められた宿命と悪しき星の冠をもった神秘のお殿さまの前でおそれおののいた――その裏の真相は、それは貴族さまと思いきや、僅か十二年前には三百代言《さんびゃくだいげん》と金貸しを業とする浮浪者だった男なのである。記者が思うに、我が国における現行の貴族制度の欠点を露呈するものとしてこの事件ほど典型的なものはあるまい。この状態は、神が我々にもっと勇気のある人物を遣わされるまで続くであろう。

ナット氏は原稿を置くと、いつになく緊張した声で呼びかけた――「バーロウさん、口述筆記を頼む、フィン君への手紙だ」

フィン君――きみは気が狂ったのか。あれじゃまるで手がつけられない。ぼくはたしかに吸血鬼だとか、ひどかった昔の暗黒時代のことだとか、貴族と迷信の取りあわせだとかいったものを望んでいた。読者はそういうのが好きなのさ。だが、この記事を発表したら、エクスムアの住民たちは未来永劫に我々を許してはくれまい。それを忘れちゃいけない。だいいち、読者たちはなんと言うだろう――考えてもぞっとする。いいかね、サイモン卿はエクスムア公爵の大の親友なんだし、ブラッドフォードで我が社を支持している有力者はエアー家のいとこにあたるんだ。きみの記事を出したら、このいとこも失脚するにきまっている。それに、うちの石鹸業社長は去年爵位をもらえなかったので業《ごう》を煮やしていた。ぼくがもしこんないかれた記事をだして社長に爵位をもらえなくさせたら、社長はたちまち電報で解雇通知をよこすだろう。もう一つ、ダフィーのこともある。いまダフィーは《ノルマン人の踵》という記事にかかっているんだが、もしきみ、問題の人物がただのお抱え弁護士だとしたら、ノルマン人についてだってなにも書くことができなくなるじゃないか。どうか、分別をなくさないでくれ。

E・ナット

バーロウ嬢が濶達《かったつ》にタイプを打ち鳴らしているうちに、ナット氏は問題の記事原稿を丸めて紙屑籠にほうりこんだ。しかし、そうする前に——習慣の力とはなんと怖ろしいものか——氏は我知らずのうちに《神》という語を《環境》と訂正していたのである。

ペンドラゴン一族の滅亡

ブラウン神父は冒険をする気分になどとうていなれなかった。このあいだ過労で床についたが、ようやく治りかけたので、友人のフランボウが小型のヨットで洋上散策に連れだしたというわけだった。コーンウォールの若い地主セシル・ファンショウが一行に加わっていた。セシルは風光明媚《ふうこうめいび》で名高いコーンウォールの海岸風景の熱狂的な賛美者である。ところでブラウン神父のほうはまだかなり弱っていたうえに、だいたいが船に強くないたちときていた。ぼやいたりへなへなと参ったりすることは気性が許さなかったが、がまんして礼を失せぬようにしているのがやっとで、ことさらはしゃぐことはできなかった。同行の二人が、雲のひきちぎれた紫色の夕焼けや、これもぎざぎざと屹立《きつりつ》する火山岩をほめそやせば、神父もそれに和した。フランボウがなにか岩を見て、あれは竜のようだと言えば、神父もそれを見やって、まったく竜そっくりだと相槌《あいづち》をうった。ファンショウがもっと興奮して、アーサー王伝説の魔術使いマーリンに似ている岩があそこに、と言えば、神父もなるほどそうだと同感をあらわした。この、曲がりくねった河に入ってゆく岩だらけの河口はまるで妖精の国の入口じゃありませんか、とフランボウが言えば、「いかにも」と神父はそれを肯定した。それと同じ上《うわ》の空《そら》の殺伐とした熱心さで神父は、もろもろの重要な話と、もろもろのどうでもよい話を聞いた。たとえば、このあたりの海岸は、よほど用心深い船乗りでないと命を落とす危険のあるところだという話を聞いた。この船に飼っている猫はいま眠っているところだという話も聞いた。このヨットの舵手が「両の眼が輝いていれば船は無事、片目のまばたき一つでみんなお陀仏」と呪文を口ずさむのも耳にした。あれはたぶん、舵手はいつでも両眼を開けて緊張していなくちゃいけないという意味だろうとフランボウがファンショウに言うのも聞いた。いや、そうじゃない、あれは岸の灯台の灯が二つ、一つは近くに、一つは遠くに並んで見えるならば、船はこの河口の水路に誤りなく入っている、もし一つの灯が他の灯の陰に隠れたならば、暗礁の上を走っていることになる――ほんとうはそういう意味なのだとファンショウが説明してやるのも神父は聞いた。

ところで、ファンショウはそれにつけ加えてこんなことを言った。この土地にはいまのような珍しい伝説や諺《ことわざ》がたくさんある。ロマンスの本場と言っていいくらいだ。コーンウォール州でも特にこのあたりは、エリザベス時代に最優秀の船乗りを輩出させた点でデヴォンシャー州にまさるとも劣らぬところである、とさえファンショウは言った。いまごろんになっている入江や小島にはかつて、キャプテン・ドレイクもそれに較べれば新米の平水夫でしかないような名船長がうようよたむろしていたというのである。それじゃ、あの有名な海洋冒険談《ウェストワード・ホウ》（西をめざせ）のこの題名は、コーンウォールの東にあたるデヴォンシャーの連中がコーンウォールに行きたがっているというだけの意味なのか、とフランボウが大笑いをすると、ファンショウは、冗談もいいかげんにしたまえ、昔のコーンウォールの船長連中が英雄だったというだけじゃない、いまだってずばぬけた英雄なんだからとむきになった。いまじゃ隠退している老提督がこの近くに住んでいるが、この人なんか冒険とスリルに富んだ航海の傷痕をいたるところにとどめている。若かった時分には、太平洋上に新群島を発見し、それが世界の地図に書き加えられたもっとも新しい群島となった。などとしゃべりまくるこのセシル・ファンショウは、だいたいがなにかにつけむきだしの、だが気持ちのよい情熱を示すたちで、まだ若く、髪は薄色、色艶《いろつや》がよく、横顔はいつでも真剣そうだった。青年らしい無鉄砲な活力に満ちあふれていたが、反面、少女のようなデリカシーももっていた。とにかく、幅の広い肩と黒い眉毛をもち、黒き銃士にも劣らぬ堂々たる押しだしで人を威圧する我らがフランボウとは、まさに好一対《こういっつい》の対比をなした。

以上のようなどうでもいいことを神父は逐一、耳と目におさめていた。とはいえ、車中の疲れきった男が線路の上で車輪がかなでる単調な曲を聞くともなしに聞いたり、病人が壁紙の模様をなんとはなしに眺めているのと大差ない受けとり方だった。病気の治りかかった人の気分というものは変わりやすいのがふつうであるが、ブラウン神父がふさいでいたのは、どうやら半分くらいまでは船にあまり慣れていなかったせいであるらしい。それが証拠には、河口がだんだん瓶の首のように狭くなり、波がしずまって水面は油を流したようになり、空気が冷たさを失って陸のぬくみをおびてくると、神父は急に目をさましたように生き生きとしだし、赤ん坊のようにもの珍しく周囲のものを目におさめているらしかった。日が沈んだ直後で、空も水もまだ明るかったが、両岸に見えるすべてのものは、その明るさのためにいよいよ黒ずんで見える——これはそういう時刻だった。が、この晩にかぎって一つだけ例外的な現象があった。めったにないことなのだが、この日の夕暮れには、いつもは人間と自然のあいだを隔てている曇りガラスのスライドが音もなくはずされてしまったような雰囲気があった。こういうときには、黒ずんだ色でも曇った日の明るい色よりもはなやかに見えるものである。岸べの踏みにじられた土や水中の泥までが、きたない色には見えず、ほの明るい琥珀色《こはくいろ》に見え、そよ風にゆらぐ黒ずんだ木々は、いつもなら遠くのこんもりとした景色としてくすんだ青色に見えるものだが、この夕暮れには、なにか鮮やかなすみれ色の花が風に吹き落とされてつもっているかのようだった。こういう魔術的といっていいような色彩の鮮明な強烈さを否が上にも神父のゆっくりと回復しつつあった感覚に印象づけるのを手伝ったのは、あたりの風景の形状がいかにもロマンチックで、なにやら秘密を宿しているようにさえ見えたという事実だった。

河は、一行をのせたヨットのような小型の遊覧船なら楽々と通れる広さと深さがあったが、盛りあがった陸地の曲線から察すると、どうやら両岸がしだいに狭くなってくるらしかった。両側の森は互いにとびつきあって橋を造ろうとしているかに見え、ヨットはいまや峡谷のロマンスから絶壁のロマンスへ、そしてついにはこのうえないトンネルのロマンスへと行き移りつつあった。こういったものが見えるほかに、ブラウン神父のよみがえりつつあった空想の対象となるものはほとんどなかった。三、四人のジプシーが、森から取ってきた薪《たきぎ》をかかえて河の畔《ほとり》を一列に歩いているほかには、人間らしいものの姿はまったくなかった。ただ、もう一つ、現在ではもう風変わりだとは言えないが、こういう僻地の田舎ではまだ珍しいものの部類に入る光景が見えた。ほかでもない、無帽で黒い髪のレディーがカヌーをこいでいたのである。ブラウン神父がこのどちらかにいくらかでも注意をひかれていたとしても、すぐ次の角を曲がるや否《いな》や目にとびこんできた異様な光景に神父はそんなことはいっぺんに忘れてしまったにちがいない。

河面が急に広がり、同時にまんなかから断ちきられたように見えたのだ――が、それは、森に蔽《おお》われた、魚の形をした小島がいわば黒いくさびとなって水面へ突きでていたからだった。一行のヨットはかなりの速度をだしていたので、小島はまるで船みたいにこっちへ動いてくるように見えた。船とすれば、これは非常に舳先《へさき》の高い――というより、もっと厳密に表現すれば、煙突のとても高い――船というべきだった。それというのも、近づくヨットにもっとも近い突端になんとも奇妙な建物が建っていたからである。それは誰もかつて見たことのないような造りで、どんな目的のために建てられたのかもさっぱりわからない建物だった。特に高いというのではないが、間口のわりにはずいぶん高いので、どう見ても塔というほかなかった。そのくせ、全体が木造のようであり、しかも統一感のない、風変わりな木造なのである。板や梁《はり》の一部には乾燥した上等の樫が使われており、そうかと思うと、ごく最近切られた生木のところもあった。そのほかにも松の木が使われていたり、同じ松の木でもタールをまっ黒に塗ったものもなお大量にもちいられていた。そういった黒い梁がくねくねと曲がったままかけ渡されたり、ありとあらゆる角度で交差したりしていて、全体としてはえらく寄せ集め細工のようで、見る目をとまどわせるに充分だった。一つか二つ窓があって、古風だとはいえ、それなりに精緻な色彩を施され、見事な鉛の枠にはめこまれていた。ヨットの遊山客《ゆさん》たちはこれを見て、ある矛盾《むじゅん》した気分を感じないわけにはいかなかった。どうもどこかで見たことがあるような、それでいてこれはまったく新しい別物だという感じも動かすことのできない、そういう気持ちだった。

ブラウン神父は、神秘に包まれているときでも、その神秘感のよってきたるわけを敏《さと》く分析した。神父は考えるともなくこんなことを考えていた。すなわち、この奇妙な感じの原因は、使われている材料と、それを切ってあらわした形とが釣り合っていないことにあるのではないか。たとえば、ブリキ製のシルクハットとかタータンチェックのフロックコートとかいったようなものではないか——そう考えたのである。こんなに色とりどりの材木をこういう配列に仕組んである建物はどこかで見たおぼえがたしかにある。が、それだってこんな比率ではなかった。と、そのとき、木立ちの暗がりのあいまからちらとすけてみえたものが、神父の知りたがっていたすべてを教えてくれたので、神父は声をたてて笑った。木の葉のすきまから散見されたのは、まっ黒な梁を外側にむきだしている旧式の木造家屋だった。こういう建築はいまでもイギリスの随所に見られるものだが、たいがいの人は「往時のロンドン」とか「シェイクスピア時代のイギリス」といったような展覧会でその模造品を見るにすぎない。この建物が見えていた一瞬のあいだに、神父は、それがいかにも古風ながら住み心地のよさそうな、手いれの行き届いた田舎家で、家の前庭には花壇があるということまで残らず見とどけた。この住宅は、この家を建てるときに余った古材で造ったらしい、ちぐはぐで常軌を逸した外観をもつあの塔とは似ても似つかぬものだった。

「あれはなんだ?」とフランボウはまだ塔を見て驚いていた。

ファンショウは、目を生き生きと輝かせると、勝ち誇ったように言った。「どうです、こういうところは見たこともないでしょう。だからこそ、ここへご案内したんです。コーンウォールの船乗りはたいした名人だというさっきの話が嘘じゃないことをお見せしようというわけです。これこそ通称《提督》のペンドラゴンじいさんの土地です――実際はじいさん、提督にまではならなかったんですがね。ウォルター・ローリーやホーキンスの冒険精神もデヴォン州の人たちにとって過去の思い出にすぎませんが、ペンドラゴン一族は現代に生きている事実です。エリザベス女王が墓場から生き返って、金色まばゆいお召し船でこの河へ起こしになるようなことがあれば、女王は提督に迎えられて、窓や羽目板を始め、テーブルの上の皿にいたるまで女王が生前親しんでいたものとそっくりな家に招じいれられるでしょう。そこで女王は、ちょうどあの時代のドレイク船長と食事をしているみたいに、お相手の船長が小船でどこか新しい陸地を発見しに出かけたいなどと心おきなくしゃべりまくるのをお聞きになるでしょう」

「あの庭にどうも妙な物があるということにも女王はお気づきになられるでしょうな」とブラウン神父は言った。「ああいう物は、女王さまのルネッサンス的な目には快く映るまいに。エリザベス時代の建築は、住宅の場合なら、それなりに魅力がある。しかし、小塔が何本もにょきにょきしているんじゃ、あの時代の建築精神に反するというものだ」

「ところが」とファンショウが応じた――「あの建物こそもっともロマンチックでエリザベス

時代的な部分なんです。あれはほんとうに、スペイン戦争のころにペンドラゴンの一族が建てたものです。むろん補強をしたり、その他の理由で改築したりする必要はありましたが、建て直すにしても、必ず原形どおりにしたものです。これを建てたのはサー・ピーター・ペンドラゴンの夫人だそうで、あの場所にあんなに高く建てたのは、船の入ってくる河口を一目で見渡すためなんだということです。スペイン本土からはるばる洋上を帰ってくる夫の船を誰よりも早く見たかったからなんですよ」

「さっきあれは別の理由で改築されたことがあるとおっしゃったが、それはどんな理由ですか」とブラウン神父は問いただした。

「ああ、それについても不思議な話があるんです」と若い地主は自分の話を楽しく味わうように言った。「ここは実に不思議な物語の国なんです、アーサー王もここにいたし、マーリンや妖精たちもアーサー王以前にここにいました。聞くところによると、サー・ピーター・ペンドラゴンは、船乗りの美徳ばかりか海賊業という欠点も多少はあわせもっていたらしく、三人のスペイン紳士を捕虜としてエリザベス女王の宮廷に渡すべく礼をつくした待遇で本国へ護送してきたのですが、もともと虎のようにおこりっぽいたちだったペンドラゴンはそのスペイン人の一人と激しい言い争いをして、その首根っこをつかんだあげく、ふとしたはずみか故意にか、海へ投げとばしてしまったのです。その男の兄だったもう一人のスペイン人は、やおら剣を抜いてペンドラゴンにとびかかり、ここで短いながらも互いにしのぎを削る激しい打ちあいがあって、二人とも三カ所に傷を受けたほどでしたが、三分ほどの伯仲《はくちゅう》した戦いののち、ペンドラゴンは相手のからだに剣を突きとおし、これで二人までも片づけてしまいました。そのあいだにも船は河口にさしかかり、わりと浅いところへ入っていました。一人残ったスペイン人はそこで舷側からざぶんと海中にとびこみ、岸をめざして泳ぎだしたのです。まもなく岸に近づくと、足を底につけ、腰から上だけを水の上にだして立ちあがり、船のほうを振り向くと、悪のはびこる町に悪疫よ来《きた》れと呼ばわる予言者よろしく両手を天にさしあげ、つんざくような大音声でこう言ったのです――ペンドラゴンよ、我は断じて生きつづける、未来永劫に生きつづけてみせる。ペンドラゴン家は今後そのあらゆる代において我と我が子孫の姿を見ることはないであろうが、我と我が復讐が生きていることは疑う余地のないたしかなしるしによって知らしめられるであろう、と。こう言いおわると、男はまた波の下に姿を隠し、溺れてしまったのか、息もつかずに水中を泳ぎきったのか、とにかくその姿はあとかたもなく消え、あとからも髪の毛一本見つかりはしなかったのです」

「おや、またあの娘が乗っているカヌーだ」とフランボウが筋違いなことを言ったが、だいたい、器量のいい若いご婦人と見れば、どんな話題だろうと中断してはばからない男なのだから、これも仕方がない。「あの娘さんもさっきのぼくらとおなじくあの塔のことで頭を悩ましているらしいな」

なるほど、黒髪のレディーは問題の謎めかしい小島のそばにゆっくりとすべるようにカヌーを走らせていた。この御婦人は瓜実形《うりざねがた》のオリーブ色の顔を好奇心で輝かしながら、謎の塔をしげしげと見あげるのだった。

「あんな娘のことなんかどうでもいい」とファンショウがじれったそうに言った――「世の中に女の子はいくらでもいますが、ペンドラゴン塔のようなものはめったにあるもんじゃないんです。誰にでも予想できることですが、そのスペイン人が呪いをかけてからというもの、迷信やら醜聞やらがあとをたたず、ペンドラゴン一族の身にふりかかった偶然の事故はみんなあの呪いのためだとこのあたりの田舎者は軽率にも信じていました。けれども、この塔が焼け落ちたことが二、三度あり、この一家が幸運に恵まれなかったことは事実なのです。提督のいちばん近い身内が二人以上も難破して死んでいるのです。しかも、すくなくともその一人は、サー・ピーターがあのスペイン人を海中にほうりこんだのとまったく同じ場所だったんです」

「残念だなあ」とフランボウが叫んだ。「あの娘は行っちまう」

「その提督さんとやらが一族の昔話を話してくれたのはいつなんですか」とブラウン神父は訊いた。このときにはもう、カヌーの娘は、塔に向けていた注意をこちらのヨットにまでのばそうとする気などまったくないかのように去っていった。ヨットはもう小島の横でとまっていた。

「もう何年になりますか」とファンショウは答えた。「提督はいまでも昔どおりに海のことには夢中ですが、かなり前から航海はやめています。なにか一家の約束めいたものがあるんでしょう。さあ、ここが船着き場です。上陸して老提督に会いましょう」

ファンショウの先導で二人は塔のすぐ下から島にあがった。ブラウン神父は、乾いた陸地についただけで気分がよくなったのか、それとも河の対岸に見えるなにかに興味をおぼえたせいか（神父はしばらくじっとそれを見つめていた）、不思議なほど活気を取り戻していた。一行はそのまま、公園や庭園の囲いによくつかう灰色がかった薄い木で造った柵と柵のあいだの並木道に入った。頭の上には、黒ずんだ木々が巨人の霊柩車にのせた黒と紫の羽飾りのように揺れていた。もうずっとうしろになった塔は、こういう入口には二つ並んで建っているのがふつうだったので、一本だけではなにか妙だった。そのほかの点では、この並木道は紳士のすまいへの入口としてはありふれた様子をしていた。なかなか奥の建物が見えてこないほど曲がりくねった道だったため、実際よりも遙かに広い公園のようで、まさか小さな島の上の林だとは思えないほどだった。ブラウン神父は、いささか疲れて、いくらか幻想的になっていたせいもあるだろうが、自分のいるこの場所が、まるで悪い夢を見ているときのように、みるみる大きくなってくるのではないかとさえ思った。とにかく、この道の特徴らしい特徴といえばただ一つ、神秘的な単調さがあるだけだったが、やがて不意にファンショウが立ち止まり、灰色の塀から横に突きでているなにかを指さした。一見したところ、なにか獣《けもの》の角を塀に突きとおしたようだったが、よくよく見れば、いまにも消えなんとする光のなかでかすかに輝いている、いくらかカーブをおびた刃物だった。

フランボウは——だいたいフランス人はみんなそうだが——兵隊をやった経験があるので、その上にかがみこんだ。そして驚きの声をあげた——「サーベルじゃないか。これと同じものを前に見たことがある。重くてカーブがついている、が、騎兵のよりは短い。砲兵がよくもっていたし、それから……」

フランボウがしゃべっているうちにも、その刃物は自分のつくった裂け目からにじりでて、もう一度、切り裂く音もなおいっそうずっしりと重々しく下へ向かって押しきり、ばりばりという音とともに、柵の下端まで行った。と思うまに、それはまたひきぬかれて今度は数フィート先の柵の上できらめき、またしても第一撃をもって塀のなかばまでを切り開いた。そこでちょっとひきぬこうとしてもがく動作が（暗やみのなかで発する「ちくしょうめ」という叫びにつれて）繰り返されたが、そのまま第二撃によって地面まで打ちおろされた。と、悪魔が満身の力をこめてけりつけたようなすさまじい音がして、四角く切り目をいれられた柵の薄い木が道にとびちり、ぽっかりとあいたその空間から黒々とした雑木林がのぞいた。

ファンショウは、その暗い空間をのぞきこみ、度肝《どぎも》を抜かれたような大声をあげた。「提督じゃありませんか。へえ、あんたという人は散歩にお出かけのたびに一つずつ新しい出口を切り開くんですすか」

暗がりのなかの人物はもう一度「ちくしょうめ」を繰り返してから、一転して愉快そうな笑い声をたてた。「そうじゃないよ」とその声は言った。「わしはなんとしてもこの塀を切り倒さにゃならんのだ。こいつのおかげで庭の木や草がだめになってしまいそうだ。わしのほかにこの仕事をやれる者はおらんのでな。とにかく玄関の前のあたりをもう一つ切り崩してから、そっち側へ渡って出迎えるよ」

なるほどこの陰の男は約束どおりいま一度あの刃物を振りかざし、二回の切りおろしによって前と同じ形に塀を切りぬいて押し倒した。これで塀にあけられた空間の長さはしめて十四フィートほどだった。さて、この大きなほうの森の出入口から件《くだん》の人物は夕暮れの光のなかに現われた。携えている剣の刃には灰色の木粉がまだついたままだった。

その一瞬の男の姿は、ファンショウが語った昔の海賊船長の因縁話を実証してあまりあるようだった。もっとも、そのこまかな点はあとでみんな偶然の一致だったことがわかりはしたが、とにかく、そのときには、提督が日よけにかぶっていた縁広の帽子は、その前のへりがぴんと空に向けられ、両側の角が目よりも下までひきさげられていたので、額の上に三日月形になってのっかる恰好になり、言うならばネルソンのあの元帥帽そっくりであり、かつまた、身につけているダーク・ブルーの短い上着は、ボタンこそありふれたものだったが、リンネルの白ズボンと組みあわされたところは、いかにも船乗りの感じが強かったし、さらに、背の高い、ゆったりとしたからだつきをしていて、肩をいからせているあたりは、波に揺られた船乗りがからだをゆするのとはちょっと様子が違うのに、どこかそれを思わせるに充分だった。それだけではない、片手にさげていた短いサーベルは海軍の短剣に似ており（ただ大きさはその二倍ほどあった）、彼の帽子の下からのぞいている鷲《わし》のような顔は、きれいに剃ってあるうえに眉毛がなく、そのためにことさら鋭く見えた。たびかさなる嵐との遭遇で、顔を風雨にさらしていたために毛が一本のこらず抜け落ちたのではないかと思われた。それに目がまたとびだしているようで、その光は人を刺すようだった。顔の色は異様に魅力的で、どこか熱帯的のところもあり、何となく柘榴《ざくろ》オレンジを連想させた。というのは、つまり、血色のいい赤ら顔で、しかも黄色がかったところがあるが、その黄色がけっして病的ではなく、あのギリシア神話のへスペリデス姉妹が守っていた黄金の林檎《りんご》さながらに光っていたということである。これほどまでに太陽の国々をめぐるロマンスの雰囲気を発散している人物はかつて見たことがないとブラウン神父は思ったくらいだ。

ファンショウは二人の友人をこの島の主に紹介しおえると、またひやかしの調子で、提督が塀をめった切りにしたり、いかにもいまいましそうに一人で悪態をついていたりしたことを話題にのせた。初め提督はあれはどうしてもやらねばならぬが何とも厄介しごくな庭仕事で困るよといった程度に軽く受け流していたが、そのうちに、ばかでかい哄笑《こうしょう》のうちにほんとうの活気がみなぎって、じれったさと上機嫌のあいなかばした大声で提督は言った——。

「まあ、たしかにわしは必要以上に手荒くやっているし、手あたりしだいにぶちこわすのがおもしろくてたまらないといったところがあるよ。おまえさんだって、人食い人種の住む島を発見しに船で出かけてゆく以外になんの楽しみもないのに、こんなみみっちい池みたいなところで泥だらけの島にへばりついていなきゃならないとしたら、やっぱり当たりちらしたくなるだろうな。こいつの半分もよく切れない剣で一マイル半にわたって緑の密林を思いきり切りひらいていったときのことを思い出すにつけ、家に伝わる聖書に書きなぐられていた昔の契約に我が身を束縛されて、こうしてこんなところにくすぶりつづけ、せいぜいマッチ棒みたいな板塀を切り倒すのが精いっぱいかと思うと、いくらこのわしだって……」

と、ここでまた重い刀を振りあげると、今度は一気に上から下まで板塀を切り裂いた。

「と、こんな気にもなるというわけさ」と結んで剣を道の五、六ヤード先にぽいと投げすてた。

「さあ、家へ入るとしよう。食事をいっしょにしていただこう」

家の前の半円形の芝生には、丸い花壇が三つあって変化をつけていた。その一つには赤いチューリップ、いま一つには黄色のチューリップ、三番目のには、客人にはなんだかわからなかったが、外国産とおぼしい蠟のようにまっ白な花が咲いていた。ずんぐりとして毛深く、むっつりした園丁が庭用のホースを一巻き巻きかけているところだった。家の外郭の隅々にまといついているような暮れのこりの光のために、家よりも離れた花壇のさまざまの色がほのかに散見され、河に面した家のすぐかたわらの木立ちのない空き地に、背の高い真鍮《しんちゆう》製の三脚が立ち、その上に大きな望遠鏡がかしいでのっているのが見えた。ポーチのステップのすぐ外に、緑に塗った小型のガーデン・テーブルがあって、どうやらいましがた誰かがそこでお茶を飲んだ形跡があった。家の玄関の西側には、目のあるべきところに穴があいている、輪郭のはっきりしない像が一体ずつ建っていた。南洋の民の偶像であると言われている代物《しろもの》である。そして、玄関の上の樫の茶色の梁にも、それに劣らず野蛮な彫刻が刻まれていた。

一行が家に入ろうとしたとき、小柄な神父はなにを思ったか、ひょいとテーブルにとびのり、その上に立って、樫の木に刻まれた像を眼鏡越しに無心に眺めた。ペンドラゴン提督はえらく驚いたようだったが、別にいやな顔は見せなかったが、ファンショウは、狭い台の上で芸当を演じている芸人そっくりの神父の姿が滑稽《こつけい》でたまらず、大声で噴きだしてしまった。それでも当の神父は、他人の笑い声や驚きなどまったく気にかけていないらしかった。

ブラウン神父は彫りつけられた三つの形を見つめていた。ひどくこすれて、かすれていたけれども、輪郭はなんとかつかめそうだった。第一のものは、なにか塔のような建物をあらわしたものらしく、その上にうねうねと尖ったリボン様《よう》のものがかぶさっていた。二番目は、それよりもはっきりしていた。エリザベス時代の帆漕船《ガレー》で、装飾的な波の模様がついていたが、船のどまんなかに妙な形に切り立った岩が突きだしていた。これは木地にもともと傷があったのか、それとも舷側に打ちつける波を表現する伝統的な手法なのか、いずれかにちがいなかった。三番目は、人物の上半身で、その下端は波を思わせるスカラップ模様で終わっていた。顔はかすれて定かではなかったが、両腕はえらくぎごちない恰好で天に向けられていた。

「なるほど」と神父は目をぱちくりやりながらつぶやいた――「これはまさにあのスペイン人の伝説をあらわしてますな。それ、この男は海につかったまま両手を高くあげて呪っている。その呪いの結果が、そら、この難破船とペンドラゴン塔の炎上だ」

ペンドラゴンは一応は怖れいったと言いたげに、それでもおかしさを隠さずに首を振った――「そうも思えるが、ほかのどんなものにも見えるじゃないですか。ああいう半身像は、ライオンや牡鹿《おじか》の半身像と同じに、紋章によく使われておりますからな。あの船を突きぬけている線にしたって刳形《くりかた》とかいう線じゃないでしょうかな。いま一つのは、あんまり紋章らしくはないが、火をかぶっている塔と考えるよりも、月桂樹の葉を戴いている塔と考えれば、紋章らしくなる。どうです、実際に月桂樹の葉らしく見えるじゃありませんか」

「それにしても、この三つがそっくり古い伝説にあてはまるなんて、おかしいですよ」とフランボウが言った。

「ふん」と懐疑家の旅行家は答えた――「だが、遠い昔の伝説なんて昔の彫刻から思いついてこしらえあげたものが多いのを、あんたはご存じないのかな。それに、ここに伝わっている昔話はまだほかにもうんとある。このファンショウ君は、こういったことが好きなもんだから、ほかの伝説もあんた方に話してくれるだろう。なかにはもっと怖ろしいやつもありますよ。我が家の不幸なご先祖様は例のスペイン人をまっぷたつに斬ったのだと伝える者もある。この話だって、やっぱりあのみごとな絵にあてはまる。また、我が一族は蛇がいっぱいすむ塔をもっていたと言ってくれる説もあり、あのうねうねとした図柄をそれで説明することもできる。さらに別の説によると、あの船につけられた曲線は稲妻の様式化だろうということになっている。ところが、まじめにこまかく調べてみると、こういうあまりありがたくない伝説とあの彫刻との偶然の一致も実際には大した意味をもっていないことが、この例だけからでもわかるんですよ」

「ほう、それはどういうことで?」と訊いたのはファンショウだった。

「実は」と島の主は冷静に答えた――「我が一族の船が難破したことは、わしの知っているかぎり二回か三回あるが、そのどの場合にも雷鳴も轟《とどろ》かず、稲妻も光らなかったのです」

「なんだ」とブラウン神父はひと言言うと、小さなテーブルからぴょんとおりた。

しばらく沈黙がつづき、その間《かん》ひっきりなしに河の流れる音が耳についた。ファンショウが、どうも失望したらしい確信のない声で言った――「じゃ、あの塔が火に包まれたという話もみんないんちきだと言うんですか」

「そういう話もたしかにある」と提督は肩をすぼめた。「そのなかには、こういう話としてはめったにないほどの証拠に裏づけられているものもあることを、わしは否定しはせん。誰だったか、家へ帰る途中の森のなかで、ちょうどこの辺が赤々と燃えているのを見た者があるし、また、海から遠く離れた高台で羊の番をしていた男がペンドラゴン塔の上あたりに炎が渦巻いているのを見たような気がしたそうだ。まさか、こんなじめじめした泥のかたまりのような島に火事が起こるなんて、誰にも予想できないことのはずだがね」

「向こうのあの火はなんですか」とブラウン神父が左手の対岸の森を指さして、だしぬけに訊いた。その声は穏やかなかぎりだったが、一同はいささか度肝を抜かれ、特に空想家のファンショウは容易に心をしずめることができなかった。たしかに、神父の指さしたところから青い煙がどこまでも細々と、黄昏《たそがれ》の光のはてるところまで静々とのぼっていたのである。

ここでペンドラゴンはまた不意に人を小ばかにしたような笑い声をあげた。「ジプシーだよ」と言ってから、「一週間ほど前からこの辺でキャンプをしているんだ。みなさん、さあ、食事にしましょう」と促して家のほうへ向かった。

ところが、ファンショウのうちに巣くっている昔ながらの迷信家はまだ震えていた。「でも、提督、この島のすぐ近くでなにかしゅうしゅう音がしているのはなんでしょう。火が燃えている音そっくりだ」

「あれはもっとほかの音にそっくりだよ」と提督は先に立って歩きだしながら言った――「カヌーが近くを通っている音さ」

この言葉がまだ終わらぬうちに執事が玄関に現われて、食事の用意ができた旨を伝えた。まっ黒な髪、非常に長い黄色の顔、そして服は黒、それが執事のいでたちだった。

食堂はちょうど船室のようで、洋上気分は満点だったが、それはエリザベス時代の船長室というよりもむしろ現代的な感じがした。炉の上に飾られた戦利品のなかには、昔の短剣が三振りもあり、うねりの高い海上に海神トリトンや小舟が点在している地図もかかっていた。これは十六世紀の地図で、だいぶ褐色をおびていた。しかし、まっ白な鏡板の上でなによりも目だっていたのは、それぞれケースに入った珍しい色の南米の鳥や、太平洋でとれた見なれぬ貝殻や、蛮人が敵を殺したり料理するために使ったと思われる粗雑で妙な形をした刃物だった。南米産の鳥はえらく科学的な方法による剝製《はくせい》である。だが、この異国調の色彩が絶頂に達したのは、提督が雇っている人間といえば、執事のほかには二人の黒人がいるだけだが、それがなんとも奇妙なことにからだにぴったりした黄色の制服を着ているという事実だった。神父は本能的にこの印象を自分で分析し、肌の色と、きっちりとからだにあった黄色い上着の裾とが《カナリヤ》という言葉を連想させるのに気づき、そこで語呂《ごろ》あわせをやったあげく、カナリヤ諸島というアフリカ沿岸の島々を思い出し、この二人と南方の航海を結びつけた。食事の終わるころには、二人の黒人はその黄色い服と黒い顔をもうこの室内に見せなくなり、残るは執事のまっ黒な服と黄色い顔だけとなった。

「提督がこの伝説をあんまり真剣に考えていないんじゃ困りますよ」とファンショウが言った。「なぜって、このお二人をここへ連れてきたのは、二人ともこういうことにはとても詳しいから、提督のお役にたつだろう、そう思ったからなんですよ。提督はほんとうにお宅にまつわる伝説を信じていないのですか」

「わしはなにも信じない」とペンドラゴンは、明るい目でまっ赤な熱帯の鳥を横にちらと見て、きびきびと言った。「えらく科学的なんだよ、わしのものの考え方は」

　ここでフランボウを驚かせることが起こった。友人の神父がすっかり元気を取り戻したのか、この脱線した話をきっかけとして、島の主を相手に熱心に博物学の話を始めたのである。神父の口から言葉がとうとうと流れ、思いがけない学識が披露された。やがてデザートと酒瓶が給仕され、執事が姿を消すと、神父はそれまでの語調をすこしも変えずに言った――。

「どうか厚かましい客だとお考えにならないでください。こんなことをお伺いするのは、つまらない好奇心のためではなく、なによりもわたしの参考になるうえに、あんたご自身の役にもたつことだからです。あんたは、問題の昔話を執事さんの前でしゃべりたくないようでしたね。これはわたしの勘ちがいでしょうか」

　提督は目の上の眉毛ならざる眉をつりあげて叫んだ――「ほう、どこでそれにお気づきになったか、わしにはわからないんですが、実を申せば、あの男にはどうもがまんできずにおるんです。かといって、古くからの執事を馘《くび》にするほどの理由はなにも見つからん。ファンショウ君なら、お伽噺には目がないんだから、ああいうまっ黒な、スペインふうの毛を生やした男を見るとわしは殺気だつようにできている、と言いかねないところだな」

　フランボウが大きな拳でテーブルを打った。「とんでもない。さっきの娘さんだってそういう毛をしていたじゃないか」

「今夜でなにもかも片がつきますよ」と提督は自分の話を続けた――「今夜帰ってくることになっている甥が、船から無事に上陸してくれれば、それで万事解決さ。おや、びっくりなさったようですな。いや、無理もない、これはお話ししなくちゃおわかりになるまいな。わしのおやじには息子が二人あった。わしのほうはずっと独身だったが、兄は結婚して男の子ができた。この子は、一族の他の者と同じ船乗りになっていて、ゆくゆくは一家の財産を相続するはずだ。ところで、わしのおやじだが、ずいぶん変わった男だった。ファンショウ君の迷信ぐるいとわしの疑いぶかい性質とをいっしょくたにしたようなもので、この二つがいつもおやじの頭のなかでせめぎあっていた。わしが生まれて初めての航海をすませると、おやじは、あの呪いが真実にあるのか作り話にすぎないのかをこの際はっきり決めてしまおうという考えを起こした。ペンドラゴンの一族がみんなして大海原に乗りだしているとしたら、自然の事故にあうチャンスが多すぎて、この問題に決着をつけることはできない。が、仮に一族の者が、財産を相続する順序にしたがってきちんと一度に一人ずつ航海に出るということにすれば、我がペンドラゴン家の代々になにか一貫した宿命があらわれてくるかどうか見定めることができるだろう。おやじはそんなふうに考えたが、わしは、こんなあほうらしいことはないと言って、むきになっておやじにくってかかったものだ。なにぶん、わしには野心があった。それが相続の順序によると甥のあとにくる一番どんじりの位置を占めなくちゃならんのだから、むくれるのも無理はない」

「それであなたのご尊父や兄上は航海中になくなられた、というのですね」と神父がたいそう優しく言った。

「そうです」と提督はうめくような声で言った。「むごたらしい偶然の事故——それが人類の神話とかいううそ八百の材料《もと》になるんだ——その不慮の惨事でおやじも兄貴も死んでしまった。おやじは大西洋の航海をおえてこの辺に近づいたとき、コーンウォールの暗礁にひっかかった。兄貴の船は、タスマニヤからの帰途、どこだかわからないがとにかく沈んだ。兄貴の死体はとうとうあがらなかった。これはなんといったって自然の災難にまちがいない、ペンドラゴン家の者以外にも大勢溺死者が出ているんだから。専門の船乗りたちは、どちらの遭難についてもごくあたりまえの事故だという見方をしている。ところが、この二つの事故をきっかけに迷信の林に火がついた。世間の人たちはそこで至るところに燃えつつある塔を見つけたという寸法ですよ。目下そんな状態だから、ここでウォルターが無事に帰ってくれば、なにもかも解決するだろう。ウォルターのフィアンセがきょう来ることになっていたが、船が予定より遅れたりしてその娘が心配するとまずいので、わしは電報をうち、こちらから知らせるまで来ないでくれと言っておいた。が、とにかくウォルターが今夜じゅうには帰ってくるということは絶対確実だから、それでもう呪いの迷信もなにもかも煙のようにあとかたもなく……つまり煙草の煙のようにきれいさっぱりと、解消してしまうはずですな。このワインの瓶を景気よくあけるとき、昔からのデマが一挙に粉砕されるというわけです」

「しごく上等なワインですな」とブラウン神父はおごそかにグラスをかざして言った。「ところが、飲むほうはごらんのとおり、しごく癖が悪い。なにとぞ粗相をお許しください」

見るとテーブルクロスにワインをこぼして小さな汚点がついている。神父はそれでもなにくわぬ顔で飲みほすと、グラスを下に置いた。だが、実はそのとき、提督のまうしろの、庭に面した窓から一つの顔がのぞきこんでいるのに気がつき、思わず手がびくっと動いて酒をこぼしたことは本人しか知らなかったのだ。それは、南国的な髪と目の、若いのに悲劇の仮面さながらの女の顔だったのである。

一息ついてから神父はまた平素の穏やかな口調で語りだした。「提督、ひとつお願いがあるんですが。わたしと、それからもう一人、もし本人たちが承知すればこの二人の友人とを、どうでしょう、今夜一晩だけお宅のあの塔に泊めていただけぬものでしょうか。わたしの商売用語で言うと、あなたはなによりもまず悪魔ばらいの祈禱師《きとうし》ということになるんですよ」

ペンドラゴンはがばっと立ちあがり、窓の前を行ったり来たりしはじめた。女の顔はたちまち消えていた。「呪いもへったくれもありゃしないというのがおわかりにならんのか」と大声を響かせて提督はどなった。「この問題でわしにわかっていることが一つだけある。わしを無神論者と呼んでもらいたいということだ。わしは無神論者なのだ」ここで勢いよくうしろに向きなおると、彼はなにごとか思いつめたようなただならぬ面相でブラウン神父を見すえた。「この問題は完全に自然のことなんだ。呪いなんてとんでもない」

ブラウン神父は笑顔になった。「そういうことなら、お宅のあの気持ちよさそうな離れの建物で一夜をあかさせてもらってもかまわないはずじゃありませんか」

「そんなばかげたことはお話にならん」と提督は立ったまま椅子の背もたれをとんとんやりな

がら答えた。

「どうも失礼なことばかりで恐縮です」とブラウン神父はまことに相すまぬといった口調で詫びた――「おまけにワインをこぼしてしまったり……ですが、あんただってうわべは平気をよそおっておられるが、内心は燃える塔のことをかなり気にしていられるんじゃありませんか」

ペンドラゴン提督は、立ちあがったときと同じくらいだしぬけに腰をおろした。が、しばらくそのままじっとして、またしゃべりだしたときには、ずっと低い声になっていた。「自分の命がなくなってもいいとおっしゃるのなら、どうぞ」と提督は言った――「それにしても、このとんだ迷信さわぎのなかで正気を保つには、無神論者でなくちゃならんはずですがね」


それから三時間ほどのち、ファンショウとフランボウと神父の三人はまだ暗闇の庭をぶらついていた。それればかりか、ブラウン神父は塔だろうと母屋《おもや》だろうと今夜は寝床につくつもりがまったくないということが、ほかの二人にもようやく飲みこめてきた。

「この芝生はもう草取りをしなくちゃならんね」と言う神父はいかにも眠たげだった。「小さな鋤《すき》でも見つかれば自分でやってもいいんだが」

二人はそんなことおよしなさいと半分いさめながらも笑いながらあとについていった。神父はしかし、いたってまじめに、人間にはいつでもなにかしら他人の助けになるささやかな仕事があるものだと、なんとも場所柄と時刻をわきまえぬ説教をやらかし、小枝で作った小さな草箒《くさぼうき》を見つけると、いそいそと元気よく芝生の落ち葉を掃きよせにかかった。

「いつでもなにかしら仕事があるものだ」と神父はばかになってしまったような上機嫌ぶりで言った――「ジョージ・ハーバートの詩に《神の掟に従いしかのごとく部屋を掃ききよめる者は……》とあるが、まったくそのとおりだ。《神の掟に従いしかのごとくコーンウォールの提督家の庭を掃く者は、かの庭とおのが行いをばすぐれたるものとなす》か。さて、そこで今度は」と箒をぽいと投げすてると――「花に水をやりに行きましょう」

あいかわらず複雑な気持ちで二人が見守るうちに、ブラウン神父は庭用のホースを長々と解きほぐしていったが、最後に、すこしえこひいきな区別をつけているかのように、「黄色のよりも赤いチューリップから先にやりますかな。赤いほうがどうも乾きすぎているようだ」

ブラウン神父がホースの小さな栓をひねると、水が勢いよく、鉄棒のように一直線にとびだした。

「気をつけて、豪力のサムソン君」とフランボウが叫んだ。「そら、チューリップの頭をたたき落とした」

ブラウン神父は頭をちょん切られた茎を悲しげに見やった。

「どうもわたしの注水法は、殺すか生かすか式の荒療治らしいな」と頭をかきかき言うのだった。「小さな鋤が見つからなかったのが残念だ。わたしが鋤を持ったところを見せたかった。道具の話で思い出したが、フランボウ、あんたがいつも持っている仕込杖はあるだろうね。よろしい。もう一つ、提督がさっきあそこの塀のそばに投げすてたあの剣、あれをセシル卿、あんたが持っていてください。おや、まわりじゅうのものがみな灰色にかすんで見えるじゃないか」

「河から霧があがってきたんだな」とフランボウが目を大きくさせて言った。

その言葉がまだ終わらぬうち、段状になった芝生のいちばん上の段に毛深い庭師が現われ、熊手を振りまわしながら呼ばわった――「ホースを置け。そのホースを放して、あっちへ行け……」

「どうも不器用なもんで」とブラウン神父は力のない声で答えた――「さっきも食卓でワインをこぼしたんですよ」なにやらお詫びのしるしらしい身振りを庭師に向かってやりながらも、手だけはしっかりと水の噴きだすホースを握っている。たちまち顔いっぱいに大型の砲弾をぶちあてられたように冷たい水がふりかかってきた庭師は、よろけ、足をすべらせ、すってんころりと地べたにはいつくばった。

「なんてひどいことを！」とブラウン神父はあっけに取られたような目でひとわたりまわりを見まわして言った。「人にあててしまった」

しばらくはそのまま、なにかを見ているのか耳をすまして聞いているのか、頭を前に突きだすようにしていた神父は、やがて、あいかわらずホースをひきずりながら、足早に塔めがけて歩きだした。塔は目と鼻の先だったが、その輪郭は妙にぼやけていた。

「この河の霧はいやな臭いがするんだな」とブラウン神父はつぶやいた。

「ほんとですよ」とファンショウが言った。その顔はまっ青だった。「だけど、まさか……」

「まさかじゃなくてたしかに」と神父は相手の言葉を受けて――「提督の科学的な予言の一つ

が今夜実現するようですな。この物語は煙となって終わるという段どりですよ」

そう言っているうちに、なんと、較べようもなく美しい薔薇《ばら》色の光がほかならぬ巨大な薔薇さながらに夜景のなかにうかびでたかと見るまに、悪魔の哄笑はかくやと思われるごうごうという音が聞こえてきた。

「おや、あれはなんだ」とサー・セシル・ファンショウは叫んだ。

「あれぞ燃えあがる塔のしるし」と言うが早いか神父は手もとのホースからほとばしる水柱を赤くなったところの中心点へそそいだ。

「寝てしまわなくてよかった」とファンショウは上ずった声で言った。「母屋には燃えうつるまい」

「そこですよ」と神父は穏やかに言った。――「火を母屋にまで広げたかもしれないあの塀は、さっき切り倒されたじゃありませんか」

フランボウはここで電気にうたれたように目を神父にじっとそそいだが、ファンショウのほうは、いささかぼんやりと、「まあ、誰も殺される人はいないわけだな」と言ったきりだった。

「これはずいぶんおかしな塔でしてね」とブラウン神父は言った。「いざ人を殺すとなると、どこかよそにいる人を殺すんですからね」

この言葉がまだ終わりきらぬうちに、あの怪物のような庭師の姿が緑色の上段にむっくり立ちあがり、顎鬚《あごひげ》を背景の夜空にたなびかせながら、手を振って他の者たちをうながしていた。その手に握られているのは、今度は熊手ではなく、短剣だった。

庭師のあとからやってきたのは二人の黒人で、これもあの戦利品ケースから出してきた、古い曲がった剣を持っていた。しかも、血のような赤い光のなかに、二人のまっ黒な顔と黄色い服がうかびでると、その姿はまさに拷問の道具を手にした悪魔そのままだった。そのうしろの、闇に閉ざされた庭から誰かの遠い声が、手短に指図をしている――それを聞いて神父はさっと顔色を変えた。

だが、神父はすこしも動じた気配を見せず、燃えているところから目を離さなかった。初めは燃え広がるかと見えた火勢も、長い銀色の水の槍刃に討ちとられて、早くも衰えを見せ、音も力を失っていた。神父は、ねらいをたしかにするためにホースの先端に指をあてがい、ほかのことにはいっさい気をつかわないことにして、あたりの物音と、なかば無意識のうちに視界のはずれにとびこんでくる左右の光景だけから、この小島の庭でいま堰《せき》を切ったように展開しはじめたスリル満点の事件の成り行きをつかんでいた。やがて神父は友人たちに短い指図をした。「あの連中をなぐり倒して、ふん縛っておくれ。相手が誰だって遠慮することはない。あの薪のそばに綱がある。あいつらは、わたしのこのすばらしいホースを取りあげようとしているんだ」――これが指令第一号。第二号は――「機会がありしだい、さっきのカヌーに乗っていた娘を大声で呼びなさい。向こうの土手でジプシーたちといっしょにいるはずだ。あの娘に頼んでもらって、ジプシーたちに河の水をバケツで汲みあげてもらおう」これだけ言ってしまうと神父は唇をかたく結び、赤いチューリップに水をやったときと同じくらい無慈悲に、このあらたな赤い花に水をそそぎつづけた。

それきりもう二度と振り返らなかった神父には、この神秘にとざされた火災をめぐる敵味方のあいだの不思議な争いは見えなかった。ただ、フランボウがあの巨大な庭師にタックルしたときの、島全体が揺れるような衝撃を感じることはできた。組打ちをしている二人には、さぞや島がぐるぐる回りだしたように見えるだろうと思ってみたりした。どすんという音、第一の黒人におどりかかったときの味方の「やったぞ」という叫び、フランボウとファンショウに縛りあげられた黒人が二人してあげる泣き声。フランボウのずばぬけた体力は数のうえでの劣勢を補ってあまりあった。敵にはどうも四番目がいるらしく、それがなかなか姿を現わさずに、声だけが家のあたりをうろついていた。このほかに神父の耳に入ったのは、岸にカヌーをこぎよせるらしい水音、指図をしている娘の声、それに応じて近づいてくるジプシーたちの声、空《から》のバケツを流れのなかに投げこんで汲みあげる音、そして最後に火災現場に駆けつける大勢の足音――だが、それも、ブラウン神父にとっては、またもや勢いをもり返していた目の前の赤い火がどうにか収まりかけたという事実に較べれば、それほど大したことではなかったのだ。

そのうち、さすがのブラウン神父でさえ思わずそっちを振り向きたくなるような叫び声があがった。フランボウとファンショウが、今度は何人かジプシーの加勢を得て、母屋のあたりに出没する謎の人物を追いかけだしたのである。次に、庭の向こうのはずれから、フランボウのあげる恐怖と驚きの叫び声が聞こえてきた。それにこたえるかのように人間の声とは思えない怒号が一つ――相手が追手を振りきり、庭を駆けぬけたのだ。それから続けて三度も男は島をぐるぐる回って逃げたが、その追われる男があげる叫び声といい、追手が持ちまわっているロープといい、まさに狂人追跡の場面なみに不気味なものだった。いや、この場面をなによりも怖ろしいものにしたのは、それがなぜか子供が庭で鬼ごっこをしている図を連想させたからにほかならなかった。謎の男は、追手が八方からじりじりと迫ってくるのを見ると、一段と高い土手の上に身をひるがえし、あっというまに水煙とともに暗黒の急流に姿を没した。

「もうこれ以上はどうにもなるまい」とブラウン神父は、心を痛めているらしい沈んだ冷たい声で言った。「今頃はもう岩にたたきつけられているだろう。前に多くの人たちを溺れ死なせたあの同じ岩にね。あの男は自分の家につたわる伝説を利用する方法を知っていたのさ」

「またそんな……そんなたとえ話はよしてください」とフランボウがじれったそうに叫んだ。

「短い言葉で簡単に願いましょう」

「よしきた」とブラウン神父はちょっとホースに目を落として答えた。「両の目が輝いていれば船は無事、片目のまばたき一つでみんなお陀仏」

向こうの火は、ホースとバケツから滝のように降りそそぐ水でしだいに衰え、絞め殺されかけた人のように気息奄々《きそくえんえん》としゅうしゅうを繰り返していたが、神父は話を続けながらも火点から目を離さなかった。

「わたしは朝になったら、あの娘さんにあそこの望遠鏡をのぞいて河口と河をよく見てごらんと言ってみるつもりだった。そうしたら、おもしろいものがきっと見えたにちがいないね。それは船がそこにいるというしるしだし、いや、ウォルター・ペンドラゴンが帰国したというしるし、それどころか、あの半身の呪いの男のしるしでさえあったかもしれない。そりゃ、こうなったからにはもうウォルターは無事にきまっているが、悪くすると、岸まで歩いてこなきゃならぬはめになりかねなかったのだよ。間一髪というところで難破するのを逃《のが》れたのさ。あの娘さんが頭のきく人で、提督の出した電報を怪しく思って見張りに来たからよかったものの、そうでなかったら、遭難まちがいなしというところだったろう。いや、あの老提督のことは話すまい。もう、なんにも話すまい。ただ、このコールタールと樹脂を塗りたくった木造の塔がほんとに燃えだすと、水平線上に見えるその光は、ちょうど岸の灯台と対《つい》をなすもう一つの灯台そっくりに見える――これだけでほかに言うべきことはない」

「なるほど、それで」とフランボウが言った――「提督の父親と兄さんが死んだのか。リチャード三世よろしく、この悪玉の叔父はあと一歩でめざす財産を手にいれるところだったのか」

ブラウン神父はなんとも答えなかった。それからもずっと、儀礼的にあいさつだけはしたが、ついに神父は一度も口を開かぬまま、三人はまた無事にヨットの船室で葉巻の箱を中心に顔を揃えることになった。ブラウン神父は、すでに消えかかっていた火災がすっかりしずまるのを見とどけ、これ以上ぐずぐずしてはいられないからと、ひきとめる人を断わって島を離れたのだった。もっとも、ペンドラゴン青年が熱狂した群衆に囲まれて土手をあがってくるのは、そのにぎやかな音でわかったのだから、(もしブラウン神父がロマンチックな好奇心に動かされたとしたら)上陸したばかりのその男と、あのカヌーの娘とから二人ともどもの感謝を受けたかったところだろう。それはとにかく、すべてがいち段落してから、どうやら神父はまた疲労に襲われだしたらしく、葉巻の灰がズボンの上に落ちますよといきなりフランボウに注意されて初めてびくっとわずかに動いたきりだった。

「いや、葉巻の灰じゃありません」とブラウン神父は物憂げな声で言った。「火事の灰ですよ。ただ、あんた方は自分が葉巻をすっているものだから、そうは思わない。わたしがあの海図をどこか変だなと考えだしたのも、ちょうどこんな具合だった」

「ペンドラゴン家にあった太平洋諸島の海図のことですか」とファンショウ。

「あれを太平洋諸島の海図だとあんた方は考えた」とブラウン神父。「鳥の羽根を一枚、化石だの珊瑚《さんご》だのといっしょにしてごらん。誰だってそれを見たら、標本だと思う。次に、同じ羽根をリボンや造花と並べて置いてみなさい。今度は、婦人帽につかう羽根だと思うでしょう。インク瓶や、本や、ひとかさねのレターペーパーとその羽根をいっしょにしておけばどうなるか。それを見た人は十中八九まで、あそこには羽根ペンがあったと証言するでしょうな。さて、あの地図をあんた方は熱帯産の鳥類や貝類と同じところで見たので、てっきり太平洋諸島の地図だと思いこんでしまった。なに、この河の地図だったんですよ、あれは」

「そんなことがよくわかりましたね」とファンショウ。

「わたしは、あんた方が竜のようだとか、マーリンのようだとか言っていた岩をやっぱり見ていましたし……」

「ヨットが河口にさしかかったとき、いろいろなことを目に留めていたんですね」とファンショウが頓狂に声を大きくして言った。

「なんだかずいぶんぼんやりしているみたいでしたのに」

「船に酔っていたんですよ」とブラウン神父はありのままを言った。「ただもう、なんとも言えぬいやな気持ちでした。しかし、気分が悪いというのと、ものごとを目に留めないというのとでは、わけがちがいます」神父はそう言って目をとじた。

「ふつうの人ならあの地図を見破れたはずだと言うんですか」とフランボウは訊いたが、いつまで経っても返事はなかった。ブラウン神父は眠っていた。

銅鑼《どら》の神

冬になったばかりの、ある冷々としてうらさびれた日の午後、日の光は金色というよりも銀色で、銀色よりもむしろ白鑞《しろめ》の色に近かった。数知れぬ殺伐とした事務室や、欠伸《あくび》をしている応接間がわびしいというのなら、淡々と続くエセックス海岸のはずれ一帯はそれに輪をかけたわびしさだった。そのあたりでは、長い間を置いて立っている街灯の柱や、立木がその単調さをときおり破っているためにかえって非人間的な感じが強かった。その街灯の柱は立木よりも原始的に見え、その立木は柱よりも醜く見えたからである。ほんの名ばかり降った雪が半分とけて、幾筋かに分かれて残っていたが、これもまた銀というより鉛色に見えた。霜に封じこめられてまた固まっているのだ。新しい雪がその上に降り積もるということはなかったが、前からの雪が長い帯のように海岸に沿って延び、青白く泡だつ波の帯とどこまでも平行していた。

海の長い線は、まさにその青紫色の鮮やかさそのもののうちに凍りついているように見えた。いわば凍りついた指の静脈だった。前に向かっても、後のほうにも、見渡すかぎり、生きものといえば、二人の歩行者のほかには猫一匹見えなかった。その二人は活発な足どりで歩いているのだが、その一人は連れよりも、足の長さも一股で歩く距離もずっと大きかった。

この場所といい、いまの季節といい、休日の遊山《ゆさん》にはあまり適当とは思えなかったが、ブラウン神父はめったに休みが取れなかったので、都合のついたときに選《え》り好みをせずに休暇を取る必要があったのだ。それに神父はいつでも、犯罪人と探偵の経歴をもつ古くからの友人フランボウになるたけついてきてもらうことを望んだ。さて、このたび神父は昔つとめたことのあるコボウルの教区を訪ねてみる気になって、いまこの海岸を北東に向かっているところだった。

二マイルほど行くと、海岸に堅固な堤防が建設中で、その上は遊歩道路かなにかになる予定らしかった。醜い街灯の柱がだんだんまばらになって、醜いことはあいかわらずだが、だいぶ装飾的なものに変わっていた。

さらに半マイル、ブラウン神父はそこまでまず花のない鉢の迷路に首をひねった。鉢には、背が低く、色の地味な貧弱な植物が生えていて、およそ庭という感じからほど遠く、むしろモザイク状の舗装地といったほうがよかった。鉢の並んでいる列のあいだに何本か曲がりくねった小道がはしり、そのところどころに背もたれのうねった腰かけが置かれてあった。ブラウン神父は、そこにあまり好きではない海浜街の雰囲気をかすかにかぎつけたが、海際のその遊歩道の先を見ると、神父の疑いをもう疑う余地のないものにする光景が見えた。灰色にかすんだ向こうに、海水浴場によくある大きな音楽堂が六本足の巨大なきのこのように立っていたのである。

「これはどうも」とブラウン神父は上着の襟を立て、ウールのスカーフをいっそう首のまわりにひきよせながら言った――「観光客の集まるところらしいな」

「それにしても」とフランボウがあとを受けて――「いまのところお客のえらくすくない観光地のようですな。こういうところじゃ、冬でもにぎやかな気分をあおりたてようとするんだけど、ブライトンのような昔からの有名地でなくちゃそうはいかない。シーウッドでしょう、ここはきっと。プーレイ卿が手を出しているところですよ。卿はクリスマスにはシシリー島から歌手を招んだそうだし、大きなボクシング試合をここで催すという話もあります。でも、こんなくだらない場所は海へほうりこむより仕方がないでしょうね。列車から一輛だけ切り離された客車みたいにわびしいところじゃありませんか」

早くも大きな奏楽台の下まで来ていたので、神父は小鳥のように小首をかしげ、それをしげしげと見あげた。なにやら妙な好奇心を起こしたものらしい。演奏者をのせる台としては、これはありふれた建て方で、ずいぶんけばけばしいものだった。点々と金ぴかをまぶした平たい丸屋根というか天蓋が、いろどられた六本の木柱でささえられ、音楽堂全体は、ドラムに似た丸い木製の台にのっているため、遊歩道の平面から五フィートばかり高くなっていた。それはとにかくとして、この人工的な、金ぴかの物体に雪が結びつくと、なにか異様な感じがしてきて、それはフランボウにもブラウン神父にもはっきりとはつかめないにしろ、なにか芸術的であるとともに異質的なものであることは了解できた。

「わかった」とフランボウはやっと口を開いた。「これは、日本式ですよ。あの幻想的な浮世絵にそっくりだ。山に積もった雪が砂糖のように見え、五重の塔の金箔《きんぱく》はジンジャーブレッド菓子につけられた金の色そっくりの、あの日本の木版画。これはまるで、ちょっとした異教のお寺だ」

「うん」とブラウン神父は言った。「ひとつご本尊を拝観しようじゃないか」と言ったかと思うと、神父は思いがけぬ身軽さでひょいと台の上にとびのった。

「それもいいでしょう」とフランボウは笑い声で応じると、こちらは塔のように高い姿をその奇妙な台の上に移した。

わずかの高さしかない台だったが、この淡々と広がった土地のことだから、陸も海もずっと遠くまで見渡せるような気がした。陸のほうは、冬化粧の小さな庭が入りみだれた灰色の雑木林に溶けこんでいた。それよりも遠方には、一軒家の農家があって、屋根の低い納屋がいくつか並んでいた。さらに遠くへ目をやると、イギリス東部の平原が長々と横たわっているきりだった。海のほうはというと、二、三羽の鷗《かもめ》のほかには、生きものはもちろん、白い帆一つ見えなかった。その鷗でさえも、とっくに降りやんだ雪の名残《なご》りのように見え、とんでいるというよりもひらひらと風に吹かれているようだった。

フランボウはうしろで起こった叫び声に驚いて振り返った。それは思いがけぬほど低いところで発せられた声のようで、フランボウの頭にというより踵《かかと》に呼びかけたといってよかった。フランボウはとっさに片方の手を差しのべたが、そのとき目にとびこんできた光景には噴きださずにはいられなかった。どうしたわけか、ブラウン神父の足もとの台が崩れて、かわいそうにこの小男の神父さんは遊歩道の地面まで落ちてしまったのである。神父の背はちょうど台の高さだった（あるいは台の高さしかなかった）ので、折れた板のあいまからちょこんと頭だけ突きだして、まさに洗礼者ヨハネの首が皿にのせられた恰好となっていた。その顔にはヨハネもきっとそうだったろうが、いかにもまごついて困っている表情がありありと見えた。

しばらくするとこの現代版ヨハネは、あまり大声ではないが笑いだした。「木が腐っていたんでしょう」とフランボウは言った。「ぼくが乗ってだいじょうぶだったのに、神父さんがその腐ったところを突き破ってしまうなんて、どうも変だな。さあ、手を貸しますから出ていらっしゃい」

ところが小柄の神父は、腐っているということになった板の隅や端をもの珍しそうに眺めていたが、そのうちになにか心にかかったことがあるのか顔の表情を曇らせた。

「さあ、あがってください」とフランボウは、まだ大きな褐色の手を差しだしたまま、もう待ちくたびれたと言いたげにうながした。「出てきたくないというんですか」

神父は折れた板のかけらを親指と人差指でつまんだまましばらく答えずにいた。が、やっとなにか考えこんだ様子でこう言った――「出たくないのかって？　うん、まあ、そうだ。むしろもっと入ってみたいな」そう言うなり神父は急に床の下の暗がりにもぐりこんでしまった。むしろ大きた、うねった僧帽が板にぶつかって床の上にころがり落ち、神父の頭とはもう別々になっていたことは言うまでもない。

フランボウはいま一度、陸と海を見渡したが、またしても目に映ったのは、雪と同じくらい寒々とした海と、海と同じくらいまっ平らな雪原だけだった。

うしろで小走りの足音がしたかと思うと、ちびの神父が墜落したときの速さも及ばないくらいの早業《はやわざ》で穴から這いあがってきた。まごついた表情はもう消えて、なにやら固く心に決めたことがあるのか——いや、雪が顔に反射していただけのことかもしれないが——いつもより心もち青ざめて見えた。

「どうでした」とのっぽの相棒が訊いた。「この寺のご本尊が見つかりましたか」

「それはだめだったが」とブラウン神父——「でも、それよりもっと大切なものを見つけたよ。生贄《いけにえ》を見つけたのさ」

「それはいったいどういうことです」とフランボウは解しかねて思わず大声になった。

ブラウン神父はそれには答えず、額に大きな皺《しわ》をよせて、まわりの景色を眺めていたが、急に指をさして、「あの家はなんだろう」と訊いた。

指のさすほうを見て、初めてフランボウは一軒家よりも近くに、大部分が木に隠れている建物の一角が見えているのに気がついた。大きな建物ではなく、岸から相当に離れていたが、その装飾が光り輝いていることから推して、これも音楽堂や、小さな庭園や、背もたけのうねった鉄の腰掛けと同じように、やはりこの海水浴場全体の装飾計画の一環であるらしかった。

ブラウン神父が音楽堂の台からとびおりると、友人もすぐそのあとを追った。そして、いま指し示された方角へ向かっていくと、木立ちはしだいに広く左右に分かれ、やがて、観光地によくある、けばけばしい山のホテルが姿を現わした。ありふれた酒場ではなくて高級な酒場がついているぐらいのホテルだった。正面はほとんどその全面が金色の漆喰《しっくい》と図模様のガラスで蔽《おお》われていて、それが灰色の海の風景と、灰色の魔女のような木立ちのあいだに立ちはだかっていることから、この安っぽい感じがなにか妖《あや》しいメランコリーをたたえる結果となった。二人はおぼろげながら、期せずしてこんなことを考えた——こういう宿でもし食べ物や飲み物が出たとしても、それはパントマイムに使う張り子のハムと、からっぽのジョッキにちがいあるまい、と。

しかし、この点についてはなにも確証があるわけではなかった。そこへ近づくにつれ、どうやらしまっているらしい軽食堂の前に、さきほどの庭を飾っていたのと同じ曲がった背もたけの鉄製の椅子がほとんどあいだいっぱいに並んでいるのが見えた。これは客が腰をかけてゆっくり海を見ることができるように並べてあるのだろうか。どうも、こんな季節にそんな酔狂なことをする人があろうとは考えられないのだが。

ところが、いちばん端の鉄椅子の前に、ちゃんと小さな円卓が置かれ、卓上にはシャブリワインの小瓶と、一皿のアーモンドと乾しぶどうがのっていた。そのテーブルを前にして腰かけていたのは、黒い髪をした無帽の青年で、見るほうが驚くくらいじっとしたまま海を見すえていた。

だが、二人が四ヤードのところまでやってきても蠟人形のようだったその男は、二人が三ヤードに近づくと、びっくり箱の人形のようにとびあがり、いたって低い物腰で、だが品《ひん》は落とさずに言った。「どうぞなかのほうへ、お客様。ただいま使用人はおりませんが、簡単なものなら手前がこしらえますから」

「それはどうも」とフランボウは言った。「じゃ、あなたがご主人で？」

「はあ」と黒髪の男が言った。このへんから男はまたさっきのぴくりともしない不動の態度にすこし逆戻りしたようだった。「手前どもの給仕はイタリア人ばかりでございますので、わたしとしても、給仕たちと同じイタリア人があの黒人を殴り倒すのを見せてやりたいと思っているんですよ。マルヴォリ対黒人のネッドの大試合がいよいよ開かれることになったのをご存じですか」

「せっかくですが、わたくしどもには暇がないものですから、ご親切に甘えるわけにはまいりません」とブラウン神父が言った。「それとは別に、わたしのこの友人はシェリー酒なら喜んで一杯ごちそうになるでしょう。寒さよけにいいし、そのイタリア人のチャンピオンの成功を祈って乾杯というわけです」

シェリー酒うんぬんはどうもフランボウには飲みこめなかったが、別に反対するいわれはない。だから、こう答えるよりほかなかった――「たいへんありがたいですな」

「シェリー……でしたね。よろしゅうございますとも」と言って主人はホテルのほうに向かった。「申しわけありませんが、しばらくお待ちを。さきほども申しましたが、あいにく使用人がおりませんので……」主人はそう言ってホテルの黒々とした窓のほうへ歩きだした。窓には鎧戸がおりていて、なかには灯一つついていなかった。

「いや、どうでもいいんですよ」とフランボウは言ったが、男は振り返って、それを制した。

「ちゃんと鍵を持っていますから」と男は言った。「暗くても大丈夫、わかります」

「なにもわたしは――」とブラウン神父が言いかけた。

そのとき、この人気《ひとけ》のないホテルの奥深くからほえ声のような人間の声がして、神父の言葉をさえぎった。なにやら外国人の名前を雷のような声でどなっているらしいが、はっきりとは聞きとれなかった。とたんに主人は、フランボウのシェリーを取りにいこうとしたときよりもなお急いで声のするほうに進んだ。すぐに確認されたことであるが、主人の言ったことは、これ以前にした話も以後に語ったことも、すべて事実にはちがいなかったのである。だが、フランボウとブラウン神父がこの事件のあとでしばしば述懐しているとおり、二人が経験した数多くの冒険（なかにはずいぶん突拍子もないのがかなりあった）のなかでも、この人気《ひとけ》のないホテルのどこからか食人鬼の叫びのような声がいきなり響きわたってきたときほど、肌寒い思いをしたことはなかった。

「うちのコックなんです」と主人はうろたえて叫んだ。「コックがいるのを忘れてました。もうじきに出てゆくところなんです。シェリーでございましたね、お客さま」

なるほど、いかにもコックらしく純白の帽子と純白の前掛けをつけた大きな白い姿が入口に現われたが、顔が黒かった。黒人はよいコックになる素質をもっているという話ならフランボウも何度か聞いたことがあった。が、コックが主人に呼ばれて返事をするのでなく、ホテルの主人がコックに呼ばれて返事をするということになると、二人の皮膚の色ばかりか身分も違う以上、フランボウにはますますわけのわからぬことだった。しかし、コック長というやつは威張ったものだと諺《ことわざ》にも言われていることをフランボウは思い出したし、それになによりも主人がシェリー酒を持って引き返してきたので、そちらのほうが重大事だった。

「おかしいじゃありませんか」とブラウン神父が言った。「そんなにたいへんな試合がやっと開かれる段どりになったというのに、この浜には人がほとんどいない。わたしたちは何マイルも歩いてきたのにやっと一人の人に出会ったきりですよ」

ホテルの主人は肩をすぼめた。「みんなこの町の反対側から——ここから三マイル離れた駅からやってくるんですよ。そういう連中は試合だけにしか興味がないから、ホテルに泊まるのは試合の晩だけなんでしょう。なんといっても、これじゃ海岸で日光浴をする陽気じゃありませんもの」

「腰掛けもないだろうよ」とフランボウはテーブルを指さした。

「手前は見張りをしていなくちゃなりませんのでね」と男はまったく動きのない顔で言った。落ち着いた、いい顔だちをしている。その色は黄色っぽかった。浅黒い服にはこれといった目立ったところはなかったが、ただ、まっ黒なネクタイを襟飾りのようにかなり高めに結び、なにか不恰好な頭のついた金のピンでそれをとめてあった。顔も同様で、別に人目をひくところはなかったが、一つだけ、顔面神経痛なのだろうか、片方の目をほかの目よりも細く開ける癖があって、そのため、反対側の目のほうが大きい、あるいはそれが義眼であるという印象を人に与えた。

しばらく続いていた沈黙を破って主人は静かに言った——「こちらへいらっしゃる途中ででった一人だけお会いになったそうですが、それはどのへんでしたか」

「なんともおかしなことに」と神父は答えた——「すぐそこの、ほら、あの音楽堂のすぐ近くですよ」

　フランボウは、長い鉄製の椅子にかけてシェリーを飲みおえようとしていたところだったが、この話を聞くと、グラスを置いて、あっけにとられた表情で相棒を見つめ、すっくと立ちあがった。そして、なにかしゃべろうとして口を開いたが、すぐにまた閉じてしまった。

「変だな」と黒髪の男は考えこむようにして言った。「どんな様子でしたか」

「わたしが会ったときには、だいぶ暗かったが」とブラウン神父は語りだした――「それでも、その人が――」

　前にも書いておいたが、ホテルの主人が事実そのものを語っていたことは証明できるのである。やがてコックが出かけることになっているという話もぴたりとその言葉どおりに実行された。一同が話しているその最中に、コックが手袋をはめながら出てきたからである。

　ところが、そのコックの姿は先刻ちらと入口に現われたときのいでたちとはがらりと変わって、爪先《つまさき》から頭のてっぺんまであかぬけのした身じまいをしているではないか。高めの黒い帽子が大きな黒い頭の上にななめにのっかっていた。機知に富んだあるフランス人が八つの鏡にたとえた、あの類《たぐい》の帽子である。しかし、どうしたわけか、この黒人そのものがこの黒い帽子に似ていた。むろん、肌の色は黒かったのだが、艶のいいその肌が、八つないしは八つ以上の角度で光を反射していた。言うまでもあるまいが、この男はベストの下に純白のスパッツと純白の肌着をつけていた。それからボタンホールには、まるでそこからひょいとはえてきたような具合に一輪のまっ赤な花がこれ見よがしに差してあった。この男の片方の手にはステッキが、別の手には葉巻が握られていたが、その持ち方には、ある一つの態度が――われわれが人種的偏見を論じるさいに忘れてはならない一つの態度が感じられた。つまり、無邪気で、そして尊大なあの身のこなし、ケーク・ウォーク（アメリカの黒人が優美な足どりを競うゲーム）にほかならなかった。

「時と場合によったら」とフランボウは男のうしろ姿を見送りながら言った――「あの連中をリンチにかけたくなるのも無理ないと思う」

「わたしは地獄で行われるどんなことにも驚かされません」とブラウン神父は言った。「けれども、さっきの話ですが」と神父は話を続けたが、例の黒人はまだこれ見よがしに黄色の手袋をひっぱりながら、海水浴場のほうへきびきびと足をはこんでいった。そのうしろ姿は、あの灰色の霜の情景のなかで、まさしく変わり種のミュージック・ホールの喜劇役者そっくりに見えた。神父の話は続く――「出会ったその男がどんなだったか詳しくは言えませんが、とにかく、染めてあるのか黒い色をした昔風の頰髯《ほおひげ》と口髭《くちひげ》をたくわえたしゃれ者でした。外国の金融業者の肖像画によくある、ああいった髭ですよ。首には長い紫色のスカーフを巻きつけて、歩くとそれが風になびきましたよ。そのスカーフは、まるでうばが子供の襟巻を安全ピンでとめるみたいに咽喉《のど》のところにとめてありました。ただし」と神父はのどかに海を見やってつけ加えた――「この場合のとめ具は安全ピンじゃありませんでしたがね」

長い鉄のベンチにかけていた主人も落ち着き払って海を見つめていた。こうしてまたじっと動かなくなったところを見ると、この男の片方の目が生まれつき大きなものだということがフランボウにもはっきりわかった。両目とも大きく見開かれていたので、こうして見つめているうちに左の目がみるみる大きくなってくるように思えて仕方がなかった。

「ずいぶん長い金のピンでしたよ。猿の頭か、なにかそんなようなものが彫ってありましたな」と神父は続けた。「それがまたおかしなとめ方で……その男はまた鼻眼鏡をかけ、幅の広いまっ黒な……」

動かざる男はあいかわらず海を見つづけていた。その両の目はそれぞれ二人の別人に所属しているかのようだった。そのときである、男は目もくらむような早業で動いた。

ブラウン神父は男に背を向けていたので、この危機一髪の瞬間にうつ伏せに打ち倒されてしまったとしても仕方なかったろう。フランボウはなにも武器を携行していなかったが、褐色の大きな手を両方とも長い鉄の椅子にかけていたので、肩の形がいきなり変わったかと見るまに、その大きな腰掛けをまるまる目よりも高く振りあげ、首斬り刑吏が斧を打ちくだすときのように構えた。垂直に持ちあげたため、まっすぐに伸びたその腰掛けの長さだけでも、さあ、これを登って星までどうぞとさそっている無限に長い鉄梯子を思わせたが、そのうえにまた、沈みかけた夕日の投げかけるフランボウの長い影は、エッフェル塔を振りかざした巨人そのものだった。この大鉄槌《おおかなづち》が振りおろされるときのショックよりも先にこの影に圧倒されたのだろう、怪しい男はたじたじとなって身をひるがえすと、矢のようにホテルのなかへ駆けこんだ。あとは、その手から落ちたひと振りの平たい短剣がその落ちたままの位置で光っていた。

「ぐずぐずしないでここを離れましょう」とフランボウは叫び、大きな腰掛けをむぞうさに投げつけるように浜の上に戻すと、小さな神父の肘をつかんで、殺伐とした灰色の裏庭を走りぬけた。庭のはずれにくると、閉めてある裏口があった。フランボウはすぐさまその戸の上にかがみこんでみて、「錠がおりている」と言った。

そのときまっ黒な羽根が一枚、庭を飾っているもみの木から落ちてきて、帽子の縁をかすめた。それは、一瞬前に響きわたった遠方からの小さな爆発音よりもよほどフランボウをどきりとさせた。と、また一つ、遠くで爆発音が鳴り響いたかと思うと、いまあけようとした戸が、そこに撃ちこまれた弾丸で振動した。フランボウの両方の肩がまた盛りあがって形を変えた。三つの掛け金と一個の錠前がもぎとられると同時にフランボウは裏門のこの大きな戸を楽々と、ガザの門をかつぐサムソンよろしく持ちあげ、外へ出た。そこの細道には人気《ひとけ》がまったくなかった。三発目の弾丸が踵のすぐうしろで雪煙をはねあげたのとフランボウがその戸を庭の塀越しに投げとばしたのは同時だった。次の瞬間には、なんの断わりもなしにいきなり小男の神父をひっつかんでひょいと肩にのせ、その文字どおりの長足をいっぱいに働かせてシーウッドめがけてつっぱしっていた。そのまま二マイル近くも走ったろうか、ようやくちびの相棒を地面におろしてやった。炎上中のトロイ市から息子に救いだしてもらったアンキーセスという大昔の手本があるとはいえ、どうもこれはあまり体裁のいい逃げ方とは言いにくい。ところがブラウン神父の顔には、にたりと大きな笑いがうかんでいるだけだった。

「どんなもんでしょう」とフランボウはこの沈黙にやりきれなくなって口をきった。もう攻撃を受ける恐れのなくなった街はずれの通りへ来ていたので、歩調は平常にかえっていた。「なにがなんだかさっぱりわからない。神父さんは、途中で会ったとかいう男の風体《ふうてい》をずいぶん精密に話したけれど、そんな男にはまるで会ったおぼえがありませんよ」

「ある意味では、たしかに会っているんだよ」とブラウン神父はちょっと神経質そうに指をかんで言った――「ちゃんと会っている。ただ、あんまり暗かったのでよく見えなかった。ほら、さっきのあの音楽堂、あの床下だったもんだからね。それにしても、わたしの話はあまり正確だったとは言えないな。実際は、その男の鼻眼鏡はからだにおしつぶされて壊れていたし、長い金色のピンは紫色のスカーフじゃなくて心臓を突きさしていたんだからね」

「そうすると」とのっぽ氏は低い声で言った――「あのガラス目玉のやつがなにかそれにかかわりあいがあったわけですね」

「あるとしても、大したことはないかもしれないと思っていたのだが」とブラウン神父はだいぶ気を病んでいそうな声で言った――「どうも、あんなことをしたのはまちがいだったような気もする。つい衝動的にやったのでね。が、とにかく、この問題にはなにか深いいいわくがありそうだ」

二人はそのまま黙々と歩きつづけた。青ずんだ冷たい暮色のなかに点々と黄色の灯がともりはじめた。この町の中心部が近いのだ。黒人のネッドとイタリア人マルヴォリがまじえる一大決戦を予告するポスターが、行く先々の壁に見られた。

「それにしても」とフランボウはしみじみとした口調で言った――「ぼくはまだ悪党だった時分でさえも人を殺すなんて大それたことはしませんでしたが、いくら殺人鬼でもこんなわびしい場所で人を殺すなんて、あんまりいい気持ちじゃないでしょうね。神に見放された、自然のごみためのような場所はいろいろあるでしょうが、なんといっても、あの音楽堂のように、にぎやかでなくちゃならないものがさびれているという場合がいちばん痛々しいでしょうね。病的な人間がこういううらさびれた場所に長くいるうちに自分の競争相手をどうしても殺したくなる——そういう気持ちがよくわかるような気がするな。前にぼくはサリー州の金色まばゆい丘をさまよったことがあるんですが、そのときには、はりえにしだと雲雀《ひばり》のこと以外にはまるでなにも考えませんでした。そのうちにふと、円形に大きく開いた土地に出たので、おやと思って見あげると、ローマの円形劇場のように巨大で、しかもできたての状差しのようにがらんとした建築物がそびえているではありませんか。小鳥が一羽、空をとんでゆきました。この広場と建物、それはエプサムの大競馬場だったのです。こんな場所ではけっして誰もしあわせになることはできない——ぼくはそんな気がしましたよ」

「おまえさんがエプサムの話をするとは、こりゃ妙だ」と神父は言った。「サットンの秘密と呼ばれた事件をおぼえておいでかね。あれは二人の容疑者——たしかアイスクリーム売りだったな——がたまたまサットンに住んでいたことから、そう呼ばれたのだ。この二人は、結局は釈放されたが、事件というのは、あのあたりの丘の草原である男が絞め殺されたことで、わたしはこれをアイルランド人の警官から聞いたのだが、その死体はエプサム大競馬場の目と鼻の先で発見されたそうなのだよ。そこのスタンドの下の入口のドアをいっぱいにあけて、壁とドアのあいだに隠してあったということだ」

「なるほど、ずいぶん妙ですね」とフランボウは同意した。「でも、とにかくその話はぼくの説を裏づけてくれる。こういう観光地はシーズン・オフにはやりきれないほど寂しくなりますからね。そうでなかったら、さっきの男もあんなところで殺されやしなかったでしょう」

「しかし、どうも疑問だな、はたしてあの男が……」とブラウンは言いかけてやめた。

「……殺されたのかどうか疑問だというのですか」と相棒は訊いた。

「はたしてシーズン・オフに殺されたのかどうか疑問なんですよ」とちびの神父はあっさりと答えた。「こんな人気《ひとけ》のない場所ではかえって仕事がやりにくいものだとは思わないかね、フランボウ。頭のいい犯人はいつでも寂しい場所をねらうものだろうか。人間が完全に一人ぼっちになるということはまれだ。そこまでいかなくても、一人きりの状態に近くなればなるほど、ますます人目をひくようになるものだ。だから、この場合にもきっとなにかほかの……ほう、これがあのなんとか言うパレスか」

煌々《こうこう》と灯のついた交差点へ二人は出ていた。そこでいちばんの建物は金塗りで華やかに輝き、けばけばしいポスターがはられ、両側にはそれぞれマルヴォリと黒人のネッドのばかでかい写真が仰がれた。

「へえ」とフランボウは驚きの声をあげた。友人の神父がその広い石段を一直線にのそりのそりと登りだしたのだ。「まさか近頃はボクシングに興味をおもちだとは存じませんでしたよ。試合をごらんになるつもりなんですか」

「試合なんかありゃしまい」とブラウン神父は答えた。

控室を通り、さらに奥の部屋をいくつも通りぬけ、一段と高くなって、ロープを張りめぐらしたリングを過ぎ、無数に並んだ普通席やボックス席で埋まった場内をよぎって、神父はあたりに目もくれずに途中で休むこともなく、「役員室」と書かれたドアの前まで来た。そこには受付のデスクがあって、一人の男が座っていた。神父はその男に向かって、プーレイ卿に会いたい旨を申しでた。

受付の男は、まもなく試合が始まるので卿は多忙であると説明したが、それでもブラウン神父はあいそよく同じことをくどくどと繰り返した。こういう態度には、お役人タイプの人間はどうあしらっていいかわからないものである。こうして、なにがなんだかわからずにいるフランボウは、いつのまにか役員室に入って、一人の男の前に来ていた。その男は、部屋を出ようとしているもう一人の男に向かって大声で指示を与えているところだった。「いいか、気をつけるんだぞ、あのロープは四ラウンド目から……ところで、お二方、あなたたちのご用件は?」

プーレイ卿は紳士だった。イギリス人のなかにまだいくらか残っている紳士はたいていそうなのだが、この紳士もまた悩みをもっていた。とりわけ、金銭上の問題で悩んでいたのである。髪は白くなりかけた亜麻色で、目は熱っぽく、鼻は霜やけにやられていた。

「ほんのひとことだけ」とブラウン神父は言った。「わたしは人が殺されるのを防ぎに伺ったのです」

プーレイ卿は椅子のスプリングにはね返されたように勢いよく立ちあがった。「まっぴらだ、そんなおせっかいはもうたくさん」と卿はどなりちらした。「宗教団体の嘆願か、ふん、昔グローブもつけずに戦った時代にも牧師はいたんですぜ。いまじゃ規定に従ってグローブをつけて試合をするんだから、どっちのボクサーも殺される心配はありませんや」

「殺されるのはどっちのボクサーでもありません」とちびの神父は言った。

「ほう、ほう、ほう」と貴族は冷たいユーモアをこめて言った。「誰が殺されるんでしょうか。レフェリーですか」

「誰が殺されるのかわかりません」と神父は思案ありげにじっと前を見すえて言った。「それがわかっていれば、あんた方のお楽しみを台なしにする必要はないのですよ。その人を逃がしてやればそれでよいのですからね。別に、ボクシングの試合そのものはちっとも悪くない。しかし、いま言ったようなわけですから、どうしてもきょうは試合を中止にして、その旨をアナウンスしていただかねばならんのです」

「それだけでございますか」と熱っぽい目つきをした紳士はひやかした。「しかし、わざわざ試合を見にやってきた二千人のお客さんには、なんと言ったらいいんでしょうね」

「なに、試合が終わるまでに一人かけて一千九百九十九人になってしまいますよと言えばよろしい」

プーレイ卿はフランボウの顔を見て、「この連れの方は頭がおかしいので?」と訊いた。

「とんでもない」とフランボウの返答。

「それじゃ言いますが」とプーレイは例によってもそもそと落ち着きのないしゃべり方で言った――「それよりもまだ始末の悪いことがあるんですよ。イタリア人の一団がマルヴォリの応援に来ているんですが、これがまた色の浅黒い野蛮な連中ときている。こういう地中海沿岸の田舎育ちの連中がどんなだか、いまさらお話しするまでもないでしょう。わたしが試合の中止を宣言したら、マルヴォリがこのコルシカ島民の一団をひきつれてここへ暴れこんでくるにきまっている」

「プーレイ卿、これは一人の人間の生死にかかわることです」と神父。「そのベルを鳴らしてください。そして試合の中止を伝えなさい。そうしてから、ここへ因縁をつけにくるのがマルヴォリかどうか、ゆっくり見てごらんなさい」

卿はなにか新しく興味をそそられたらしい様子でベルを鳴らした。事務員がすぐに戸口に現われた。卿はそれに向かって、「お客さんたちに重大なアナウンスをしなきゃならなくなった。その前に、両方のチャンピオンに試合は延期になったと伝えておいてくれ」

事務員は悪夢を見ているような目でしばらくぽかんとしていたが、そのまま立ち去った。

「あんたの話にはいったいどんな根拠があるんですか」とプーレイ卿はぶっきら棒に訊いた。「誰と相談したんです?」

「音楽堂ですよ。わたくしの相談相手は」とブラウン神父は頭をかきながら言った。「いや、なに、それはまちがいだ。一冊の本とも相談しましたよ。ロンドンの古本屋で買った本ですがね。ずいぶん安い本だったな、あれは」

ブラウン神父はそう言ってポケットから革装のしっかりした本を取りだした。フランボウは肩越しにのぞいて、それがなにやら古い旅行の本で、なかの一頁がすぐめくりだせるように折り返してあるのを見た。

「ヴードゥーがジャマイカ以外……」とブラウン神父は音読を始めた。

「なんだって、その信仰の名前は？」と貴族は訊き返した。

「ヴードゥーです。それがジャマイカ以外の土地で広く組織されるときには、必ず」と読み手はむしろおもしろがっているように繰り返した――「必ず《猿》もしくは《銅鑼の神》という名で知られる形式に従うことになっており、これは、南北アメリカ大陸の各地において、とりわけ見たところ白人と変わらぬ父母の一方が黒人の者のあいだで盛んに行われている。他の一般の悪魔崇拝や人間を生贄に供する迷信などとこれが異なる点は、祭壇の上で儀式的に血を流すかわりに、群衆のただなかで暗殺のようにして生贄の血を流させるということである。神殿の扉が開き、猿の神がくだらん姿をあらわすと、銅鑼がいっせいに耳を聾《ろう》するばかりに打ち鳴らされる。出席者のほとんど全部が陶酔《とうすい》の目をじっとそれにそそぐ。ところが……」

そのとき、部屋の戸が勢いよくあいた。見ると、そこに立っていたのは、ほかでもない、あのハイカラな服装をしたコックの黒人だった。シルクハットをまだ横柄になためにかぶったまま、目玉をぎょろつかせてドアの枠のなかに立っている。「はっ」と男は猿のような歯をむきだしてくってかかった。「なんてことだ。はっ、はっ。おまえさん方は黒人紳士さまの賞金をくすねようてんだな。ふん、賞金はとっくにこちらのものよ。おまえらは殊勝な考えを起こして、あのごろつきのイタリア人を救ってやろうと……」

「ただ日延べをしただけだ」と貴族は静かに言った。「あと一分もしたら、あなたのところへ説明をしにいきます」

「そんな大きな口をきいて、いったいおまえは誰なんだ?」と黒人のネッドは一触即発の剣幕で言った。

「わたしの名はプーレイだ」と卿はあっぱれな冷静さをもって答えた。「試合の組織委員長をしている。さあ、この部屋から出ていってもらいましょう」

「こいつは何者だね」と黒い肌のチャンピオンは見くだすように神父を指さして詰問した。

「ブラウンと申します」と神父。「さあ、ここからでていってもらいましょう。この部屋からだけじゃなくて、この国からも」

拳闘選手はしばらく目をぎょろつかせて立っていたが、やがて、フランボウを始め一同を驚かせたことに、大股で外へ出ると、ドアをばたんと閉めていってしまった。

「さあて、ところで」とブラウン神父は埃《ほこり》だらけの頭の毛をこすりながら言った――「レオナルド・ダ・ヴィンチをどうお考えになりますか。イタリア的な美しい頭」

「そんなことよりも」とプーレイ卿は言った――「いいですか、わたしはあなたの言葉一つで重大な責任をひき受けたんですよ。もっと詳しく話してくれてもいいじゃありませんか」

「仰せのとおりです、プーレイ卿」と神父は答えた。「なに、そんなに時間はくいませんから」と安心させて、小型の革装本をポケットにしまった。「この本に書いてあることはもうみなさんも全部ご存じだろうと思いますが、わたしの言うことが正しいかどうか確かめたいのなら、これをごらんになればよろしいでしょう。まあ、とにかく、いまさっき肩をいからしてでていったあの黒人は、この世で並ぶ者のない危険人物なのです。なにしろ怖ろしい本能をもっているうえに、ヨーロッパ人の頭脳を備えてもいるんですからね。あの男は、これまでのところはただ野蛮人のあいだですっきりと常識的に行われていた殺生を現代的・科学的に組織して、暗殺者の秘密結社みたいなものをつくりあげたのです。このことをわたしが知っているとは当人にはわかっていませんし、また、この問題でわたしはなにも証拠を握っていないということも、わかってはおりません」

しばらく沈黙が続く。ちびの神父は先を続けた。

「それはともかくとして、だいたい人を殺したいときには、相手と二人きりになるのがはたして最善の策でしょうか」

プーレイ卿の目がまたいつもの冷たいきらめきを取り戻して小男の神父を見た。卿は、しかし、こう言ったきりだった――「誰かを殺したいんなら、そうなさるのがよいと思いますね」

ブラウン神父は首を振った。第一級の豊富な経験をつんだ殺し屋さながらである。「フランボウ君もそう言った」と神父は嘆息まじりに言った。「ひとつ、よく考えてごらんたさい。誰でも、自分が一人きりだと感じれば感じるほど、それだけ自分がはたしてほんとうに一人なのかどうか怪しく思うようになるんじゃないでしょうか。一人きりでいるというのは、当然、自分のまわりが誰もいない空き地であるということで、それなら自分はその空き地のまんなかでことさら人目につきやすいというわけです。たとえば、たった一人で畑を耕しているお百姓を高いところから見おろすとか、一人きりの羊飼いを谷底から見あげたなんて経験はありませんか。崖の縁を歩いているときに、誰かが一人で下の砂浜を歩いてゆくのを見かける。そうしたら、その男が蟹一匹殺しても、あんたにはそれが手にとるごとくわかるはずです。そうなんだ、ほんとにそうなんだ——あんた方やわたしのような頭のきく人間が殺人を犯すとすれば、誰にも見られていないということを確かめるのは不可能だと悟るのです」

「しかし、ほかにやりようがありますか」

「一つだけあります」と神父。「みんながなにかほかのものに見とれているということが確認できればいい。エプサム競馬場の大スタンドのすぐ近くで誰かの咽喉を絞めるとしましょう。スタンドに人がいないときには、生垣の下で寝そべっている浮浪者か、あるいは丘の上をゆく自動車を運転している男か、誰かがその犯行を目撃せずにはいないでしょう。ところが、スタンドが大入り満員となり、みんなは熱狂して、自分の買った馬が先頭に来ているとか来ていないとかでわきたっている、そういうときなら、誰もそんなものは目に留めないでしょう。ネクタイをひとひねりして、倒れたからだをドアのかげにほうりこむなんてことは、大した手間はとらない。あっというまですよ。ただ、その一瞬を選ぶことが肝要だ。さて、そこで」とここでフランボウのほうを向き——「音楽堂の下にいたあの不運な男の場合も同じだ。あの男は、なにかの催し物が最高潮に達したとき——つまり、大ヴァイオリニストが弓をかまえ、名歌手が口を開くといったような、なにかそういう瞬間に、あの穴から墜落した——穴は偶然あいていたものじゃありません——。さて、ここの拳闘試合の場合も同じことで、ノックアウトのパンチが出た瞬間に——ノックアウトがもう一つのほかのところで行われるという趣向ですな」

「それはそうと、マルヴォリはいったい……」

「マルヴォリですか」と神父は言った――「あの人はなんの関係もありませんよ。そりゃ、イタリア人らしい仲間がたしかについてはいますが、このマルヴォリ派の気のおけない連中はイタリア人じゃないんですよ。連中は祖父母の一人が黒人だの、父母のどちらかがアフリカ人だの、いろいろな人がいるんです。われわれイギリス人は、どうしたものか、色が黒いと見ると、みんな同じ外人だときめてかかる悪い癖があるようですな。それにもう一つ」と神父は笑顔でつけ加えた。――「わたしどもの宗教が生んだ道徳精神と、ヴードゥーの邪教が花を開かせた道徳とのあいだに区別をつけることも、イギリス人にはできぬようですな」

シーウッドの一帯を燃えるような春の輝きが包んでいて、なぎさには、家族連れや、移動更衣室や、移動説教師、あるいは黒人のコーラス・グループがにぎやかに群れていた。神父とフランボウの二人は、この本格的な季節になって初めて二度目にここを訪れたのであるが、このときにはもう、あの怪しい秘密結社を追跡したときの上を下への大騒ぎはとっくにしずまっていた。一味の目的がなんであったかという秘密は、あらゆる方面にわたって連中もろとも跡かたもなく消えてしまった。あのホテルの主人は死体となって海面をただよっていた。その右の目は安らかに閉じていたが、左のほうは大きく見開かれ、月光を受けたガラスのように光っていた。黒人のネッドは一マイルほど離れたところで警官隊に追いつかれたが、左の鉄拳で三人まで警官を倒した。残った一人は腰をぬかし――いや、心を痛め、かくして黒人は逃走した。だが、これだけのことをすれば、イギリス全土の新聞が黙っているはずがない。たちまち世論は火事のように広まって、それから二カ月間というもの、イギリス帝国の主な努力はもっぱら、この黒人を国内のどの港からも脱出させまじという目的に集中した。人相がすこしでも似ていれば、徹底的な尋問を受け、その白い顔がドーランを塗りたくった化粧ではあるまいかとごしごしこすられている風景が埠頭で見られた。イギリス在住の黒人は一人のこらず特別規則の適用を受け、警察に出頭を命じられた。出港する船舶が一人の黒人を運びだすということは、アフリカに住むという伝説的怪獣バジリスクを搬出するよりも難事だったろう。それというのも、世間の人たちが、この野蛮極まる秘密団体の暴力がいかに怖ろしく、いかに広範にわたり、いかにひっそりと隠れたものであるかをよく認識していたからだった。こうして、フランボウとブラウン神父が四月のある日、シーウッドの遊歩道の手摺《てすり》にもたれていたときには、イギリス国内の黒人という黒人は、かつてのスコットランドにおける「黒き人」と同じような存在となっていたのである。

「まだ国内にいるにちがいない」とフランボウは自説を述べた。「よほどうまくかくまわれているんですよ。顔を白く塗ったくらいでは、港で露見したにちがいありませんからね」

「えらく頭のいいやつだからな」とブラウン神父は申しわけなさそうに言った。「よもや顔を白く塗るなんてことはやるまい」

「ほう。すると、どうしているんです?」

「わたしが思うに」とブラウン神父――「顔を黒くしているんじゃないかな」

フランボウは手摺にもたれてじっとしたまま、ひとつ笑い声をたてて言った――「まさか」

ブラウン神父は、やはり手摺にもたれたまま、指をちょっとあげた。それが指し示す方向を見ると、媒を塗りつけたような顔の黒人たちが砂浜で歌っていたのである。

クレイ大佐のサラダ

ある白一色の不気味な朝、ミサをすませたブラウン神父は、そろそろと晴れあがる霧のなかで家路をたどっていた。光そのものがなにか神秘的で新鮮に思われる朝だった。まばらな木立ちが靄のなかからしだいに輪郭を現わしたが、それはまず灰色のチョークで描かれ、続いて木炭でくっきりと描きだされてくるかのようだった。立木よりも遠い間隔を置いて、郊外の途ぎれがちな街並の家々が姿を現わし、家々の輪郭も刻々と明瞭になり、やがて神父の目には顔見知りの連中が住む家が何軒も見え、家主の名を知っている程度の家ならさらに多く見えてきた。しかし、窓や戸は一つ残らず閉ざされている。このあたりの住民は、こんな時刻に起きだすような人種ではなく、ましてやこんな用向きで出歩くことなぞなかったのだ。ところが、いくつものベランダや凝った広い庭園のある壮麗な屋敷のすぐ脇を通っていたとき、神父は、思わず立ちすくまざるをえないような物音を聞いた。ピストルか、カービン銃か、ともかくなんらかの軽火器の発砲音であることは疑う余地がなかった。が、神父を不審がらせた一番の問題はそれではなかった。最初の大きな音にひきつづいて、それよりもかすかな音が続けざまに——神父の勘定によると——六回ほど聞こえたのだ。一応は反響《こだま》だろうと思ってみたものの、おかしなことには、この反響はもとの音と似ても似つかぬのだ。神父は、ほかにこれと似た音がなにかないかと頭をひねったが、むだだった。それにいちばん近い音はせいぜいソーダ水のサイフォンの音か、無数にある動物の物音のうちのどれか一つか、笑いをおしこらえようとしている人の声とか、そんなところであった。どれにしても大して意味をなしそうにない。

ブラウン神父のなかには二人の人間が住んでいた。行動家のブラウンは浮草のごとくつつましく、時計のごとく時間に几帳面で、日々のささやかな義務を励行し、夢にもそれを変更しようとは考えなかった。他方、熟考家のブラウンは、行動家に較べて遙かに単純だったが、遙かに強靭《きょうじん》であり、思いとどまらせることは容易ではなく、その考え方は（唯一の知的な意味で）自由な思考法だった。要するに、ありうるかぎりの質問をみずからに発し、できうるかぎりそれに答えることを、無意識のうちに行ってしまうのだった。これは呼吸や血液の循環と変わらぬ自然の働きだった。とはいっても、自分の責務の領域外にまで行動を推し進めることを意識的にしたことはなかった。そこで、この場合、これら二つの態度がおあつらえのテストを受けることになったわけである。神父は、これは自分の出る幕じゃないと言いきかせながら、それでも本能的に、あの妙な音の正体はなんだろうと二十もの仮説をひねったりほぐしたりしながら、薄明かりのなかをまたとぼとぼと歩きはじめようとした。そのとき、灰色の地平線が明るくなって銀色を帯びたが、しだいに広がる光で見ると、この家はパトナムというインド育ちの陸軍少佐のものであるということに神父は気づき、同時に、神父の教派に属するマルタ島出身のコックがいる家だということにも気づいた。それからまた、ピストルの射撃はときには重大事件になりうるし、そういう場合には、神父自身の本職と関係のある結果が生じないとはかぎらない、とも思い返してみた。そこで神父はきびすを返して、庭の門から入り、正面玄関めざして進んだ。家の側面に沿って途中まで行ったところに、非常に低い小屋のような突起物が出ていた。あとでこれはごみ箱だとわかった。さて、この突起物の角から人影が現われた。最初は濃霧にとざされた影にすぎず、見たところ前かがみになってあたりをうかがいながらやってきた。身近に迫ると、この人影はくっきりと姿を現わしたが、それがまた異様なほどくっきりとしているのだ。パトナム少佐は、はげ頭で首の太い男であり、背が低く横に広く、東洋の風土と西欧の奢侈《しゃし》な生活とを結びつけようと長いこと苦慮してきたために生ずるあの卒中を起こしたような顔つきをしていた。とはいえ、その顔はあいそのよいもので、不審がってうさんくさそうにしているいまでさえ、どこか無邪気な笑みをたたえていた。棕櫚《しゅろ》の葉でできた大きな帽子をあみだにかぶっていたが（これは、いささか顔に不釣り合いな後光を思わせた）、それ以外には、真紅色と黄色の縞模様のたいそう鮮やかなパジャマをまとっているだけだった。このパジャマは、目で眺めてこそ鮮やかであったが、さわやかな朝に着ているにはいかにも冷たそうな代物《しろもの》だった。急いで家からとびだしてきたことは明白であった。神父は相手からやぶから棒に「あの音を聞きましたか？」と大声で呼びかけられても別に驚かなかった。

「聞きましたよ」とブラウン神父は答えた。「なにか起こったのだといけないので、ちょっとのぞいてみようと思いましてな」

少佐はそう言う神父を例のあいそのよいすぐり色の目で奇妙そうに眺め、「あの音はなんだったと思います?」と訊いた。

「鉄砲かなにかの音でしたな」と神父はいくぶんためらいがちに答えた――「ですが、どうも反響《こだま》が変てこでしたよ」

無言ではあるが目玉をぎょろつかせて、少佐がまだ神父を眺めていたときだった、玄関の戸が勢いよく開いて、消えゆく霧の面《おもて》に一芒のガス灯の光が流れでた。と、これもパジャマ姿の別人が庭にとびだした――いや、ころがりでてきた。この人影は、少佐に較べてずっと背が高く、痩身《そうしん》で、遙かに運動家タイプであり、着ているパジャマは、熱帯地向きという点では変わりないが、比較的趣味がよく、白地に薄レモン色の縞が入っていた。やつれてはいるが、好男子で、少佐よりも日焼けしている。横顔は鷲《わし》を思わせ、目はかなりくぼんでおり、まっ黒な髪の毛と、それよりずっと明るい口髭《くちひげ》との対比から、どことなく風変わりな容貌である。こういったこまかいことは、もっと余裕ができてから神父が心して見てとったことである。目下のところは、一つの物しか目に入らなかった。男の手に握られた拳銃である。

「クレイ!」と少佐はその男を凝視しながら叫んだ――「あの銃声はきみだったのか?」

「うん、わしが撃ったのだ」と黒髪の紳士は激しい口調でやり返した――「わしの立場にいたら、きみだって同じことをしたろう。もしきみが悪魔に追いまくられ、あわや……」

ここで少佐がいくぶんあわてた様子で口を挟んだ。「この方は友人のブラウン神父だ」と男に向かい、次にブラウンに向かって、「お会いになったことがあるかどうか知りませんが、英国砲兵隊のクレイ大佐です」

「おうわさは伺っております。もちろん」と神父は無邪気に言った。「ええと、弾丸は当たりましたか?」

「当たったと思う」クレイはものものしく答えた。

「それで」とパトナム少佐が声を低めた――「そいつは倒れるとか、叫び声をあげるとか、なにかしたのか?」

クレイ大佐は当家の主人を奇妙な目つきでじっと眺めていたが、「そいつがなにをしたか、そのものずばり申しあげよう。くしゃみをしたんだ」と言った。

ブラウン神父の片手が頭のほうに半分持ちあがった――誰かの名前を思い出しかけている人がする仕種《しぐさ》である。なるほど、ソーダ水の音でも犬の鼻息でもない物音の正体はそれだったのか。

「ふん」とぎょろ目の少佐が吐きだすように叫ぶ――「拳銃でくしゃみを起こせるものだとは、初めて聞いた」

「わたしも初めてですな」とブラウン神父が小声で言った。「お手のものの大砲をやつにぶっ放さなくてよかったですな――大砲だったら、やつはたちまちひどい風邪にかかったでしょうから」こう言って、しばらくどぎまぎしていたが、やがて「強盗ですか?」と訊いた。

「なかへ入ろう」とパトナム少佐はかなり激しい口調で言い、先に立って家に入った。

家の内部は、このような朝の時刻によく見られる矛盾《むじゅん》を示していた。つまり、少佐が玄関広間についていたただ一つのガス灯を消したあとでさえも、各部屋は表の空よりも明るく感じられたのである。ブラウン神父は、お祝いのごちそうを思わせる晩餐の仕度がすっかり整っているのを見て驚いた。リングに挟まれたナプキンが置かれ、どの皿の横にも、六とおりもの不必要な形をしたワイングラスが並んでいる。もちろん、この時刻のことだから、前夜のごちそうの残りが置いてあるのなら不思議はない。ところが、こんな早朝に新しく宴会の用意がされているのだから妙だ。

神父が玄関広間に立ってまごまごしていると、パトナム少佐がその横を猛然と通りすぎ、長方形のテーブルクロスの端から端に怒り狂った視線を走らせた。そして最後に口角あわをとばし、「銀器が全部なくなっている！」とあえぐように言った。「魚用のナイフもフォークもない。古い薬味入れスタンドも見えない。古い銀のクリーム入れまでなくなっている。さあ、ブラウン神父さん、これで、強盗かどうかというあなたの質問に答えられるというものです」

「牽制するために物盗りをよそおっただけさ」とクレイは強情に言いはった。「なぜこの家に迫害の手が伸びるのかは、きみよりわしのほうがよく知っている。わしのほうがよくわかっているんだ、なぜ……」

少佐はこう言うクレイの肩を、まるで病気の子供をなだめるような仕種《しぐさ》でたたいてから、「強盗さ。どう見ても強盗にちがいなしだ」と言った。

「ひどい風邪ひきの強盗ですな」とブラウン神父が見解を披瀝した――「この近所を捜索するのに、それがよい手がかりになるかもしれませんな」

少佐は陰気な顔つきで頭を横に振り、「もうあとを追えぬほど遠くへ行ってるでしょう」と言った。

そして、拳銃を握った落ち着きのない大佐がふたたび戸口のほうに向き直って庭に出てゆくと、少佐は、打ち明け話でもするかのような調子で、しゃがれ声でつけ加えた――「警察を呼んでいいものかどうか問題なんです。なにしろ大佐の発砲ぶりは奔放《ほんぽう》すぎて、法に触れていないとはかぎりませんからね。大佐はたいへんな未開地に住んでいた人で、正直な話、ときどき妄想にとりつかれるらしいのです」

「そういえば」とブラウン――「いつかあなたから、あの人は、インドのある秘密結社が自分を迫害していると思いこんでいるとかいう話を聞いた覚えがあります」

パトナム少佐はうなずいてみせたが、それと同時に肩をすぼめた。「あの人のあとについて外に出たほうがよさそうですね。これ以上はもうごめんですからね――くしゃみなんて」

二人は、はや陽光にいろどられはじめた朝の光のなかへ出ていった。見ると、クレイ大佐が高い背をほとんど折れんばかりに曲げて、砂利《じゃり》と芝生の様子を丹念に調べていた。そのほうへ少佐が遠慮がちにぶらぶらあゆみ寄っているあいだに、神父は物憂げな様子で横に折れ、この家の次の角を回り、例の突起したごみ箱の一、二ヤード近くまでにやってきた。

そこで立ちどまって、この陰気な代物を一分半ほど眺めてからそばに寄ってふたをあけ、なかに頭をつっこんだ。ちりやその他の色あせたくずが舞いあがった。ブラウン神父は、ほかのものには気を使うが、自分のなりふりにはいっこう無頓着な人間だった。そこでそのままの姿勢で、なにか神秘的な祈りでも捧げているかのように、かなり長いあいだじっとしていた。しばらくして、髪の毛に灰のついた頭をもたげ、なに食わぬ様子で歩き去った。

神父が庭の門まで戻ってきたころには、ちょうど日光が霧を追い払ったと同様に、病的な要素を追い払ってしまいそうな一群の人々がそこに集まっていた。といっても、合理的に納得でき、安心できる集団ではなく、あくまでもディケンズの小説中の人物そっくりの極めて喜劇的な一群だった。パトナム少佐は、このときまでに、家に入って、しかるべきワイシャツとズボンをつけ、真紅の腰帯を巻き、その上から角ばった軽いジャケットをひっかけて出てくる余裕があった。こうしてあたりまえのいでたちになると、少佐の陽気な赤ら顔は、常人らしい温情ではちきれんばかりに思われた。少佐はたしかに強い語調でしゃべりまくっていたが、このときの話し相手は自分のコックだった。このマルタ島生まれの日焼けしたコックは、どちらかというと、苦労にやつれた黄色い細顔をしていたが、それが、雪のようにまっ白なコック帽と衣服に奇妙な対比をなしていた。料理が少佐の趣味である以上、この料理番が苦労でやつれているのも、当然な話である。少佐もまた、例によって専門家以上に通暁《つうぎょう》しているしろうと通の一人なのである。オムレツの味をうんぬんする資格があると少佐が認めている人物はただ一人、友人のクレイのみであった、ということを思い出すと、神父はその大佐の姿を求めて向き直った。日光もさしこみ、人々も着替えを済ませ、落ち着いた気分になっているこの際、大佐の姿はいささか度肝《どぎも》を抜くものだった。少佐に較べてのっぽで優美なところのあるこの男は、いまだにパジャマのままで、黒い髪の毛をぼさつかせ、いまや四つんばいになって庭を這いまわり、あくことなく盗賊の痕跡をさがしているのだ。どうやら時折、痕跡が見つからぬのに腹をたてて地面に頭をぶつけているらしい。このように四つんばいになった大佐を見てしまった神父は、どちらかといえば悲しげな面持ちで眉をあげ、これはことによると、「妄想にとりつかれている」という少佐の言は、事実をうすめた上品な表現かもしれぬぞと、初めて思いついた。

このコックと美食家のグループのなかの第三の人物をも、ブラウン神父は知っていた。それは、少佐の被後見人でもあり、家事の切りまわし手でもあるオードリー・ワトソンであったが、エプロンをつけ、袖をまくりあげ、決然たる物腰をしているその姿から判断すると、被後見人というより家政婦に近かった。

「身から出た錆ですよ」とこの女は言っていた。「あんな古めかしい薬味入れスタンドなんかお持ちにならぬほうがよいと口を酸っぱくして申したのに」

「ああいうのが好きなんだ」とパトナムは泰然《たいぜん》として言った。「わたし自身が古風な男だからね。それに、あれはほかのものとよく釣り合うし」

「おまけに、ほかのものといっしょに消え去るというわけね」とオードリーがやり返す。「それはそれとして、たとえみなさんが泥棒のことでやきもきしていらっしゃらなくても、わたしには昼食の仕度ができません。なにしろ日曜なので、ビネガーやなにやらを町に買いにやることができませんもの。ところが、あなた方インド育ちの紳士ときたら、あなた方の言うごちそうとやらを食べるのには、刺激の強いものがたんとないと気がすまないのですからね。こんなことになるのだったら、わたしを音楽つきの礼拝に連れてゆくよう、いとこのオリヴァーにお願いしてくれたことがあだになりますわ。礼拝は十二時半にならないと終わらないのに、大佐はそれまでにはお帰りにならなくちゃいけないんですもの。殿方だけでうまく仕度できるはずはないでしょうし」

「いやいや、できるとも」相手を優しい目つきで見ながら少佐が言った。「マルコがソースを揃えて持ってるし、それに、これだけいっしょに住んでいればもうわかっているだろうが、わたしたち二人は、荒っぽい土地で自分たちだけでじょうずにやってきたんだからね。第一、おまえはそろそろ骨休みをしてもいいころだよ、オードリー。一日中、家政婦じゃやりきれなかろうし、おまえがあの音楽を聞きたがっていることも、わたしにはわかっているんだ」

「わたしの望みは、教会に行くことなんですよ」とオードリーはかなりけわしい目つきで言った。

この女性は、いつまでたっても美しさを失わずにいる類《たぐい》の美人だったが、それは、美しさが外見や色艶《いろつや》にではなく、頭や顔の骨格そのものにあったためにほかならない。しかし、いくら中年前の若さで、鳶色《とびいろ》の髪が形においても色彩においてもティツィアーノの画のごとき豊満さをもっているとしても、口もとや目のあたりには、吹き寄せる風のためについには角々をすりへらされたギリシアの神殿を思わせる、悲しみにやつれた痕が感じられた。それに対し、この女がいまこんなにも決然とした調子でしゃべっている些細《ささい》な家事上の問題は、悲劇的というよりは喜劇的だったのである。この会話の様子からブラウン神父は次のことを推察した――すなわち、もう一人の美食家であるクレイはふつうの昼食時刻前に帰らねばならぬのだが、主人役のパトナムは、古くからの親友ともう一度最後の宴を張らねば気がすまず、特別の朝食をあつらえさせ、オードリーなどのしかつめらしい連中が朝の礼拝に行っているあいだに、それを午前中に食べてしまおうという予定なのだろう。オードリーは、親類であり古くからの友でもあるオリヴァー・オーマン博士につき添われて出かけることになっていた。博士というのは、やや情味に欠けた科学者ではあったが、音楽には熱心で、音楽のためとあれば教会に行くことも辞せぬ人だった。だいたいこんな事情であったが、このどこにも、ワトソン嬢の顔にうかがわれる悲劇味と関係のある点は想像できなかった。そこで神父は、半分意識的な本能によって、草のなかをしきりとさがしまわっている例の狂人じみた人物にふたたび目をやったのである。

神父がそのほうにぶらぶら近づいていくと、黒い毛をぼさつかせた頭がひょいと持ちあがったが、その様子には、なんだ、この坊主まだ帰らないのかと言いたげな驚きがあった。事実ブラウン神父は、自分だけがいちばんよく知っている理由によって、儀礼的に必要とされる以上に――いや、ふつうの意味でいえばぶしつけなほど悠々《ゆうゆう》と、立ち去らずにうろついていたのである。

「これはどうも!」と穏やかならぬ目つきでクレイが叫んだ。「ほかの連中同様、あなたもわしのことを狂人だと思っているんでしょうな?」

「その可能性も一応は考慮してみました」とちびの神父は平然と答えた。「が、結局は、さにあらずという説のほうに傾いておりますよ」

「それは、どういう意味なんです?」とクレイは狂暴に食ってかかった。

「本物の狂人は、きまって自分の病的な点を助長するものですよ」とブラウン神父は説明した

──「それを抑えようとは決していたしません。ところが、あなたは、強盗の痕跡を見つけようと骨を折っておられる──そんな痕跡などどこにもないというのにな。あなたは自分の病的な点にさからっているわけです。狂人だったら欲しがらぬはずのものを欲している」

「というと、なにを欲しているんです？」

「自分が間違っていたということを証明したがっておいでだ」とブラウン。

神父のこの最後の言葉が発せられているあいだに、クレイは、はねあがるというか、よろめきあがるというか、ともかく立ちあがって、相手の顔を興奮した目つきで見やった。「ふん、そりゃほんとだ！」と声を張りあげる。「なにせ、ここにいる連中は寄ってたかってわしに反対し、侵入者のねらっていたのは銀器にすぎないのだと言いはるんですからな──まるで、そんな考えではわしが満足しておらんとでもいうかのようにな！　あの女までわしに食ってかかった」と言いながら、もさもさの黒毛頭をオードリーのほうに向けたが、神父はそうしてもらうまでもなかった──「さっき、あの女は、悪さもしないかわいそうな強盗に発砲するなんて残酷な男だ、だいたいわしは悪さもしないかわいそうな人に対して悪魔のような心を抱いている、と言って、わしに食ってかかった。が、わしだって前は人のよい男だった──パトナムと同じくらい人がよかったものだ」

ひと息いれて大佐は言った──「なあ、わしはあなたに会ったことは一度もないが、ひとつそもそもの話を判断していただきたい。パトナムのやつとわしとは、同じ釜の飯を食った親友だったが、アフガニスタンの国境地帯で起こったある事件の結果、誰よりも早くわしは連隊長になった。しかし、二人とも病気で暫くは本国に戻された。わしは向こうでオードリーと婚約し、わしらは三人いっしょに帰ってきたのです。ところが、その途中にいろいろなことが起きた。それが不思議なことばかりでしてな。その結果、パトナムはわしの婚約を取り消したがり、オードリーまで煮えきらぬ態度をとる始末だった。あの二人の言いたがっていることはわしも知っている。わしをなんだと思っているかはわかっている。あなたにもおわかりでしょう？

　さて、起こったことというのは、こうなんです。あるインドの都市に滞在していた最後の日、わしはパトナムにトリチノポリ葉巻を買えるだろうかと訊いた。するとやつは、やつの宿舎の向こう側にある小さな家を教えてくれた。あとになってからやつの言ったとおりだったことがわかりましたが、一軒の立派な屋敷の向こう側に五、六軒のみすぼらしい家がある場合には、『向こう側』なんてのは危険な言葉ですよ――それでわしはきっとまちがった戸口に行ってしまったんですな。その扉は容易なことじゃ開かなかったが、やっと開いたと思えば、なかはまっ暗だった。ところが、ひき返そうとすると、その扉は無数のかんぬきが締まるような物音をたてて、わしの背後でぴったりと閉じてしまった。こうなれば前進するよりしようがない。そこでわしは、まっ暗な廊下をいくつもいくつも通っていった。すると階段があり、それから凝《こ》った東洋風の鉄細工の掛け金でしっかりと閉ざされた鎧戸があった。これは手探りで辛うじてわかったが、それでも最後にははずすことができた。ここでまた薄闇のなかに踏みこんだが、そこには、下で灯っている小型だがゆらつかない無数のランプの光で緑がかった薄明かりが半分たちこめていた。その明かりでは、初め、ここが人気《ひとけ》のないばかでかい建物の最低部か外郭であるということしかわからなかったのだが、なにやら、わしのまん前に、山のようなものが見えてきた。白状しますが、それが偶像だと気づいたときには、思わず、自分の乗っていた大きな石台の上にぶっ倒れるところでしたよ。しかも、悪いことに、その偶像はわしに背を向けておった。

こいつは半分も人間に似ていないと思いましたね。なにしろ、頭は小さくてずんぐりだし、それよりも驚いたことに、一本のしっぽか、余分な足のようなものがうしろに突きでているんですよ。気味の悪い大きな指みたいなもので、ばかでかい石の背中の中央に彫られたなにかのシンボルを指していたんですからな。で、薄明かりのなかでわしはこわごわとこの象形文字の意味を推量しはじめたのだが、そのとき、もっと怖ろしいことが起こった。わしの背後の壁にあった扉が音もなく開いて、茶色い顔の黒い服を着た男がぬっと現われたのだ。肌が銅色で歯が象牙のように白いその顔には、刻みつけたように深い微笑がうかんでおったが、そいつの様子でいちばん不快だったのは、ヨーロッパ人の服装をしていることだった。経帷子《きょうかたびら》を着た僧侶や素っ裸の行者が現われたのだったら、驚きもしませんが、これではまるで悪魔どもが全世界に跳梁《ちょうりょう》しているのと変わりない。事実そのとおりだということがあとでわかったのですがね。『もしおまえがこの猿神の足だけを見たのなら』と、そいつは不気味なかたい微笑をうかべながら、なんの前置きもなしに言いだすんですよ――『我々はごくおとなしい手段をとっただろう、おまえはただ責め苦を受け、死ぬだけだった。また、猿神の顔を見たとしても、やはり我我はごく穏健に、ごく寛容にしてやるだけだ、おまえはただ責め苦を受け、生きながらえるだろう。ところがおまえは猿神の尾を見てしまった以上、我々は最大の刑罰を宣告せねばならない。つまり、自由に帰るがよい』

この言葉が発せられると、さっきわしが苦労してこじあけた凝った鉄のかんぬきが自動的にはずれる音が聞こえ、また、わしが通ってきたまっ暗な廊下のずっとはてで、表の通りに面している重い扉のかんぬきがひとりでにあく音も聞こえてきました。

『慈悲を乞うてもむだだ。おまえは自由に帰らねばならぬ』とそのにやけた男は言うんだ。『今後は、ひと筋の毛が刀のようにおまえを斬り殺し、ひと吹きの呼気が毒蛇のようにおまえにかみつくのだ。どこからともなく凶器が現われて、おまえに襲いかかり、おまえは幾度も死に遭うのだ』この言葉を最後に、そいつはふたたび背後の壁にのみこまれるように姿を消し、わしは表の通りに出た」

ここでクレイはひと息ついたが、ブラウン神父は体裁かまわず芝生の上に腰をおろし、雛菊《ひなぎく》をつみはじめた。

大佐はさらに話を続けた――「むろんパトナムは、陽気な常識家だから、わしの不安を頭から受けつけなかったが、やつがわしの精神状態を疑いだしたのはそのときからだ。さて、そこで、それ以後に起こった三つの事件を、できるだけ手短に、お話ししよう。そして、わしらのどっちが正しいかをあんたに判定してもらいたい。

第一の事件が起こったのは、ジャングルのはずれにあったインドの村でだったが、そこは、わしの身に呪いがふりかかったあの寺院の町や、ああいう種類の種族や風習から数百マイルも離れたところだった。まっ暗な深夜に目をさましたわしは、特になにを考えるでもなく横になっていると、糸か毛のようなものがわしの咽喉をかすかにくすぐりながら横ぎってゆくのを感じた。わしは思わず首を引っこめたが、いやでもあの寺院で言われたことを思い出さずにはいられなかった。ところが、起きあがって明かりをつけ、鏡を見たら、首を横ぎった線というのは、ひと筋の血じゃありませんか。

二番目のは、もっとあとになって、帰国の途中で泊まったポート・サイドの宿で起こったのです。その家は宿屋だか骨董屋《こっとうや》だかわけのわからぬ家で、あの猿神教とすこしでも関係のありそうな代物こそなかったが、そんな場所のことだから、猿神の像とか護符といったものがなかったとはかぎらない。ともかく、そこに猿神の呪いが現われたのですよ。このときもまたわしは暗闇のなかで目をさましたのだが、それというのも、呼気が毒蛇のようにかみつくという以外にずばりと表現しようのない感じがしたからだ。生きていることが、死ぬほど苦しかった。わしは壁に頭をたたきつけ、最後に窓に突き当たり、とびおりるというより倒れ落ちるようにして下の庭に墜落した。この前の事件については偶然のかすり傷だといって片づけていたパトナムも、夜明けになって、草の上になかば意識を失って倒れているわしが発見されたという事実だけは、さすがに本気で受けとらざるをえなかった。だが、やつが本気にするようになったのは、どうやらわしの精神状態のほうで、わしの話ではなかったらしい。

三度目のはマルタ島で起こった。わしらはその島の要塞におったのだが、たまたまわしらの寝室は、窓のすぐ下まで迫っている大海原を見渡す位置にあり、海と窓のあいだには、海と同じように単調な、のっぺりとした白い外壁があるだけだった。わしはここでもまた目をさました――が、今度は暗闇じゃなかったのです。窓辺に寄って見ると、満月が出ておった。単調な胸壁に鳥がとまっていても、あるいは水平線上に帆船が走っていても、きっとはっきり見えたにちがいない。わしが現実に見たものは、がらんとした空に宙ぶらりんとなって旋回している棒切れか枝のような物体だった。そいつは、わしの立っている窓めがけて一直線にとびかかり、わしが離れてきたばかりの枕の横にあったランプを粉砕した。見ると、東洋の蛮族が使う妙ちくりんな恰好をした戦闘用の棍棒だった。だが、こいつは人間の手からとびだしてきたものじゃない」

ブラウン神父は造りかけていた雛菊の花環を投げ捨て、いかにも考えこんだ表情をして立ちあがった。

「パトナム少佐は、なにか東洋製の骨董品とか偶像とか武器とかいったものをお持ちでしょうか？　事件解決のヒントが得られるようなものをですね」

「しこたま持ってるが、まず役には立ちますまい」とクレイの答え――「だが、ともかく書斎に入ってごらんなさい」

家に入った二人は、教会に出かけるために手袋のボタンをはめているワトソン嬢のそばを通りすぎ、また、いまになっても階下でコックに料理法の講義をひとくさり述べつづけているパトナムの声を聞きもした。少佐の書斎兼骨董品置場では、三番目の人物にだしぬけに出会ったが、その男はシルクハットをかぶり、外出着に身を固めた姿で、喫煙用卓《スモーキング・テーブル》の上に開かれた一冊の本をのぞきこんでいた。人の気配に男はなにかよからぬことをしていたかのように本から目を離して振り返った。

クレイは、「オーマン博士です」と言ってこの男を丁重に神父に紹介したが、顔には嫌悪の色がありありとうかんでいたので、オードリー自身が気づいているかどうかは別として、この二人は敵同士だなとブラウン神父は直感した。同時に神父は、大佐のこの偏見に全然同感していないわけではなかった。相手のオーマン博士は実に立派な服装をした紳士で、東洋人だとしても不思議でないくらい黒い皮膚をしていたが、どうしてなかなか男前なのである。が、ブラウン神父は大佐に同情するいっぽう、先の尖った顎鬚《あごひげ》にワックスを塗りたくり、小さな手に手袋をはめ、完全な猫なで声で話す人種に対しても慈愛深くせねばならぬのだぞときびしく自分に言いきかせたのである。

オーマンの黒っぽい手袋をはめた片手に握られている小型の祈禱書《きとうしょ》を見て、クレイは特に業《ごう》を煮やしたらしかった。「そんな趣味があなたにあったとは知らなかった」とクレイはいささかぶしつけに言った。

オーマンは控え目な笑い声をたてたが、邪気は含まれていなかった。「なんといっても、こっちのほうがわたしにぴったりしてますよ」と言いながら、オーマンは目を離したばかりの大きな本に手をのせ、「薬品類の辞書です。ただ、教会に持っていくには大きすぎるんで」と言ってから大きいほうの本を閉じたが、そのときにも、ごくかすかではあったが、狼狽《ろうばい》してせきこんでいる様子があった。

「察するところ」と神父が言いはじめたが、どうやら神父は話題を転換させたがっているらしい――「ここにある槍やなんかは全部インドから来たものらしいですな？」

「世界のいたるところからです」と医師が答えた。「パトナムは長年勤務の軍人ですから、わたしが知っているだけでも、メキシコ、オーストラリア、食人種のいる西インド諸島にも行ったことがあるんです」

「少佐が料理法を習ったのが食人種の島でなければいいですな」とブラウン神父は言って、壁にかかったシチュー鍋などの珍奇な道具類に目を走らせた。

と、そのとき、話題にのぼっていた陽気な主人公が相好を崩したえびす顔を部屋のなかに突きだした。「こっちへ来てくれないか、クレイ」と少佐は大声で言った。「きみの昼飯が運びこまれているところだ。それに、教会に行きたい諸君は、聞きたまえ、鐘が鳴っているぞ」

クレイは着替えをするためにそっと抜けだして階上に行き、オーマン博士とワトソン嬢は、列を作って教会に向かう他の人々にまじって、厳粛《げんしゅく》に通りを歩いていった。ところが、博士は二度も振り返って家の様子を丹念に眺め、最後にもう一度眺めるために通りの角まで引き返したほどだった。

これを見た神父は不審そうな面持《おもも》ちだった。「あの男がごみ箱に行ったはずがない」とひとりごとをつぶやいた。「あの服装じゃ、そんなことは考えられない。それとも、けさ早くここに一度来ていたのかな？」

ブラウン神父は、他人に接する場合、気圧計に負けぬほど敏感なのだが、きょうにかぎって犀《さい》のように鈍感な様子だった。厳格な条文にせよ、暗黙の約束にせよ、ともかく、社交上のしきたりからいえば、このインド育ちの親友同士が昼食をとっている席に赤の他人がうろうろ居残っていられるわけがないのである。ところが神父は、愉快ではあるが、なんの必要もない話を次から次へとまくしたてて自分の立場をごまかしながら、ねばりにねばったのである。なお合点《がてん》のいかぬことに、神父はいっこうに昼食を食べたがっている様子がないのである。実に巧みに配合されたケジャリー、つまりカレーが、それぞれに適した美酒といっしょに次から次へとほかの二人の前に置かれるたびに、神父はただ、今日は断食日でしてと繰り返すだけで、ひと切れのパンをかじっていた。大コップの水も、ちょっとすすっただけで、あとは口をつけなかった。が、話のほうは奔放自在だった。

「よござんすか、お二人のためにいいことをして進ぜましょう」と大声で神父は言った――「サラダを作って進ぜましょう！　わたしは自分では食べられませんが、作る腕前ならとびきりです！　そこにレタスがありますな」

「残念ながら、あるのはレタスだけでしてな」陽気屋の少佐が答えた。「マスタードやビネガーやオイルといったものはみな、あの薬味入れスタンドや強盗といっしょにゆくえをくらましたということをお忘れになっては困りますな」

「そりゃそうです」とブラウンの返事はあいまいだった。「そういうことになるのじゃあるまいかと、わたしはいつも心配していました。だからこそ、わたしはいつも薬味入れスタンドを身につけて持ち運ぶことにしているんですよ。それほどサラダが大好物でしてな」

二人の男の仰天を尻目に、神父はベストのポケットから胡椒入れを取りだし、テーブルの上に置いた。

「あの強盗は、またどうしてマスタードまでほしがったのでしょうかな?」と言いながら、別のポケットからマスタード入れを取りだした。「からし軟膏《なんこう》の薬品でも造るつもりなのかな。お次はビネガーだ」とビネガーの入れ物を取りだし――「ビネガーと茶色い紙についての話をどこかで聞いた覚えがあるな? サラダオイルは、ええと、たしか左のポ……」

神父の饒舌《じょうぜつ》が一瞬中断された――ふと目をあげた神父は、ほかの誰の目にも映らなかったものを見たからである。日の照りつける芝生に立って、じっと部屋のなかをのぞいているオーマン博士の黒服姿が見えたのだ。神父が落ち着きを取り戻さぬうちに、クレイが横から口をいれた。

「あなたはあきれた変わり者ですな」とクレイは目を見張って言った。「あなたの説教もこんなにおもしろいのなら、わしは聞きにいってもいい」声の調子がいくぶん変わって、大佐は深深と椅子の背にもたれた。

「もちろん薬味入りスタンドにもいろいろの説教が含まれておりますよ」とブラウン神父はおごそかな声で言った。「ひと粒のカラシナの種のごとき信仰とか、オイルを注いで清める慈愛とかいったものをお聞きになりませんでしたか? また、ビネガーについても、およそ軍人たるものにとっては忘れられぬ話――つまり、太陽が曇りはじめたとき、かの孤独なる兵士は……」

クレイ大佐が半身をちょっと前に倒して、テーブルクロスをつかんだのである。サラダを作っていたブラウン神父は、水の入った大コップにマスタードをふたさじ落とし、立ちあがるや否《いな》や、別人のような大声で不意に叫んだ――「これを飲むんだ！」

それと同時に、庭でじっと立っていた医師が駆け寄って、猛烈な勢いで窓を押しあけ、「手伝いましょうか？　毒でやられたんじゃありませんか？」と尋ねた。

「もうちょっとで危ないところだった」と言うブラウンの顔には、かすかな微笑がうかんでいた――あの吐剤《とざい》がてきめんの効果を現わしたからである。クレイはデッキ・チェアに横たわり、必死にあえいでいたが、生命に別状はなかった。

パトナム少佐は、紫色の顔を赤く斑《ぶち》に染めてとびあがった。「犯罪だ！」としゃがれ声で叫ぶ。「警官を呼びにいってくる！」

少佐が帽子掛けから棕櫚の葉でできた帽子をひったくり、玄関からあわただしく出ていく音が聞こえ、次に庭の門が閉まる音がした。しかし神父はただクレイの様子を見守っているだけだった。しばらく沈黙が続いたあと、神父は穏やかに言った――。

「あまりたくさんはしゃべりますまい――が、あなたが知りたがっておられることを話してしまいましょう。あなたの身には呪いなどかかってはおりません。あの猿神の寺院での一件は偶然の一致か、計略《トリック》の一部か、そのどちらかです。計略というのは、ある白人の計略ですよ。羽のようにかすかに触れただけで血が出るような凶器は一つしか考えられません。白人の手に握られた剃刀です。ありきたりの部屋を目に見えぬ強力な毒で満たす方法も一つあるだけです——ガスの栓をひねるのがそれで、これも白人の犯罪です。次に、窓から外に投げあげられ、中空で逆転して隣の窓に舞いこむような棒にしても、一種類しかありません——オーストラリア人が使うブーメランです。少佐の書斎にも同じのが何本かありますな」

これだけ言うと、神父は表に出て、しばらく医師と話をした。そのすぐあと、オードリー・ワトソンが家に駆けこみ、クレイの寝ている椅子の脇に崩れ落ちるようにひざまずいた。二人がなにを言いかわしているのか神父の耳には聞こえなかったが、二人の顔の動きは、不幸ではなく驚きをあらわしていた。医者と神父はいっしょに、ゆっくりと庭の門に向かって歩いていった。

「察するに、少佐もあの女性にほれておったらしいですな」と神父は嘆息まじりに言う。相手がうなずくと、神父はかさねて、「あなたは実に親切だった、先生。立派な行いをなされました。ですが、怪しいと感づいたのはなぜですか?」

「ほんの些細なことだったのですが」とオーマン——「それでも、それが気になって、教会でも腰が落ち着かず、異状がないかを確かめに戻ってきたわけです。少佐のテーブルにのっていたあの本は毒薬に関するもので、ちょうど開かれていたページには、これこれのインド産の毒薬は、致命的で死因が発見されにくいものではあるが、ごくありふれた吐剤を用いることによって特に簡単に毒性を消滅せしめうると書いてあったのです。きっと少佐は最後の瞬間になってこれを読み……」

「あの薬味入れスタンドに吐剤が入っていることを思い出したというわけですな」とブラウン神父は言った。「ずばりです。少佐は、強盗の仕業《しわざ》と見せかけるために、ほかの銀器といっしょにそれをあそこのゴミ箱に捨てた――わたしはそれをあそこで見つけてきたのですからな。ところが、わたしが食卓に置いたあの胡椒入れをごらんになるがいい――それには小さな穴があいているでしょう。それこそクレイの放った一弾が命中したところで、そのためになかの胡椒が吹きだし、犯人はくしゃみをしたというわけです」

しばらく沈黙が続いた。やがてオーマン博士が不機嫌な声で、「少佐は警官を見つけるのにずいぶん手間どっているな」と言った。

「警官が少佐を見つけるのに手間どっていると言ったほうがいいかもしれませんな」と神父。

「では、さようなら」

ジョン・ブルノワの珍犯罪

カフーン・キッド氏はとても若い紳士であるが、顔はたいへんふけている。青黒い色をした髪と、まっ黒な蝶ネクタイとに挟まれているその顔は、いかにも熱中しやすい人の表情でかえってひからびた感じだった。《西方の陽》というアメリカの一大日刊紙——これは冗談に《昇る夕日》とあだ名されている——そのイギリス特派員を氏はつとめていたのである。《昇る夕日》なる珍名の由来は、「アメリカの市民諸君がもう一段とがんばれば、太陽が西から昇ることもありうるのだ」という（ほかならぬキッド氏が寄稿した）一大宣言にあった。だがいくらか穏やかな伝統的立場に立ってアメリカのジャーナリズムを冷笑する連中というものは、アメリカ的な欠点の埋めあわせになっている一つの矛盾《むじゅん》した美点を見落としているのである。合衆国のジャーナリズムは、イギリスではとても見られないパントマイム式の下品なジェスチャーを認めているいっぽうで、イギリスの新聞が気づかずにいる——というよりむしろ扱いかねている——ような、ごくまじめな精神上の問題に本気で興奮するのである。《西方の陽》紙上には、極めて謹厳な問題がこのうえなく道化芝居的に扱われている記事が数多くのっている。プラグマティストの心理学者ウィリアム・ジェームズが「うんざりウィリー」と肩を並べて登場したりするなど、この新聞の人物ギャラリーには実用主義者と拳闘選手が交互に顔をだしている。

そういうわけであるから、ジョン・ブルノワという名前の、あまり有名でないオックスフォード出身の男が「自然哲学」という季刊の評論雑誌（とても読めたものでない）にダーウィンの進化論における弱点と見られる問題について論文を連載したときにも、イギリスの各紙は鳴りをひそめていたのだが、このブルノワの新学説（宇宙は比較的に不動のものであり、時折大変動に見舞われるものだという説）がオックスフォードでは流行みたいにもてはやされて、「天変地異説」という名称までちょうだいするにいたった。アメリカでは多くの新聞がこのダーウィンに対する挑戦を大ニュースとして取りあげ、我が《西方の陽》紙は数ページぶちぬきでブルノワ氏とその学説を紹介した。アメリカ・ジャーナリズムの矛盾はすでに述べたが、この場合にもごたぶんにもれず、貴重な知性の情熱の産物である記事が、文字が読めぬ狂人が書いたとしか思えない見出しで紹介された。たとえば、「ダーウィン落ち目、批判者ブルノワは言う――ダーウィンはショックを度外視している」とか、「天変地異を旨とせよ――と思想家ブルノワは語る」といった調子である。幸い、こんなふうに言われているとは露知らずに思想家ブルノワが暮らしているオックスフォードの郊外の小さな家に、我が《西方の陽》記者カフーン・キッド氏がその蝶ネクタイと陰気な顔を見せにいくようにと命じられたのである。

このねらわれた哲学者は、予告を受けたとき、いくらかぼうっとした様子でインタビューの時刻を晩の九時ときめた。夏の落日の名残りが近くのカムナーあたりの森に蔽《おお》われた丘にたゆたっていた。ロマンチックなアメリカ人記者は、道順もたしかでなかったうえに周囲のことを知りたい好奇心もあったので、まぎれもなく封建時代の建物である「チャンピオン・アームズ」という田舎宿の戸があいているのを目に留めると、いろいろききだすべく足をなかにはこんだ。

酒場へ入ってベルを鳴らしたが、返事があるまでにはだいぶ間があった。そこにいたのはただ一人、だぶだぶの服を着こんだ赤毛のやせた男で、ごく安物のウィスキーを飲んでいるくせに、くゆらしているのは極上の葉巻だった。ウィスキーは、もちろん、「チャンピオン・アームズ」の特製品だった。葉巻はロンドンから持参したのだろう。似ても似つかぬものがいくらあるといっても、この男の世をすねたようなだらしない身なりと、若いアメリカ人のきびきびしたドライな感じほどかけ離れているものはなかったろう。しかし、その男の持っている鉛筆と開いてあるノートブック、それに当人の機敏そうな青い目、それがどことなく、この男も新聞記者なのではあるまいかと思わせたが、この勘は的中した。

「ひとつお願いがあるんですが」とキッドはいかにもアメリカ人らしく気やすく頼んだ――「グレイ荘までの道を教えてくれませんか、ブルノワさんが住んでいるところだと思いますが」

「この通りを二、三メートル行ったところさ」と赤毛の男は葉巻を口から離して言った。「おれもしばらくしたらその家の前を通るんだけど、おれはペンドラゴン・パークへ行っておもしろいものを見るんだ」

「ペンドラゴン・パークって、なんのことです?」とカフーン・キッドは訊いた。

「サー・クロード・チャンピオンの屋敷だよ。きみもそこへ来たんじゃないのか」とこの新聞記者は目をあげてキッドに訊いた。「新聞記者なんだろう?」

「ブルノワ氏に会いにきたんです」

「こっちはブルノワ夫人に会いにきたんだが」と相手は言った——「夫人は自宅じゃつかまらない」そして不愉快な笑い声をたてた。

「天変地異説に興味をもっているんですか」とヤンキー青年は不審そうに訊いた。

「説じゃなくて、天変地異そのものに興味があるんだよ」と相手は憂鬱《ゆううつ》そうに答えた。「いまそれが一つ起ころうとしているところだ。まったく不潔な商売さ。だが、おれはそれがきれいごとであるようなふりはしない」

そう言うと男は床にぺっとつばを吐いた。が、その動作とその瞬間のなにかが、この男が紳士の教育を受けた者であることを物語っていた。

アメリカの新聞記者は前よりも注意してこの男を見やった。顔は青白く、やつれているが、まだまだただならぬ情熱がほとばしる力は残っているようだった。それはまた利口そうな、感受性の強い顔つきでもあった。着ている服は粗末な布で、手いれもされていなかったが、細長い指には認印つきの上等な指環をはめていた。話しているうちにわかってきたことだが、男の名前はジェームズ・ダルロイといい、破産したアイルランドの地主の息子だった。勤務先は、自分でも虫酸《むしず》が走るほど嫌っている桃色新聞の《スマート・ソサイアティ》で、ダルロイはその記者という肩書をもつと同時に、痛ましいことにスパイに似た役回りを果たしてもいるのだった。《スマート・ソサイアティ》紙は残念なことにも、《西方の陽》のスタッフ連が高く買っているブルノワの反ダーウィン説にはすこしも興味をもっていなかった。ダルロイがここにかぎつけにやってきたのは、目下グレイ荘とペンドラゴン・パークのあいだにわだかまっているスキャンダルにほかならなかった。この醜聞は結局、離婚訴訟にまで発展しそうな成り行きだった。

サー・クロード・チャンピオンは、《西方の陽》の読者にもブルノワ氏と同じくらいよく知られていた。そんなことをいえば、ローマ教皇だって、ダービーの勝馬だって同じくらいよく知られているわけだが、もしチャンピオン卿とブルノワ氏が親密な知りあい同士だとしたら、教皇と競馬馬という組み合わせと同じくらい奇妙な対照だとキッドは思ったにちがいない。キッドは、前々からクロード・チャンピオン卿のことを聞いていた——それもクロード卿について記事を書きもした——というより、知ったかぶりをしてみせた。卿は「イギリスの名士ベストテン」中でもいちばん頭がよくて、いちばん金持ちの部類に入るし、七つの海にヨットを走らせる大スポーツマンであり、ヒマラヤについての著作が何冊もある偉大な旅行家であるとともに、保守党員のくせに人の意表をついて民主主義をとなえ、選挙民の人気をさらう政治家でもある。それに、美術や音楽、とりわけ演劇の愛好家でもあるといった具合で、アメリカ人以外の人の目から見たら卿はまことにすばらしい人物だった。卿の「なんでもござれ」式の趣味と、不断の自己宣伝ぶりには、どことなくルネッサンス時代の支配者を思わせるものがあった。大アマチュアといっただけではたりない、熱狂的なアマチュアだったのである。「ディレッタント」という語で我々がよく意味する好事家的な軽薄さは、この男にかぎって片鱗《へんりん》も見られなかった。

黒紫色の、イタリア的な目をした、完璧な隼《はやぶさ》のような横顔は、《スマート・ソサイアティ》や《西方の陽》にもしばしば写真が掲載されたが、どう見てもそれは、燃える炎か、さては疾病にでも蝕《むしば》まれたように野心におかされた男の横顔だった。それでもキッドは、クロード卿についてはは多くのことを――知られてもよいことばかりか、それ以上のことまでも――よく知っていたとはいえ、まさかこの派手ずきの貴族と、新進の天変地異説創始者とを結びつけ、クロード・チャンピオン卿とジョン・ブルノワが親しい友だちであるなぞと考えることは、どんなに想像をたくましくしてもできない相談だった。だが、ダルロイの説明によると、どうもそういうことになるらしい。この二人は、中学や大学でいっしょに組んで狩りをしたことがあり、社会的には違った道筋をたどったとはいえ（チャンピオンは大地主で、百万長者と言ってさしつかえなく、いっぽうのブルノワは貧乏学者で、つい最近まで無名だったのであるが）、それでも二人は現在に至るまで親しく交際を続けていたのだった。なるほど、ブルノワの小ぢんまりした家はペンドラゴン・パークの門の目と鼻の先にあったのである。

ところが、はたしてこの交友が今後も続くかどうか、それがいまや暗い影をもつ醜い問題となりつつあった。ブルノワ氏は二年前に、かなり名のある美しい女優と結婚して、いかにも氏らしく内気で鈍重な愛し方ながら心から新妻にうちこんでいた。ところが、たまたま住まいがチャンピオンの邸宅に接近していたため、どうしても、この気まぐれな名士にあるふるまいをさせる機会を与えることになり、その結果、痛ましくも卑俗極まる騒ぎをひき起すことと相成った。クロード卿は、自己宣伝の技術をマスターしていたこととて、いささかも自分の名誉にはならないはずの不義の関係までも世間に見せつけることに異常な喜びを感じているらしかった。ペンドラゴン家からの使者がひっきりなしにブルノワ夫人に花束を届け、グレイ荘の前には夫人を訪れる馬車か自動車が絶えず、また、舞踏会やら仮装パーティーが毎夜のように催されて、クロード卿はあたかも馬上試合の席に臨んだ愛と美の女王のごとくにブルノワ夫人を見せびらかすのだった。こうして、キッド記者がブルノワ氏から天変地異説の説明を聴取することになっていたこの夜にも、クロード卿は《ロミオとジュリエット》の野外劇を催す手はずになっており、そこでみずからロミオを演じ、相手役にはむろん……をという寸法だった。

「無事にはすむまいね」と赤毛の青年は立ちあがって、ぶるっと身をふるわせて言った。「ブルノワのだんなは丸められちまうかもしれないし、断固として譲らないかもしれない。だが、譲らないとしたら、よほど鈍い人にちがいない。おれとしちゃ、そんなことはまずありえないと思うがね」

「あの方は大した頭脳をもっておいでです」とカフーン・キッドは太い声で言った。

「ちがいない」とダルロイは答えた――「が、いくらずばぬけた知能の持ち主だって、まさかそこまで鈍感になれるものじゃないよ。もう行かなくちゃならんのかい？　おれもあと一分ほどしたら行くんだが」

そう言われても、我がカフーン・キッド氏は、ミルク・ソーダを飲みおえていたので、この皮肉屋の情報提供者をウィスキーと煙草の前に一人のこして、自分はさっさとグレイ荘への道を歩いた。一日の最後の日ざしもはや薄れ、空は石盤のような黒ずんだ灰緑色で、点々と星が輝いていたが、月の出が間近いらしく左手の空はほんのり明るかった。

グレイ荘は、堅い茨《いばら》の高い生垣で取りかこまれたうえに、ペンドラゴン・パークの松の木や柵のすぐ下に立っている恰好だったので、最初キッドはそれを番人小屋とまちがえたくらいだった。だが、その狭い木戸の上にはめざす人の表札がかかっていたし、腕時計を見るとちょうど、思想家との約束の時間になっていたので、彼は門内に入り、玄関のドアをノックした。庭の生垣の内側に入ってみると、奥の家は、ごく目だたぬようにしてあるが、初めて見たときの印象よりも遥かに大きく、豪奢《ごうしゃ》なもので、門番小屋どころではなかった。犬小屋と蜜蜂の巣が、昔のイギリスの田園生活を象徴するかのように戸外に置いてあった。よく茂った梨の木の向こうから月が昇ってくる。犬小屋から出てきた犬は、やんごとない高僧のような顔をしており、吠えてみる気もしないらしい。やがてドアをあけてくれたのは、相当な年配の無骨な下男だったが、ぶっきら棒ながらどこかに気品があった。

「くれぐれもお詫びを申しておけと主人からことづかりました」と下男は言った。「やむをえない用で急にお出かけになったのです」

「そんなことを言ったって……ちゃんと約束してあったんだ」とインタビュアーは思わず声を高くした。「どこへ行かれたのか、わかっているのかね」

「ペンドラゴン・パークですよ」と下男はいささか暗い表情で言い、そのままドアを閉じようとした。

　キッドはさすがにはっとして――。

「奥様とごいっしょに……いや、みんなと連れだっていかれたんですか」とどっちつかずの質問をした。

「いいえ」と下男はあっさり言った――「主人はあとに残っておられ、しばらくしてからお一人で出かけられました」これだけ言うと下男はドアをばたんと閉めた。いかにも荒々しい閉め方だったが、義務が果たせなかったと後悔しているようなところもあった。

　玄関払いをくわされたアメリカ人は、だいたいがずうずうしさと繊細さが妙に混合している人間だったので、これには面くらった。この庭にいる灰白色の老犬や、先史時代みたいな胸当《シャツフ》て《ロント》を見せている白髪まじりの、厚ぼったい顔をした老僕や、こっくりこっくりやっている下弦の月や、とりわけ、約束一つ守れないほど頭が散漫なあの老哲学者やらを、一列に並べて気合をかけ、ビジネスのやり方をたたきこんでやりたい――ついそんな気も起こってくるというものだった。

「いつもあんなだとしたら、奥さんの清らかな情熱だって衰えてくるのがあたりまえだ」とカフーン・キッド氏はつぶやいた。「しかし、一戦をまじえにいったということも考えられる。だとしたら、《西方の陽》の特派員は現場へ急行すべきである」

　開いている木戸を抜けて角を曲がると、キッド氏は黒々とした松並木の長い道を威勢よく歩いていった。この道を行くと、ペンドラゴン・パークの奥庭が真正面に見えてきた。松の木は、葬儀車につけられた羽根飾りのように黒く、そして整然と並び、空にはまだ星がいくつか光っていた。キッド氏は、生来の気質として、直接の連想よりも文学作品と結びつけて連想するのが好きな男だった。「鴉の森《レイヴンスウッド》」という人名がいま、脳裡《のうり》に幾度かうかびあがってきた。というのも、松の木が鴉《からす》そっくりの色をしていたからであるが、また一つには、ウォルター・スコットの「ラマムアの花嫁」という悲劇（レイヴンスウッドはこの作中に出てくる）でとっくに表現されている表現不可能なある雰囲気のためでもあった。十八世紀で死にたえてしまったなにものかの臭い、湿っぽい、庭や壊れた壺《つぼ》の臭い、もう永久に正されることのない悪の臭い、妙に現実味を欠いていながら、それでもどうしようもない悲しみをたたえたあるもの、それが臭ってくるようだった。

手いれの行き届いたこの黒い道、悲劇の道具立てが揃ったこの道をゆく途中、一度ならず行く手に人の足音を聞いたような気がして、思わず足をとめる——が、目の前には、松並木の塀が両側に先細につらなり、その上には楔《くさび》のような三角形の星空が静まり返っているほかは、なにも見えなかった。最初のうちは、だから、気のせいだろう、あるいはただ自分の足音がこだましているだけなのだろうと考えた。けれども、だんだん先へ進むにつれ、わずかに残された理性が考えだすことのできる結論は、どうしても誰か他人の足音がしているということ以外にはありえないことが、しだいにはっきりしてきた。そこでふとぼんやり考えたのは、幽霊のことだった。ピエロのようにその白顔にまっ黒な丸い点のある、いかにも田舎にふさわしい幽霊、その姿があまりにも早く脳裡に現われでたのには、我ながら驚いた。暗い青色を帯びた空の、その三角形の頂点がしだいに明るくなってきていたが、それが大きな家とその庭の照明が間近になってきたためであるとは、まだ気づかなかった。ただひたすら、あの異様な雰囲気がますます濃厚になってくるのを感じるだけだった。この悲哀にみちた雰囲気のなかに、なにか狂暴な秘められたものが感じられるな——とそこまで考えてから、それはいったいなにかと次の言葉をさがし、そうだ、これは天変地異説の雰囲気なのだと、こみあげる笑いとともにつぶやいた。

さらに何本かの松と、何十ヤードかの距離をあとにしたとき、魔法にでもうたれたように路上に釘づけになった。夢の世界に入ったような気持ち、と言ってみても始まらないのだが、この際にはどうしても一編の物語のなかに入りこんだとしか感じようがなかった。人間というものは、いつも時と場合にぴったり合わないことにばかり出くわしているので、つまりは不調和や不釣り合いの雑音に慣れ、いわば不協和音の曲を子守歌にして眠ってしまうわけである。ところが、なにか、いかにもしっくりしたことが起こると、たちまち私たちは完全協和音の痛ましいショックでとび起きるというわけである。そしていま、昔の物語のなかでならちょうどこんな場所を舞台にして起こったであろうようなことが、まさに現実に起こったのである。

黒々とした松の並木を越え、月の光にきらめきながらひと振りの抜き身の剣がとんできたのだ。それは、ペンドラゴン・パークで幾度も幾度も不正の決闘を戦ってきたものと思えるような細身の光り輝く諸刃刀《レイピア》だった。落ちたところは、ずっと前方の同じ細路の上で、剣はそこで大きな針のようにきらめいていた。キッドはたちまち脱兎《だっと》のごとく駆けだすと、かがみこんでそれを調べた。近くで見ると、かなり派手な代物《しろもの》で、柄《つか》や鍔《つば》にちりばめた大きな赤い宝石はどうもまがいものらしかったが、その刃には、まぎれもない赤い血が点々とついていたではないか。

この目まぐるしい飛び道具がとんできた方角を彼は血眼《ちまなこ》になって見まわした。すると、ちょうどそのあたりで松ともみの木立ちが途切れ、いままで歩いてきた道よりも狭い道が直角に伸びているのが見えた。この小路へ入ってゆくと、すぐに、明かりのともった建物と、その前の池や泉水が一目で見渡せるところへ出た。が、キッドは景色を眺めようとはしなかった。それよりもっとおもしろいものが見えたからである。自分の位置よりもずっと上のほう、テラス状になっている庭から緑の土手が急傾斜で突きでているその角に、昔の造園美術によく使われた、見る人を驚かせる美しい工夫の一つが眺められた。それは、巨大なもぐら塚とでもいおうか、草でつくった丸形の小さな築山もしくはドームで、頭部には同心円をなす薔薇《ばら》の三重の環《わ》がかぶさり、頂点には日時計の棒が突きでていた。その日時計の針が鱶《ふか》の背びれのように黒く空にのび、月光がむなしくこの居眠る時計にまといついていた。しかし、そのほかにもまだそれにへばりついているものが、その狂おしい一瞬のあいだ見えたのである。人間の姿だった。

それは一瞬の出来事だったうえに、人物の衣装は、真紅に金をちりばめた、ぴったりした服で、それが首から踵《かかと》まで全身を包み、どこの国のものだかまったく見当もつかない身なりだったのだが、しかしキッドは、月光が顔にきらめいたその一瞬、この人物が誰であるかを知った。天を向いたその白い顔、それは髭《ひげ》をきれいにそった、不自然なほど若い顔で、ローマ鼻のバイロンにも似ていた。そして、白髪のまじりかけた黒い巻き毛。サー・クロード・チャンピオンの写真なら新聞紙上で何度も見ているキッドだった。と、この現実ばなれのした真紅の姿は、一瞬、日時計にもたれかかるようにしてよろけたかと見るまに、土手の急斜面をころがり落ち、キッドの足もとまで来てとまり、ちょっと片腕を動かした。腕には、不自然なくらい華美な金の装飾——それを見てキッドは《ロミオとジュリエット》を思い出した。なるほど、この、からだにぴったりした真紅の服は野外劇の衣装にちがいなかった。だが、男が転落してきた土手に長く尾をひいている赤い血、それは劇の筋書にはないものだった。男は突き刺されていたのだ。

カフーン・キッドは繰り返し何度も絶叫した。このときまたもや、幽霊が迫ってくるような足音を聞いたように思った。そして、また一つ別の人影が間近に立っているのを見てはっとした。それが誰であるか姿でわかったが、怖ろしさに変わりはなかった。ダルロイとみずから名のっていたこの放蕩《ほうとう》青年は、なにか不気味に静かな様子をしていた。ブルノワという人間が、いったん約束した面会をすっぽかすような者であるとすれば、このダルロイは、約束してない面会を果たす者といっていいような、なんとも薄気味の悪い雰囲気をただよわせていた。それに、月の光がありとあらゆるものの色を変幻させていたので、赤毛に縁どられたダルロイの青ざめた顔は、白いというよりも薄い緑に見えた。

こうした病的な印象を受けたキッドであるから、思わず理性を失って大声を張りあげたのも無理はない——「おまえがやったのか、この悪魔め？」

ジェームズ・ダルロイは、あの不愉快な微笑をにやりともらした。と、まだダルロイがなにも言いだせぬうちに、倒れていた姿がまた腕を動かし、さっき剣が落下したほうに向かって手を振った。そうして一つうめき声をもらし、やっと口をきいた――。

「ブルノワだ、ブルノワなんだ。いいか、ブルノワがやったんだ。やきもちをやいて……やきもちを……おれにあいつは……」

キッドはもっとよく聞きとろうと頭を低くさげた。かろうじて聞きとれたのは――。

「ブルノワが……おれの剣で……あいつはそれを投げすてた……」

ここでまた力のない手が剣のほうを指し、それを最後にがっくりとたれた。それといれかわりに、キッドの胸の底から一種の苦いユーモアがわき起こってきた。それは、アメリカ人という種族の糞まじめさに味をつけている食塩なのである。

「さあ」とキッドは命令口調で鋭く言ったものだ――「医者を連れてきてくれたまえ。この男は死んだんだ」

「それから坊主もな」とダルロイは、なんとも判じようのない態度で言った。「チャンピオン一家は揃ってカトリックだ」

アメリカ青年は倒れたからだの横に跪《ひざまず》き、心臓をさわってみてから頭を持ちあげ、そうして人工呼吸を試みた。けれども、もう一人の記者が神父と医師をひきいて戻ってくる前に、すでに手おくれであることが明らかとなっていた。

「あんたが、来たときにはもう遅かったんですか」と怪しむような目でキッドをしげしげと見やりながら訊いたのは、どっしりとした感じの、裕福そうな医者だった。

「まあね」と《西方の陽》の記者は言った——「たしかに遅すぎてもう命を助けることはできませんでしたよ。しかし、ある重大なことをこの人の口から聞くにはどうやら間にあったようです。下手人の名をあげるのをぼくは聞いたんです」

「誰だね、やったのは」と医者は眉を八の字に寄せて訊いた。

「ブルノワです」カフーン・キッドはこう言うと、軽く口笛を鳴らした。

医者は、額をだんだん赤くしながら暗いまなざしでキッドを見つめたが、別段、相手の言にさからいはしなかった。このとき、うしろにいた背の低い男——これが神父だった——が静かに口をいれた。「ブルノワさんなら今夜はペンドラゴン・パークに来てないはずですがな」

「そのことについても」とヤンキー青年は手きびしく言いはなった——「みなさん方のご老大国にお知らせすべき二、三の事実があるんです。よろしいですか、ジョン・ブルノワ氏は今夜はずっとご在宅のはずでした。お宅でぼくに会ってくれるというけっこうな約束がしてあったんです。ところが、ブルノワ氏は気が変わった。一時間ほど前、ひょいと一人きりで家を出て、このたいへんな屋敷へのりこんだのだ——ということをぼくは執事から聞きました。どうです、全知全能の警察が手がかりと呼んでいるところのものがこれでつかめたわけです。もう警察を呼びにやりましたか」

「うん」と医者が答えた。「しかし、ほかの人にはまだ誰にも知らせてない」

「ブルノワ夫人はご存じなのかな」とジェームズ・ダルロイが訊いた。このときにもキッドは、なぜだか無性にこの男のゆがんだ口もとに一発くらわせてやりたくて仕方なかった。

「夫人にも話してないよ」と医者がどら声で言った。「ところで、そら、警察がお出ましだ」

小男の神父は本通りである並木道へ出ていって、そこに落ちていた剣を持って引き返した。いかにも聖職者らしい、それでいて平々凡々なこの小男のずんぐりとしたからだにつけると、この剣は滑稽《こっけい》なくらい大きく、芝居じみたものに見えた。「警察がお見えになる前にちょっと」と神父はすまなそうに言った。「どなたか明かりをお持ちですかな」

ヤンキーの記者がポケットから懐中電灯を取りだすと、神父はそれを剣の刃のなかほどのところにくっつけるようにして、目をぱちくりさせながら丹念に調べた。そして、切っ先や柄頭《つかがしら》には一瞥《いちべつ》も与えずに、そのまま医者に渡した。

「どうやらこれはわたしの出る幕ではないようですな」と神父は短いため息を洩らした。「これで失礼させてもらいましょう。ではごめん」神父はこのせりふを最後に暗い並木道をとぼとぼと歩きだした。両手をうしろに組み、考えごとをしているのだろう、頭をかしげていた。

残った連中は、門番小屋の横の木戸に向かってだんだん足を早めた。そこでは、一人の警部と二人の巡査が早くも門番と話しあっているところだった。いっぽう、小男の神父は、上を松ですっかり蔽われた薄暗い通りを、しだいに歩調をゆるめながら歩いていたが、屋敷の玄関前の石段でぴたりと立ちどまった。自分と同じようにやはり無言で近づいてきた誰かを認めたという無言の態度。はたせるかな、その、神父のほうへ近づきつつあった姿は、美しい貴族の幽霊を見たがっていたカフーン・キッドでもおそらく満足したようなものだった。ルネッサンス時代風のデザインによる銀色のサテンを着た妙齢の婦人。その金髪は二筋のきらめくロープのように編まれ、おさげのあいだからのぞいている顔は驚くほどの青白さで、古代ギリシアの彫像さながらの、象牙に金をかぶせた細工のように見えた。しかし、目はとても明るく輝いて、声も、低くはあったがしっかりしていた。

「ブラウン神父さん？」と女は言った。

「ブルノワさん？」神父はいかめしく返事をした。そして、相手の顔を一目見ると、すぐに言った。「ほう、クロードさんのことを知っておいでですな」

「わたしが知っているということが、どうして神父さんにおわかりになるのですか」と夫人は冷静にきいた。

神父はこの質問には答えず、別のことを訊いた――「ご主人の姿を見かけましたか」

「主人は家におります」と夫人は言った。「あの人はなんのかかわりもありません」

神父はこれに対してもノー・コメントをおしとおした。女はそこで妙に熱心な表情をうかべて神父ににじり寄った。

「言うことなら、まだあるんですよ」と夫人はどうもあまり気持ちがいいとは言えない微笑をうかべて言った。「主人がやったのではないと私は思います。そして神父さんだって、やはりそう思っておいでなのです」

ブラウン神父は、相手のまなざしに長いおごそかな一瞥をかえし、なおいっそうおごそかにうなずいた。

「ブラウン神父」と夫人は言った――「私は知っていることをいっさいお話し申しあげるつも

りです。ですが、最初に一つお願いがあります。ほかのみなさんはジョンが犯人だと決めてかかっているのに、どうして神父さんだけはそう結論を出されないのか、そのわけをお話しくださいませ。どんなことをおっしゃっても私、大丈夫です。夫に不利なゴシップや見かけの成り行きを私はちゃんと存じています」

ブラウン神父は、ポーズではなくほんとうにまごついたらしく、片手で額をこすった。「ごく些細な、二つのことからですよ」ぽつりと言う。「すくなくとも、その一つはごく些細なことで、いま一つはごくあいまいなことなのです。けれども、とにかくこの二つのことがブルノワ犯人説をひっくり返しているのです」

神父は、無表情なまん丸い顔を星空に向けて、ぼんやりとしゃべりつづけた。「まず、あいまいな思いつきのほうから紹介しましょう。だいたい、あいまいな思いつきというものはしごく大切なのです。わたしはそう思う。証拠にならないようなことがわたしには決め手になるのです。性格的に不可能だということほど大きな不可能性はないと思うのです。いや、だからと言って、ブルノワ氏が邪《よこしま》なことをやるはずがないという意味ではありませんぞ。誰だって邪な人間になりうる。自分の好きなだけ邪になりうるのです。人間はそれぞれの道徳的意思を左右することはできるが、なにかをやるときの本能的な嗜好《しこう》やら方法やらは、まず変えることができませぬ。ブルノワ氏だろうと、殺人を犯さないともかぎらない、が、この事件の犯人は違いますね。あの人ならロミオの剣をそのロマンチックな鞘《さや》から抜きだすなんてまねはしないはずだ。日時計のところで、まるでそれが祭壇でもあるかのように敵を斬りたおしたり、死体を薔薇のあいだに置きざりにしたり、あるいは松の木ごしに剣を投げすてたり、そんなまねをする人じゃありません。ブルノワ氏が人殺しをやるとすれば、おそらく地味に重苦しくやるでしょう――たとえば十杯目のワインを飲むとか、いいかげんなギリシア詩人の作品を読むとか、なにかそんな怪しげなことをするときと同じように、控え目に重々しくやるにちがいないのです。まったく、ロマンチックな道具立てはあの人らしくない。これはむしろチャンピオン好みですよ」

「まあ」とブルノワ夫人、ダイヤモンドのような目で神父を見て言った。

「もう一つの、些細なことというのは」とブラウン神父は続けた――「あの剣についていた指紋です。ガラスだとか鋼《はがね》だとかいった、すべすべした物の表面についた指紋は、しばらくたってからでも発見できるのですが、今度の場合もそうで、やはりすべすべした表面についていた。剣の刃のなかほどのところです。それが誰の指紋であるかは、わたしには皆目わかりません。けれども、誰にしても、どうして剣のなかほどのところを握らなければならなかったのか。あれは長い剣です。長いということは、敵を突き刺すのに便利だということです。すくなくとも、たいがいの相手には、長いほうが有利です。すべての相手には、と言ってもいいくらいだが、たった一つ例外がある」

「一つの例外！」と夫人は神父の言葉を繰り返した。

「ただ一種類の敵に対してだけ」と神父――「長い剣よりも短剣で殺したほうが有利なことがある」

「わかります」と夫人は言った。「自分がそうですわ」

長い沈黙が続いた。神父はやがて静かに、けれども唐突なことを言った。「じゃ、わたしは勘ちがいをしていたんじゃなかったことになるかな。やっぱりサー・クロードは自殺したのか」

「そうです」と夫人は言った。顔が大理石のようだった。「自殺しているところを私は見たのです」

「あの男が死んだのは」と神父——「あなたを愛していたためか」

夫人の顔を異様な表情がかすめたが、それは、あわれみとか、奥ゆかしさとか、後悔とか、およそ神父が予期していた感情の表現とはまったく違ったものだった。夫人の声が急に力強く、張りきったものになった。「サー・クロードが私にすこしでも好意をもっていたかどうか、疑わしいものです」と彼女は言うのだった。「あの人は主人を憎んでいました」

「なぜ」と神父は問うた。それまで天を仰いでいたまん丸い顔が夫人のほうに向けられた。

「あの人が主人を憎んだ……その理由は、あんまり妙なので、どう言ったらよいものか自分でもわからないくらいです。その理由というのは……」

「どうなんです？」とブラウン神父は辛抱強く問いつめた。

「ほかでもありません、主人があの人を憎もうとしなかったからです」

ブラウン神父はこっくりうなずいたきりで、そのまま話がまだ続いているかのように聞き耳をたてているようだった。神父は、実在の多くの探偵や推理小説中の探偵たちとは一つの些細な点で違っていた。自分によくわかっていることをわからないふりをしてみせることが神父にはなかったのである。

　ブルノワ夫人は、相変わらず確信しきった様子を努めておさえながら、また神父に近寄った。

「主人はすぐれた人です。サー・クロード・チャンピオンは大人物ではありませんでした。成功した有名人にはちがいありませんでしたが。主人は名声を得たことも成功したこともありません。名士になろうなんてことは夢にも考えていませんでした。これは厳粛《げんしゅく》な事実です。葉巻を吸うことで世間に名を知られようと思わないのと同じように、ものを考えることで有名になろうとは考えてもみないのです。そういう点で主人はあっぱれなほど頭が回らないのです。まだまだ子供と変わりありません。あの人はいまでもチャンピオンを小学校時代とまったく同じように好いていました。まるで晩餐の席で手品をほめるような具合に、チャンピオンに感心していたのです。ところが、主人はチャンピオンをねたむことだけはどうしてもできませんでした。当のチャンピオンはねたんでもらいたがっていたのに。チャンピオンは、だから、気がおかしくなって自殺してしまったのです」

「なるほど」とブラウン神父は言った。「どうやらわかりかけてきたようだ」

「まあ、おわかりにならないんですか」と夫人は声を大きくして言った。「なにもかもそのためのお膳立てだったのです。この屋敷そのものからして、これを目当てに作られたのです。チャンピオンは自分の家の門前の小さな家にジョンをまるで居候《いそうろう》かなんぞのように住まわせておきました。自分は落伍者である、と主人に感じさせたかったからです。ところが、主人はちっともそうは感じなかった。そんなことに関しては、ぼんやりとしてなんにも考えないライオンのように無頓着なのです。チャンピオンはいつでも、ジョンのいちばんみじめな瞬間や、いちばん貧弱な食事の席にかぎって不意打ちをくわせ、目のくらむような贈り物や伝言を届け、お忍びのカリフのように遠征してきたりしたのですが、ジョンときたら、めんどう臭がりやの生徒が友だちに賛成したり反対したりするみたいに横目でちらっと見ただけで、あいそよく受けとったり断わったりするきりでした。これが五年間も続いたのに、ジョンは髪の毛一本動かそうとはしませんでした。それに対してサー・クロード・チャンピオンはまさに偏執狂だったのです」

「モルデカイをねたんだあまり身を滅ぼした旧約のハマンがそこで一同に語りだす」とブラウン神父は言った。「まず王がいかなる点で自分ハマンを尊《たっと》んだか、それを列挙したのちに、ハマンはこう言った――《されどユダヤ人モルデカイが王の門前に座している間は、王の尊敬とてなにほどの意味もなし》」

「これが冗談ごとでなくなってきたのは」とブルノワ夫人は続けた――「私がジョンを説き伏せてあの人の理論の一部を論文にまとめ、それをある雑誌に寄稿させたときからなのです。この記事は特にアメリカで注目を集め、ある新聞社からインタビューの申し込みがありました。チャンピオンは――自分は毎日のようにインタビューを受けているのに――この無邪気な競争者に遅まきながら訪れたわずかばかりの名声を知ると、それまで内心の悪魔的な憎悪をおさえていた最後の鎖が、一瞬のうちに切れてしまったのです。こうしてチャンピオンは、私の愛と名誉に対して死に物狂いの攻撃をしかけるようになり、この狂乱がもう長いことこのあたりの口さがない連中のうわさにのぼってきたのです。どうしてこの私があの人の接近を許したのかご不審にお思いになるでしょう。その答えはただ一つ、絶交するとすれば、どうしても主人に説明してからでないと絶交できなかったからです。ところが世の中には、ちょうど人間のからだが空をとべないのと同じに、どうしてもやれないことがあるのです、どんな人だって、主人にそれを説明してやるなんてできなかったでしょう。いまだって、できやしません。誰かが言葉をつくして、《チャンピオンが細君を盗もうとしている》と教えてやっても、主人はそれをちょっと下品な冗談であるとくらいにしか考えなかったでしょう。そんなことは冗談でしかありえない。それがほんとうであるなどとは主人の頑な頭にはどこからも入りこむすきがなかったのです。さて、今夜ジョンは私たちのやる芝居を見にくるはずでしたが、出がけになって、ぼくは行かない、と言いだしたのです。なにかおもしろい本と珍しい葉巻が手に入ったらしいのです。このことを私はサー・クロードに伝えました。それがいけなかったのです。被害妄想のあの人は、急に目の前がまっ暗になったように絶望を感じた。そうして、我と我が身に剣を突きさし、ブルノワにやられた、と悪魔のようにわめきながら息を引きとったのです。あそこで倒れているあの人は、嫉妬を起させることができなくて、それがねたましいあまり死んでしまったのです。ジョンは今頃食堂で本でも読んでいることでしょう」

しばらく沈黙が続いたあとで、小柄の神父は言った――「奥さん。あなたの鮮やかなご説明にたった一つだが弱いところがある。ご主人は食堂で本を読んでなどいません。例のアメリカ人の記者が言うには、お宅へ伺ったところ、ブルノワさんは結局ペンドラゴン・パークへ出かけられたと執事に言われたそうです」

夫人の明るい目が大きくなって、電光のようにどぎつく光を放った。だが、それは混乱とか不安とかいうよりもむしろ困惑のしるしと見えた。「まあ、そんなことってありますか」と夫人は叫んだ。「使用人たちは一人のこらず芝居見物に出てきました。だいいち、うちには執事なんておりませんわ」

ブラウン神父はとびあがって滑稽なコマのように半回りした。「それは、それは」とまるで電撃療法で息を吹き返したように叫んだ。「それじゃあ、どんなものだろう、これからお宅に伺って外から声をかければ、ご主人に聞こえるでしょうか」

「召使いたちだってもう帰っているでしょう」と夫人は相手の言うことを理解しかねる表情で答えた。

「なるほど、なるほど」と神父は力をこめて答えると、ペンドラゴン・パークの門に通じる小道をちょこちょこと歩きだした。途中、一度だけ振りむくと、こんなことを言った――「あのアメリカさんをつかまえておいたほうがいいですよ、さもないと《ジョン・ブルノワの犯罪》が大見出しで合衆国じゅうに広まってしまいますよ」

「おわかりになってないのですね」とブルノワ夫人は言った。「主人はちっとも気にしやしません。アメリカなんてところがほんとうにあるのかどうかさえもわかっていない人ですもの」

ブラウン神父が、蜜蜂の巣と居眠りをしている番犬のあの家につくと、小ざっぱりとした女中が食堂へ招きいれた。そこにはブルノワが笠つきのランプのもとで読書をしていた。細君の言ったとおりである。ポート・ワインの瓶とワイングラスがその肘の脇に置かれていた。神父は部屋に入るなり、ブルノワ氏の葉巻に灰が長くつながって落ちずにいるのを目に留めた。

「この男は、すくなくとも三十分前からずっとここにいたのだな」とブラウン神父は考えた。どう見ても、ブルノワ氏は夕食が片付けられたときに座っていた位置からそのままずっと動かずにいたようなふうだった。

「どうかそのままで、ブルノワさん」と神父はいつものあいそうのよい散文口調で言った。「おじゃまいたすつもりはないのです。なにか専門のお仕事の最中に押しかけてきたんじゃありませんか」

「いいや」とブルノワは言った。「《血まみれの拇指《おやゆび》》を読んでいたところです」これを言うのに、顔をしかめもせず、そうかと言って微笑をうかべもしなかった。そこで客人は、細君が大人物だというこの男にはなにか深い、ひ弱なものではない無関心がひそんでいるのに気づいた。ブルノワは手にしていた黄色い表紙のスリラーを下に置いたが、この本が自分と妙な組み合わせであることを感じてさえもいないらしく、冗談めいた弁解一つ口にしなかった。このジョン・ブルノワは、ゆったりした動作をする大男で、その重そうな頭は白髪の部分とはげの部分とが相なかばし、顔つきは無骨でたくましい感じだった。着ているのはシャツの胸当てが細長い三角状にのぞいている旧式の夜会服だったが、いかにもみすぼらしい代物だった。今晩これを着たのは、妻がジュリエットを演じるのを見にでかけるためだった。

「《血まみれの拇指》だろうと、その他どんな天変地異だろうと、あなたがご研究なさっているところをじゃまするつもりはありません」と笑顔で神父は言った。「わたしが伺ったのは、なんのことはない、今晩おやりになった犯罪についてお訊きしたかったので」

ブルノワはまじまじと相手を見た。が、その広い額には赤い筋が一本みるみる現われてきた。生まれて初めて困るということを知った人のようだった。

「あれはたしかに一風変わった犯罪でしたな」とブラウン神父は低い声でひとりで合点した。「殺人よりもよほどなじみにくい犯罪じゃなかったのでしょうか——あなたにとっては。些細な罪というものは、大きな罪よりも告白しにくい場合があるものです。それだからこそ、告白するのがなおさら大切なことになるわけです。あなたのやった犯罪は、流行の先端を行くパーティーの女司会者《ホステス》なら週に六回は犯しているものです。それがあなたには、まるで誰にも言えない残虐行為であるかのように打ち明けにくいものになっているのです」

「まったく」と哲学者はゆっくり言った——「自分がとんだばか者に思われます」

「そうでしょうとも」と神父は相槌《あいづち》を打った。「ですが、ばか者になったような気がするのと、ほんとうにそうなるのと、そのどちらかを選ばねばならぬときもありますな」

「どうもうまく自分が分析できないのですが」とブルノワは続けた——「それでもあの椅子に座ってこの本を読んでいると、ぼくは半ドンの日の小学生みたいに幸福でした。安定感と言いましょうか、永遠感と言いましょうか、どうもうまく言えませんが……すぐ手もとに葉巻があり……マッチも手の届くところに置かれ……話のなかにあの血まみれの指が繰り返し四度も現われてくれる……それはただ心が安らかになるだけのものじゃありません、完全な充足感なのでした。そのときだったのです、玄関のベルが鳴ったのは。そこで私は死ぬほど辛いその長い一瞬のあいだ、なんとしてもおれはこの椅子から離れることはできない、文字どおり肉体が、筋肉が言うことをきかないのだ、とそう思いました。けれども最後には、地球を持ちあげるような心地でぼくは椅子を離れました。召使いたちがみんな外出していることがわかっていたからです。ぼくは玄関のドアを開けました。すると、そこには小柄の男が手帳と口を早くも開いて待ち構えていました。そうか、アメリカの記者と会うことになっていたっけ、と私は思い出しました。ところが、その記者の髪の毛はまんなかで分けられていたのですが、たしかに殺人は――」

「よくわかります」とブラウン神父は言った。「わたしも会いましたよ」

「ぼくは殺人を犯したんじゃありません」と天変地異説の首唱者は穏やかに続けた――「偽証罪を犯したきりです。ぼくはその記者にぼく自身がペンドラゴン・パークに出かけて留守だと伝えるとさっさとドアを締めてしまったのです。それが、ブラウン神父さん、ぼくの犯罪なのですが、これに対してどんなお仕置きを受けるのかわからないでいるんです」

「罰はやめにしておきましょう」と聖職の紳士は言って、なにやら悦にいっている様子で重たそうな帽子と蝙蝠傘《こうもり》を身近にまとめた。「その反対なのですよ。もしわたしがここに来なければあなたのこのちょっとした罪につきまとったはずの小さな罰、その罰からあなたを放免するためにわたしはここへ来た、と言ってもよいのです」

「へえ」とブルノワが笑顔で訊いた――「ぼくが運よく逃《のが》れさせてもらったちょっとした罰と

は、いったいなんです？」
「なに、絞首台の階段を登るだけのことですよ」とブラウン神父は言った。

ブラウン神父のお伽噺《とぎばなし》

絵のように美しい都市国家ハイリッヒヴァルデンシュタインは、ドイツ帝国のある地方にいまでも残っているあの玩具《おもちゃ》のような王国の一つだった。この王国がプロシヤの統一的支配の下に入ったのは、歴史の上でわりあい新しいことで、それからわずか五十年後のある夏の晴れた日にフランボウとブラウン神父は、この国のあちらこちらの庭園を転々としてこの地特産のビールを飲みまわっていた。この国に起こったすくなからぬ戦争騒ぎや勝手気ままな裁判の話はまだ人々の記憶になまなまと生きていた。それはまもなくこの物語でおわかりになることと思う。しかし、ただこの国をひと眺めしただけでドイツのもっとも魅力的な一面である、あの子供のような無邪気さを印象づけられないわけにはゆかなかった。それは国王その人が料理番そこのけに世帯じみて見えるあのパントマイムのような雰囲気の、父系家族的君主国の特徴にほかならなかった。至るところに見られる番兵小屋に立つドイツの兵士たちは、ドイツ製の玩具のように見え、輪郭のくっきりとした城の胸壁は、陽光に金色に輝くと、城壁というよりはむしろ金色のジンジャーブレッド菓子に近かった。それほどすばらしい天候だったのである。空は、プロシヤ皇室の発祥地ポツダムでもこれ以上は要求できまいと思われるほどのプロシアン・ブルーに塗りたくられていたが、それはどちらかと言えば一シリングの絵具箱から子供がひねりだして惜し気もなくたっぷりと、そしてごてごてと画面に塗りつけたような具合だった。灰色の筋の入った木々さえも若々しく見えた。というのは、そこから萌えでた先細のつぼみがまた薄紅色で、それが強い紺碧《こんぺき》の空を背景に子供の描いた模様のように配列されていたからだった。

ブラウン神父は、見たところいかにも散文的で、人生の平凡な道をたどっているにもかかわらず、その素質にはロマンチストの一面がなくもなかった。もっとも、多くの子供たちがするように神父もこの夢想癖をそっと秘めておくのがふつうだった。さて、こういう澄み渡った一日の生き生きとして明るい色どりに包まれ、こういう町の紋章のような枠に囲まれていると、神父はお伽の世界に入ったような気がしてくるのだった。フランボウがいつも振りまわしているあの見るからにすさまじい仕込杖を、神父はまるで兄の力に感心する弟のような子供じみた興味をもって眺めた。いまこの仕込杖はミュンヘンのジョッキのそばにまっすぐ立っていたのである。神父は、それどころか、うとうととねむけを催したその無責任な気分のうちに、自分が思わず知らず持参のみすぼらしい蝙蝠《こうもり》傘の瘤《こぶ》のような不恰好な頭を眺めて、絵本にでてくる食人鬼の棍棒をかすかに思い出している始末なのに気がついた。だが、神父はどんなことでも小説に組み立てるようなまねはしなかった。が、次のような述懐なら、してみないこともなかった。

「どんなものだろう」と神父は言ったものだ――「こんなところだと、もしなにか人に楯つくようなことをしても、本物の冒険にめぐりあえるかどうか。たしかにここは、冒険にはけっこうな背景だけれども、どうもわたしには、こんなところでは怖ろしい鋼《はがね》の剣よりもボール紙のサーベルで敵は刃向かってくるんじゃないか、という気がしてしようがない」

「そりゃ、思い違いだな」と連れは言った。「ここの連中は刀で戦うだけじゃない、刀も使わずに殺すんですよ。それればかりか、もっとひどいことも」

「と言うと？」とブラウン神父。

「人間が鉄砲によらずうち殺されるところといえば、ヨーロッパ広しといえどもここしかないんですからね」

「つまり、弓矢で殺すというわけか」とブラウン神父はいくらか度肝《どぎも》を抜かれたように言った。

「いや、頭をぶち抜く弾丸ですよ」とフランボウは答えた。「この国のもうなくなったプリンスの話を知らないんですか。それは二十年ばかり前にあった謎の大事件なんです。この国がビスマルクのまだ初期のころの統合計画で否応なしに併合させられたのはおぼえているでしょう。否応なしに、といってもあっさり簡単に、というわけじゃなかったんです。ドイツ帝国——というよりは、帝国になりたがっていた国——は、グロッセンマルクのプリンス・オットーを派遣して、帝国の利益になるような統治をさせた。オットー公の肖像画をあの美術館で見たでしょう。もし、すこしでも髪の毛と睫《まつげ》が生えていて、それから顔一面にはげ鷹《たか》のような皺《しわ》が寄っていなかったら、きっと男前のよい老紳士だったにちがいないあの男。それでもやはりいろいろ悩みがあった。そのことはすぐに説明しましょう。オットー公は、抜群の腕前をもった戦士で、幾度も成功を重ねた人ですが、この小さな王国にはずいぶん手こずったものです。有名なアルンホルト兄弟との戦いに何度か敗れているのです。アルンホルト兄弟というのは、それ、スウィンバーンが一編の詩を捧げているあの三人の愛国的なゲリラ戦士ですよ。

白貂《はくてん》の毛をつけたる狼ども
冠をつけたる王の鴉《からす》ども
かくのごときものは多く災いなれど
我が三銃士は屈することなかるべし

と、たしかこんな詩だったと思います。真実の話、もしこの三人兄弟の一人であるパウルが卑劣にも、だが決然としてもうこれ以上はがんばりつづけるのをやめようと思いたち、反乱軍の秘密をことごとく敵側に通報してその崩壊を早め、自分はオットー公の侍従として取りたててもらうことにしなかったならば、この土地の占領行政はいつまでたってもうまくいかなかったにちがいないのです。この裏切りのあと、スウィンバーンのうたった英雄のなかのたった一人の本物の英雄ルードヴィッヒがこの町が占拠されたときに剣を手にしたまま殺され、そして兄弟の三番目ハインリッヒ——この男は裏切り者ではなかったまでも、いつも従順で臆病でさえあった——これが隠者のように世間から身を隠し、クエーカーにあと一歩のキリスト教的静寂主義に改宗し、自分の所有物をほとんど余さず貧乏人にくれてやる以外には人間とのまじわりを断ってしまったのです。聞くところによると、ついこのあいだまでハインリッヒはときたまこの近所に姿を見せていたそうです。もうほとんど目が見えなくなって、白髪をのび放題にした黒衣の男、しかし顔だけは驚くほど柔和だったということです」

「それなら知っている」とブラウン神父は言った。「一度会ったことがある」

フランボウはいささかびっくりして、相手の顔を見た。「前にもここへ来たことがあったんですか？　それじゃ、ぼくが知っているくらいのことはもうご存じなのですね。とにかく、アルンホルト兄弟の話というのは、いま言ったようなもので、このハインリッヒが三人兄弟最後の生き残りなのです。生き残りと言えば、この反乱のドラマに参加した人たち全部のなかでも生き残っているのはあの人一人なのです」

「すると、オットー公爵もとっくに死んでしまったというわけかね」

「死んでしまった」とフランボウは同じことを繰り返した――「それだけがはっきり言えることなのです。オットー公は晩年になって独裁者によくありがちな神経的変調をきたしました。城のまわりに昼夜を問わず配置してある正規の衛兵を何倍にもふやし、しまいには町の全戸数よりも番兵小屋のほうが多いみたいになって、怪しい人物と見れば情け容赦なく射殺する始末でした。オットー公は、多くの部屋にかこまれた、迷宮のどまんなかにあるような小さな密室に閉じこもって暮らしてました。その密室のなかにまで、金庫か戦艦のように鋼鉄を張りめぐらした小屋というか押入れというか、何かそういう堅固なものをまんなかに作らせ、さらに、床下には公自身がやっと入れるくらいの秘密の隠れ穴もあった、と言う人もあるくらいです。

墓場が怖いばっかりに、なによりも墓場に似たところへ入るのも辞さないというわけだったのでしょう。ところが、まだこの先があるんです。住民たちは、暴動鎮圧以来ずっと武装を解除されていたはずになっていたのですが、オットー公はどんな政府でもそこまではやれないような絶対完璧の武装解除を要求してやまなかった。極めて優秀な組織をもつ役人の手によって、掌《たなごころ》を見るように知りつくしているこの狭い地域全般にわたって、前代未聞の武装解除令が徹底的に実行されました。こうしてオットー公はハイリッヒヴァルデンシュタインには玩具のピストル一挺といえども持ちこめないということを、人間の力と科学が確かめうるかぎりにおいて確信することができたのです」

「人間の科学はそんな問題に関しては確信をもてるはずがない」とブラウン神父は言った。その目は頭の上の枝についた赤いつぼみをまだ眺めていた。「物の定義とその含蓄された意味との違いを考えてみただけでも、その難しさがわかるというものだ。たとえば《武器》とはなんだろうか。殺された人のなかには、極めてありふれた家庭用品でやられた者がある。湯わかしでやられた人なら、たしかにあるだろう。お茶の保温袋で殺された人だってなきにしもあらずだ。その半面、古代のブリトン人に拳銃を見せたところで、それが武器であるとはわかるまい。もちろん、一発ぶっぱなしてみれば話は別だが。ところで、オットー公の話だが、どう見ても火器のようには見えないような、それほど新奇の火器を誰かが持ちこんだのかもしれない。指ぬきかなにか、そんな物に似たような火器さ。その弾丸は特種のものだったのかね」

「それは聞いていません」とフランボウが答えた。「だいたいぼくの知っていることは断片的で、昔の友だちであるグリムから聞いたことなのです。グリムというのはドイツ警察の有能極まる刑事で、ぼくを逮捕しようとした男です。この男を逆にひっ捕えて、いろいろおもしろい話をしました。グリムはオットー公に関する調査をここで担当していたんです。でも、その弾丸のことは聞きもらしました。グリムの語るところによると、事件はこうなんです」と言ってフランボウはひと息つき、黒ビールをひと息で大かた飲みほしてからまた始めた。

「その問題の夜、オットー公は心から会いたがっていた何人かの訪問者を迎える必要があって、表に近い一室に出てくる予定でした。その一団の訪問者というのは、このあたりの岩山から出ると昔から言われていた金について実地調査するために派遣された地質学の専門家でした。だいたい、この小さな都市国家はこの金のうわさ話のおかげで長いあいだ信用をつなぎ、大国の軍隊による絶えまない攻撃の最中にも隣接の諸国と交渉することができたということです。ところが、それまでのところ、どんなに綿密な調査によってもこの金鉱の所在は見つからなかったのです」

「玩具のピストルでもかぎだすことができるという自信をもった調査官でも、その金は見つからなかったというわけだな」とブラウン神父は笑顔で言った。「それはそうと、旗色を見て寝がえりを打ったパウルはどうだったのかね。オットー公になにも知らせなかったのだろうか」

「初めから終わりまで知らぬ存ぜぬを押しとおしたそうです」とフランボウが答えた。「この秘密だけは兄弟から教えてもらわなかったと言ったのです。このことは大英雄のルードヴィッヒが死に際に語った断片的な言葉からも裏書きされるということです。臨終間際にハインリッヒの顔を見ながらパウルを指さして――おまえはあの男に打ち明けなかったな……それっきりルードヴィッヒは口がきけなくなったそうです。なにはともあれ、パリとベルリンからやってきた著名な地質学者や鉱物学者の一団は、この宮廷にずばぬけてきらびやかな服装で参内しました。だいたい科学者くらい勲章をつけたがる人種はありませんからね。英国学士院の夜会に行ってみたことのある人なら、誰だってそう思うでしょう。たしかにこの集まりは派手なものでしたが、とても開会時刻が夜遅く、しかも問題の侍従は――それ、肖像画で見たでしょう、まっ黒な眉に真剣な目つき、その底には無意味な微笑――あの侍従がしばらくしてから気づいたのです、なにもかも揃ったなかでただ一つオットー公そのものが欠けているのを。侍従は表に近い部屋という部屋をしらみつぶしにさがしました。が、ふと、オットー公が恐怖の発作にとりつかれることのあるのを思い出して、いちばん奥の部屋に急ぎました。ところが、そこもからっぽで、そのまんなかに立てられた鋼鉄の砲台のような大箱を長いことかかって開けてみたところが、これもまたからっぽでした。侍従はそこで床下の穴をのぞいたのですが、いつもより深く見えて、それだけにますます墓場のように見えた、ということです。すくなくとも、侍従はそう報告しています。さて、底をのぞいた瞬間に侍従は細長い部屋や廊下で怒号が響き、けたたましい物音が起こるのを聞いたのです。

最初それは城の外の遠くから聞こえてくる、なんとも名づけようのない群衆のざわめきといったようなものでしたが、やがてそれは刻々と近づく意味のない叫び声となり、一人の言葉が他の人の言葉を打ち消さなかったならば聞き分けられただろうほど大きな叫び声になっていました。次にそれは怖ろしく明瞭な言葉となってさらに近づき、やがて一人の男が部屋に駆けこむと、事が事だけに簡単明瞭に次の知らせを伝えたんです。

ハイリッヒヴァルデンシュタインとグロッセンマルク公のオットーは、城の外の森のなかで薄れゆく夕べの光に包まれて倒れていたというのです。両腕をいっぱいに広げ、顔は月のほうに向けられていました。打ち砕かれたこめかみと顎から血がまだ流れでていましたが、その部分しか全身のなかで生きているところがないように見えました。城に客を迎えるために白と黄色の軍服を着ていたのですが、スカーフが脱げ、ずいぶん皺《しわ》くちゃになって脇にたれていました。公は抱き起こされる前に、すでにこときれておりました。しかし、生死はともかくとして、これはたいへんな謎でした。いつもいちばん奥まった部屋に身をひそませていた公が、丸腰で、しかも一人きりで夜露にぬれた森へ出ていたなんて」

「公の死体は誰が見つけたのかね」とブラウン神父が訊いた。

「ヘドヴィッヒ・フォンなんとかという宮づかえの娘です」とフランボウが答えた。「野花をつみに森へ行っていたんです」

「何本かはつみとったのかね」と神父は頭の上をヴェールのように蔽《おお》っている枝をぼんやりと見つめながら訊いた。

「そうなんです」とフランボウは答えた。「ぼくは特によくおぼえているんですが、その侍従だったか旧友のグリムだったか、誰かがこう言ってました――その娘の叫び声にみんなが駆けつけると声の主は春の花を抱えたまま、その……その血まみれの死体にかがみこんでいるところでした。その様子がどんなに怖ろしいものだったか。しかし、そこで問題なのは、助けが来ないうちに公が死んでいたということで、とにかくこの知らせはすぐさま城に伝えられなければなりませんでした。そこで巻き起こされた驚きの混乱というものは、ふつう宮廷で君主の死に際して起こるような混乱を遙かに超えたものでした。外国からの来訪者たち、とりわけ鉱山の専門家たちは、多くのプロシャの高官たちと同じくらい不審がり、興奮したのですが、やがて例の宝物を見つける計画がこの事件において案外に大きな位置を占めていることが明らかになってきました。専門家たちや高級官吏たちは、前々から莫大な賞金や外国における特典を約束されていたし、一部のうわさではオットー公の秘密の部屋や強力な軍隊による防備は民衆に対する恐怖の結果ではなくて、なにか個人的な調査をひそかに進めるためのものだったと……」

「娘のつんだ花は茎が長かったのかな」とブラウン神父は訊いた。

　フランボウは目を皿のようにして「あなたはなんて不思議な人なんでしょう」とつくづく言った。「グリムもまったく同じことを言いましたよ。この事件でいちばん醜悪なところは――流れでる血や弾丸よりもなお醜悪なのは――その花がずいぶん短くて頭のすぐ下あたりから引きちぎられていることなんだ、とグリムは言ってました」

「もちろん、もう一人前に近い女の子がほんとうに花をつむときには、茎をたっぷりつけてつむに決まっている。それがもし、子供のように頭だけをつみとったのだとすると、まるでそれは……」ここで神父はためらった。

「どうだと言うんです？」

「つまり、娘は気もそぞろに花をむしりとったように思えるな――自分がそこにいたことの口実をこしらえるために」

「なるほど。言おうとしていることはわかります」とフランボウはいくらか沈んだ様子で言った。「ところがこの疑問にしても、他のどんな疑いにしても、ただ一つの点、凶器がなかったという一点でぶち壊されてしまうのです。オットー公を殺すには、さっき言われたような些細な物で、たとえば公自身の軍服のショールででもやれるでしょう。ところがここでは、公がどんな方法で殺されたかということではなくって、どのようにして射殺されたかが問題なのです。その射ち殺され方がどうしても説明がつかない。問題の娘は徹底的に検査されました。というのも、実を言いますと、あの娘は性悪の老侍従パウル・アルンホルトの姪であり被後見人だったけれども、いくらか怪しいとにらまれていたからです。だいたいこの娘は、とてもロマンチックな女でしたから、自分の一家に伝わる革命熱に共鳴しているんじゃないかと世間から疑われていました。そうは言っても、いくらロマンチックな人間だろうと、まさか空想の羽ばたきで大きな弾丸を鉄砲やピストルを使わずに相手の顎や脳天にぶちこむことはできないでしょう。事実は、この場合ピストルなどなかったのですし、それでいて二発の弾丸が発射されているのです。さあ、この謎をなんと解く、神父さん？」

「どうして二発の弾丸が発射されたとわかるのかな」と神父は訊いた。

「頭にぶちこまれたのは一発でした」とフランボウは言った。「けれども、スカーフにもう一つ弾丸の穴があったのです」

ブラウン神父のたいらな額が急にちぢまった。

「その一発は見つかったのかね」

フランボウはちょっと驚いたらしかった。「どうもそれはおぼえていません」

「そこだ！　そこだ！　ちょっと待っておくれ」と叫ぶと、ブラウン神父はますます顔をしかめ、いつになく好奇心を集中させた表情になった。「無礼なやつだと思わないでくださいよ。ちょっとのあいだ考えてみたいんだ」

「よろしいですとも」とフランボウは笑い声で言うとビールを飲みほした。かすかなそよ風が、芽ぐんでいる木々をざわめかせ、白と桃色のぎれぎれな雲を空高く舞いあげた。たちまち空はますます青味を加えるかに見え、はなやかな色どりの光景全体がいよいよ見慣れぬものとなった。舞いあがるつぼみの雲は、天上の子供部屋へとんで帰ろうとしている小天使とも見えた。問題の城のもっとも古い塔である竜の塔は、ビールのジョッキのようにグロテスクに、だがやはりジョッキのように卑近に親しめるものとしてそこに立っていた。ただその塔の向こうには、オットー公が倒れていたあの森がほのかに光っているのだった。

「そのヘドヴィッヒは結局どうなったのかね」と神父はだいぶ経ってから言った。

「シュヴァルツ将軍と結婚しましたよ」とフランボウは言った。「将軍の経歴については聞いたことがあるでしょう。ずいぶんロマンチックなことをやったようです。サドウとグラーヴフロッテで手がらをたてる前にも頭角を現わしていたんです。将軍は実際、一兵卒からのしあがった人で、これは、いくらドイツでいちばん小さな公国のことだといっても珍しいことなんです……」

　ブラウン神父はいきなり身を起こした。

「一兵卒から身を起こしたって？」と叫ぶと神父は口笛を吹くような口ぶりをした。「それはどうも奇妙な話もあったものだ。人を殺すにしては、またなんと奇妙なやり方だろうか。しかし、考えてみれば、それ以外にやりようはなかったわけだな。それにしても、憎悪がこんなにも辛抱強い……」

「いったいそれはなんのことです？」と相手は訊きただした。「どうやってオットー公を殺したと言うんです？」

「スカーフで殺したのさ」とブラウン神父は慎重に言った。そしてフランボウがまさかと言って抗弁すると、こう答えた――「いや、弾丸のことを忘れたわけじゃない。むしろ、オットー公はスカーフをもっていたために死んだのだと言ったほうがよいかな。そういっても、なにか病気を背負いこんでいたために死んだというのと同じには受けとりかねるだろうがね」

「どうやら神父さんはなにか考えが頭にうかんでいるらしいけれど、それでオットー公の頭から簡単に弾丸を引き抜くわけにはゆきませんよ。前にも説明しましたが、オットー公を絞め殺そうと思えばそうできたのです。ところがあの人は射殺された。誰が射ったのでしょう。どんな銃で射ったのでしょうか」

「オットー公はみずからくだした命令によってうち殺された」と神父。

「というと、自殺ですか？」

「なにもわたしはみずからの意志で、とは言わなかった。みずからの命令によって、と言ったまでだよ」

「そもそもあなたの説はどういうものなのです?」

ブラウン神父は笑った。「いまは休暇旅行中だよ。説も理論もそんなものは一つももっていない。ただここにいるといろいろお伽噺が思い出されるんだ。お望みとあればひとつ話して進ぜよう」

甘い菓子のようにも見えていたピンクの雲のような断片はふわふわと舞いあがって、金色のジンジャーブレッドの城の小塔にかかり、芽をふきだしている木々の、赤ん坊のピンクの指のような枝先がぐんぐん伸び広がって、そこまで届きそうに見えた。青い空は、夕暮れの深まるにつれて明るい菫《すみれ》色をおび、ブラウン神父はこのとき急に語りだした。

「グロッセンマルクのオットー公が城の横門からそそくさと脱けだし、森の奥へ急いでいったのは、木々の梢から雨のしずくがまだ垂れ、早くも露が落ちていた、そういう陰気な夜のことだった。無数にいる衛兵の一人が公を見て敬礼したが、公はそれを目に留めもしなかった。公自身、誰にも見とがめられたくなかったのだな。だから、雨のために灰色にかすみ、地面のぬらぬらした大きな森が底なし沼のようにすっぽり公を包み隠すと、公はほっとしたものだ。出てくるのには、宮殿のなかでいちばん人の出入りのすくない側を選んだのに、けっこうそこも人の往来がはげしかった。けれども、この国の役人だの、外国の外交団だのが特に追ってくる心配はなかった。公の出城は突然の衝動にもとづいたものだったからだ。公が置きざりにしてきた正装の外交官たちは、どれもとるにたらぬ人物ばかりだった。そんな連中はどうでもよい、自分一人で充分やれると公は悟ったというわけさ。

オットー公の心をとらえていた大きな情念は、比較的に高貴なものである死への恐怖ではなく、黄金に対する異様な渇望《かつぼう》だった。例の黄金をめぐる伝説を聞きつけたからこそ、公はグロッセンマルクをたって、ハイリッヒヴァルデンシュタインに侵入したんだ。ただこの黄金がほしかったばかりに、三人兄弟の一人を買収して裏切り行為をやらせ、英雄を虐殺した。そうして、その裏切り者である現在の自分の侍従を問いつめたあげく、結局、おれはなんにも知らないと言いはっているこの裏切り者の言葉は嘘ではないという結論に達した。そこで公は、いやいやながら、調査費を支払ったり、懸賞金を約束したりしたというわけだ。将来もっと多額の富がころがりこむことをあてにしてな。さよう、オットー公はまさしくこの黄金のために、あの晩、宮廷からずぶぬれの盗人《ぬすっと》のように脱けだしたのだよ。この宿望の黄金を手にいれる――しかも安く手にいれる――妙案を新しく思いついたからだ」

オットー公がめざしていた山の曲がりくねった小路を登りつめたところに、茨《いばら》で囲まれた洞窟のような隠者の小屋があった。それは、町を足もとに高く走っている尾根に沿って柱のようにそそり立つ岩のあいまにあって、かの有名な三大兄弟の末弟がもう長年にわたって世間の目から隠れて暮らしているのがここだった。そうだ、この男なら黄金を譲り渡すのをこばむ理由はなに一つないはずだ――とこうオットー公は考えた。このいちばん末の弟はもう何年も前から黄金のありかを知っていたのだが、それをさがそうとはしてみなかった。禁欲主義者になって、財産だの快楽だのをしりぞけるようになってからはもちろん、それ以前にも宝さがしをやろうとはしなかった男なのだな。実際のところこの隠者はオットー公の敵にはちがいない、けれどもいままでは、敵などというものは自分にはありえないと公言しているくらいだから、弟の信じているものに一歩譲ったり、その主義に訴えたりしてみせたら、たかがこの金に関する秘密くらい簡単に聞きだせるかもしれない。オットー公はそう思った。だいたい公は、十重《とえ》二十《はた》重《え》に城を警備隊で固めさせていたとはいえ、けっして臆病者ではなかったし、それに、欲の皮がつっぱっていたので危険におびえるどころではなかった。いや、実際、大した危険が待ちうけているとは常識では考えられもしなかった。この公国全土にわたって公用以外の武器はピストル一挺ないことを確かめてあるのだから、ましてや山奥のクエーカー教徒の隠遁所には武器などありえないことは、火を見るより明らかではないか。三人兄弟の末弟が二人の老いた田舎者を下男に使って、もう何年ものあいだほかの人の声も聞かずに雑草をくらって生きてきたあの隠者小屋だ、心配はいっさい無用——とばかりにオットー公は、不気味な微笑をうかべながら、足もとに広がる灯のともった町の正方形の迷路を見おろしたのだ。この目の届くかぎりの地域には味方の小銃が隊列をしいているのに、敵側にはひとつまみの火薬さえありはしないのだ。この細い山道の近くに至るまで射撃隊が配置されているのだから、公の一声で兵士たちは坂を駆けあがってくるだろう。そればかりか、森のなかや山の尾根までも一定の時間を置いて警邏隊が巡回しているのだ。河の向こうの、遠くかすんで小さく見える森にまでも小銃陣がしかれているからには、敵がどんな迂回侵入を試みてもむだなのだ。宮殿そのものはといえば、西門にも東門にも、北門にも南門にも、さらに各門をつなぐ四つの面全域にわたっても小銃が配されている。こんな安全なことはない。

公が尾根に登りつき、かつての敵が住む巣窟がどんなに丸腰であるかを見てとったとき、以上のことがますます明白になってきた。そこは、三方がいきなり落ちこんでけわしい崖になっている台状の岩で、緑の茨《いばら》に蔽われた黒い洞窟をうしろに控えていた。洞窟はあまり低いので、人間が入ってゆけるとは思えぬほどだった。前方は、断崖がすべり落ち、巨大な、だが雲にかすれた峡谷の展望が広がっていた。

このわずかばかりの岩盤上の空間に、青銅で作った古い聖書台が立っており、それにのせられた大きなドイツ語の聖書の重みに耐えてうめいていた。その青銅だか銅だかは、かなりの高度にあるこの土地で風蝕作用のために緑化していたが、それを見るなりオットー公は――「連中が万一、武器をもっていたとしても、今頃はもうさびついているだろう」と思った。すでに月が昇りだしたらしく、嶺々《みねみね》や鞍部《あんぶ》の向こうが白々とあやしい暁《あかつき》のように明るみはじめた。雨はすっかりあがったのだ。

聖書台のうしろに、黒衣の異様な老人が立って、谷の向こうを眺めていた。その衣《ころも》は、ちょうどあたりの絶壁と同じに下まで一気にたれさがっていた。この老人の白髪、それといかにも弱々しい声、その二つがともに風にゆらめいて震えているようだった。どうやら隠者としてのお勤めである日課の独習をやっているのらしい。『この者どもはおのが乗馬に信を置き……』『もし』とハイリッヒヴァルデンシュタイン公はいつもの彼に似あわぬ丁重さで呼びかけた

──『ほんの一言お話しいたしたいのですが』

『……かつまた、おのが軍車をも信頼す』と白髪の老人は力のない声で続けた。『されど我らが万軍の主なる者の名において信を置くもの、それは……』この最後のほうの言葉は聞きとれなかったが、ここで老人はうやうやしく本を閉じ、手探りをして書見台をつかんだ。盲目に近いものと見える。同時に、二人の従者が洞窟の入口から音もなく現われ、老人を両方からささえた。老人のと同じようなくすんだ黒衣を着ているが、霜をいただいたような白髪頭でなく霜やけで刻まれたような輪郭のはっきりした洗練された顔つきでもない。どちらも農民の出で、クロアチア人かマジャール人なのだろう、鈍重そうな大きな顔で目がひっきりなしにまばたいていた。二人を見てオットー公は、なぜか初めて心が騒いだが、公の勇気と外交的な良識はくじけなかった。

『最後にお会いしたのは』と公は言った──『兄上がなくなられたあの大砲撃のときでしたね。あれからもうだいぶ経ちましたな』

『兄弟はみんな死んでしまった』と老人は谷の向こうから目を離さずに言った。そうして、いまにも折れそうなかぼそいからだと、眉の上に氷柱《つらら》のしたたるようにたれている霜ふり頭の毛を、一瞬オットー公のほうに向け、こう言った──『わたしだって死んでいる』

『おわかりになっていただけましょうか』とオットー公は努めて自分を殺し、相手をなだめるようにして言った──『私がここに伺ったのは、昔の争いを思い出させる亡霊となって貴殿を悩ませるためではありませぬ。あの場合どちらの側が正しかったのか。というような問題は抜きにしましょう。しかし、私のほうにもすくなくとも一つの点はまちがっていないところがあった。貴殿たちの側がいつでも正しかったということがそれです。貴殿一家の政策についてどんなことが取りざたされたとしても、貴殿たちがただ黄金のために動いていたと考えた者は誰一人おりません。貴殿はみずからの行いをもって、そのような疑いを完全に封じ……』

古ぼけた黒衣の老人は、最初のうちはうるんだ青い目をして、弱々しい英知とでもいったようなものを顔にあらわしながら相手を見つめていた。ところが、《黄金》という言葉が出ると、なにかを押しとどめるような恰好で片方の手をつきだし、また山のほうに顔をそむけた。『このお方は黄金の話をした』と老人は言った。『言ってはならぬことを口にした。このお方に口をつぐんでもらおう』

オットー公には、プロシヤ国民とその伝統につきものの悪癖があった。つまり、成功とか出世とかいうものを単なる僥倖《ぎょうこう》とは考えずに、本質的な美徳と考えるということだな。自分、あるいは自分と同種類の人間は、永久にある種の人たちを征服しているものであり、その人たちは永久に征服されつづけているものなのだ――とそう思いこんでいる。それだから、オットー公は驚きの感情というものに慣れていなかったし、次の瞬間に自分に対して行われたことにもまるで無防備だった。公はそれに不意をつかれ、身をこわばらせた。隠者の言ったことに答えようとして口を開きかけたそのとき、いきなり丈夫で柔らかな繃帯《ほうたい》のようなものが顔に巻きつけられ、それが猿ぐつわとなって公の口を塞いだのだ。出かかっていた声はそのためにかき消された。なにやらさっぱりわけがわからずにたっぷり四十秒も経ってから、ようやく公は、この口どめは二人のハンガリー人の従僕がやったことで、使われた道具は、公自身の軍服の肩帯にほかならなかったということを理解した。

老人はもう一度あの大きな聖書の前へ弱々しげにからだを運び、そのページをめくりだした。その様子には、なにか身の毛のよだつような執拗《しつよう》さがあった。「ヤコブの書」のところへくると、隠者は読みはじめた――「舌は小さきものなれども……」

この声のなんともいえぬ不気味さにオットー公は、いきなり身をひるがえすと、登ってきた急坂の道を一目散に駆けおりた。こうして宮殿の庭までの全行程を半分ほど走りつづけてから、ようやく公は首や顎を締めつけている肩帯をちぎりとろうとした。幾度もやってみた。が、どうしてもとれない。この猿ぐつわをかませた男たちは、自分の両手を使ってやることと、両手を頭のうしろに当てたままでもできることとの区別を知っていたのだな。オットー公の足は自由自在に動き、山中をカモシカのようにはねまわることができ、両腕も意のままに使え、どんな身振り、どんな合図でもやろうと思えばできた。が、ただ一つ、口をきくことだけが公にはできなかった。口のきけぬ魔物が宿ったというわけだ。

城を取りまく森の近くまで来たとき、初めて公は、このままいつまでも口がきけずにいるとどういうことになるか、また、連中はなにをねらってこんなことをしたのか、そのわけがやっと飲みこめてきた。ふたたびオットー公は足下の明るい町の四角い迷路を憮然《ぶぜん》と見おろすのだったが、今度はもう微笑してはいなかった。さっき登るときに同じ光景を見おろして考えたことを、今度は痛烈極まるアイロニーを感じながら頭のなかで繰り返した。目の及ぶかぎりの遠くまで味方の小銃隊が配置されている。もし誰何《すいか》されて返事をしなかったら、たちまち銃口から火が噴いて射殺されてしまうだろう。小銃隊は、森のなかや山頂部を定期的に巡回できるように、すぐ近くに配置されている。とすれば、朝まで森のなかに隠れていてもむだなのだ。小銃隊は、また、ずっと遠方にまで陣をしいているのであるから、こっちはどんな遠まわりをしても町のなかへ忍びいることはできない。公がひと声叫べば、部下の兵たちが救助に駆けつけてくれる。ところが、そのひと声がだせないのだ。

月は、その表面の銀色をしだいに強めながら、もう空高く昇っていた。城のまわりの松の木の黒々とした縞目のあいだから空が明るい夜の青さをたたえて切れぎれに見えていた。なんという花なのか、それまで公が一度も心して見たことのなかった大きな、羽のように軽やかな花が、月の光のために明々と、だが、同時に色を鈍らされて群がっていた。木の根の周囲をはいまわっているようで、その様子には筆致につくしがたい幻想味があった。おそらくオットー公の理性は、いわばみずから持参している不自然極まる監禁状態のために頭からどこかへとびだしてしまったのだろう。この森のなかで公は、どこまでもドイツ的なあるものをひしひしと感じだした。公が感じていたもの、それはお伽噺にほかならなかったのさ。頭が弱りかけていた公は、自分が食人鬼にもひとしい暴君であるのを忘れ、いま自分は食人鬼の城に一歩一歩近づいているのだと妄想した。そうして、まだ子供だったころ、家の大きな構内には熊がすんでいるのかしらんと母親に訊いたときのことを思い出したりした。それから、公は身をかがめ、一輪の花をつもうとした。それが魔よけになるとでも思ったのだろう。茎は思いのほか丈夫で、小さなポキンという音とともに折れた。手折った花をていねいに襟のスカーフのあいだに差しこもうとしたそのときだった、「誰か?」と声がかかった。公はそのとき、はっとして、スカーフがいつもの場所には巻きついていないことを思い出したというわけだ。

そこで絶叫しようとしたが、声は出るはずもなかった。二度目の「誰か?」――と、一瞬後には弾丸がひゅうと唸り、続けて鈍い衝撃があって音は急に途だえた。グロッセンマルクのオットー公は、妖精さながらの姿で立ち並ぶ木々のあいだで安らかに横たわり、もはや黄金や鋼鉄であくどい人騒がせをすることはできなくなっていた。銀の鉛筆のような月だけが、公の軍服についた複雑な飾りや、額に刻まれた老人の皺を切れぎれに輝かせているのだった。オットー公の魂に、神よ、慈悲をたれたまえ。

警備隊の厳命に従って発砲した歩哨《ほしょう》は、当然の成り行きとして、仕とめた獲物の様子を探りに走り寄った。これはシュヴァルツという名の兵卒で、これ以後軍人としてかなり名をあげた男だった。この兵士が近づいて見つけたのは、軍服姿の、はげ頭の男で、自分の軍服用のスカーフでマスクのようにして顔を包んでいた。だから、その死人の目が開かれて、月の光に石のようにきらめいているほかには、顔の様子はなにもわからなかった。弾丸は、スカーフの猿ぐつわをつきぬけて口に命中していた。スカーフに弾丸のあけた穴がありながら、からだに当たっていたのは一発きりだったという謎はこれで解ける。むろん正確なところはわからないが、シュヴァルツ青年は十中八九、そのおかしな絹のマスクをはぎとって草の上に投げすてたにちがいない。そこで青年は、自分が殺したのは誰であるかを知ったということになる。

それから先は、もうわたしらには確かめようがない。しかし、わたしにはそうとしか思えないのだが、あのちょっとした森には結局のところ一編のお伽噺があったのだと思っている。たしかに起こった事件そのものは陰惨だ、が、やはりお伽噺でもあったのさ。ヘドヴィッヒというあの娘にしても、自分で救ってやったあの青年兵と前々からの知りあいだったのか、それともこの偶発事件にたまたま出くわして、それをきっかけに交際が始まったのか、そのへんのことはなにもわからないが、しかし、わたしは想像するのだよ、この娘さんはちょっとしたヒロインであって、のちに英雄《ヒーロー》となった男と結婚するにふさわしい人だったのではないかとね。あの娘は大胆不敵な、賢明なことをやってのけた。その歩哨兵を説きふせて部署にかえらせたのさ。そうしておけば、この青年が事件に関係しているとは誰も思うまい。同じ地域に配置されていた五十名ほどの歩哨のなかでとりわけ命令に忠実で律義な者だったというだけでしかないのさ。さて、こうしておいてから娘さんは、自分は死体から離れずに、しばらくして大声をあげた。もちろん、あの娘も事件とかかわりあいになる恐れはなにもなかった。どんな銃器も身につけていなかったし、また、そんなものが手に入るわけもありはしなかったからね。

「あとはただ」――とここで神父はにこやかに立ちあがって、「――お二人の幸福を祈るばかりですよ」

「これからどちらへ」とフランボウは問いかけた。

「なに、ちょっと行って、あのアルンホルト兄弟の一人で侍従になった男の肖像画をもう一度見ておこうと思ってな。そら、あの、兄弟を裏切った男だよ」と神父は答えた。「わたしにはどうもわからないのだが、どんなものだろう、裏切りを二度かさねた者は裏切りの罪が軽くなるものかどうか」

こうして神父は、あのまっ黒な眉毛と白髪の男の肖像画の前に立って、つくづくそのうわべに塗りつけられたような桃色の微笑を眺めるのだった。その微笑は、同じ人物の目にきらめいている険悪の光と相いれないもののように思えた。

解　説

巽　昌章

ブラウン神父ものを読み返すのは本当に愉しい。ここでしか出合えない驚異の数々が待っているだけではなく、読むたびに、推理小説に対する見方が更新され、新たな目でこのジャンルを眺められるようになるからです。

このシリーズはトリックの宝庫だといわれてきましたが、ふつうの意味でのトリックだけを見ようとすると、実現可能性に難があったり、アンフェアであったりといった「欠点」をあげつらいたくもなるでしょう。それはそうに違いないけれど、本格推理小説と呼ばれてきたものの歴史の総体からすれば、実現可能性やフェアプレイは決して原初的なものではありません。むしろ、ブラウン神父の冒険譚に横溢《おういつ》する驚きこそ、なぜこのジャンルに私たちが引き付けられるのかを、一番根っこのところで明かしてくれているのです。神父の謎解きによって開示されるのは、トリックだけではなくて、私たちが「これは驚くべきトリックだ」と感じるときの心のあり方や、その驚異を可能にしている仕掛けの正体なのです。

だから、ブラウン神父シリーズは推理小説批評を織り込んだ小説だともいえるのですが、理論によってではなく、おとぎの国に迷い込んだかのような不思議な話の数々によって批評を成し遂げているところが何よりもすばらしい。

『ブラウン神父の知恵』という一冊には、こうした推理小説による推理小説批評の面白い例がいくつも含まれています。たとえば、古代趣味、綿々たる因縁ばなし、奇怪な呪いなどを題材にした「シーザーの頭」、「紫の鬘《かつら》」、「ペンドラゴン一族の滅亡」、「クレイ大佐のサラダ」といった一群はどうでしょう。つまり、のちにディクスン・カーが好んで書いた怪奇趣味横溢の謎解き小説ですが、注目すべきは、チェスタトンの慧眼《けいがん》が、なぜ読者がこうした因縁ばなしや怪異譚を喜ぶのかという事情にまで及んでいることです。

神父による推理は、目の前の謎を解くだけでなく、その背景に黒々と聳《そび》えていると思われた「呪われた一族」といった道具立てを解体し、ひいては、それを煽り立てるマスコミや、軽々しく信じてしまう私たちの心の動きまでも悪魔祓いしてしまいます。どうやってか。日常の光を当ててです。奇怪な影に対し、日常に戻れ、下世話で些細な物事に満ち満ちた日常に戻れと命じるのです。

いっそう批評の切れ味がめざましいのは、巻頭の「グラス氏の失踪」をはじめ、錯綜する目撃証言を奇抜な説明で一刀両断する「通路の人影」、嘘発見器への過信を戯画化する「機械のあやまち」など、科学捜査や裁判をおちょくってみせた一群でしょう。とりわけ、高名な犯罪学者と神父の謎解き対決を描いた「グラス氏の失踪」は、その人を食った結末でかならずや読者を唖然とさせるはずです。いよいよ真相が明かされる瞬間、神父が「うさぎ」と口走るくだりは、シリーズ随一の愉快な場面だと思います。なぜ、科学捜査をひっくり返す決めぜりふが「うさぎ」になってしまうのか、その企みに注目です。

もともと、ブラウン神父シリーズは、名探偵ヴァランタンが神父の奇行に振り回される「青い十字架」(『ブラウン神父の童心』所収)からスタートしたのでした。そのことからもわかるように、探偵や捜査への鋭い批判はシリーズの随所にみられるところですが、なぜ、ここで科学捜査や犯罪学を俎上《そじょう》に上げたのでしょうか。

「グラス氏の失踪」に登場する犯罪学者はこう述べます。「いかなる場合にもまず第一に自然の大きな流れに目を向けるのがいちばんです。冬の始まりにまだ枯れていない花が一輪あったとしても、花一般は枯れていると言ってよい」「科学の見地からすれば、人間の全歴史は破壊と移動のあやなす一連の集合的運動である」と。

人間の行いもまた、種族の特性などの一般法則から説明できる、そう言いたいのでしょう。つまり、ここでチェスタトンは、科学的手法に対して不当な一般化を行うものだとの批判を投げかけているのです。花一般ではなく、一輪の花にこそ目を注ぐべきだというわけです。人種的特徴や心理学的な兆候によって、その人間の行動はこうに違いないと決め付けるような、いわば決定論的な暴力に対し、ブラウン神父は笑いによってそれを解体しようとします。物語のクライマックスで神父が「うさぎ」と口走るおかしさは、そういう笑いにほかなりません。われわれは笑いによって一般化の暴力をいっとき頭から追い払い、些細な事物を、たとえば、人の顔に宿る生き生きした表情や目の輝きを再発見できる。

実は、「ペンドラゴン一族の滅亡」など怪奇趣味の作品群で起きていたのも同じような事態でした。呪われた一族といった趣向は、科学の濫用《らんよう》とは正反対のようですが、不当な一般化という点で共通するものをもっています。ある人間を、呪われた一族という色眼鏡で見るとき、そいつが秘めた欲望や、生きんがための滑稽《こっけい》なあがきが覆い隠されてしまうからです。神父はそこに、日常の光を当てて、些細で下らないがかけがえのない、個人の思いを浮かび上がらせるわけなのです。

科学を過信して傲慢《ごうまん》になった社会を諷刺し、マスコミの煽動をいましめ、常識にのっとって人間の心をみつめることを説こうとする推理小説。保守派の論客として知られたチェスタトンですから、こうした作品を書こうという考えが根底にあるといっても間違いではないでしょう。しかし、それで解説を終わってしまっては、なんと言うか、つまらない気がしてなりません。推理小説史上もっとも奇抜で、もっとも愛すべきシリーズが、ただの「正論」に帰着させられるなんて。

もう少し考えてみましょう。そもそも、科学を過信せずにありのままの事実を見よ、という考え方自体が大変にきわどいものであって、ときによっては、科学崇拝以上にトンデモな考えに人を導いてしまいがちです。常識に帰れという叫びは、しばしば自分だけの「常識」で世界を塗りつぶす狂信に転化します。だが、私に言わせれば、推理小説は、読者を驚かせる極端な発想をめざすがゆえに、科学崇拝的なトンデモ思考と、「ありのままの事実を見ろ」的なトンデモ思考の間で綱渡りをするようなところが、いや、ときどき綱から落っこちてトンデモ理論にまみれてしまうところが味噌であるようなジャンルです。一方では理論の権化《ごんげ》のような「なんでもお見通し」の名探偵が幅を利かせ、その一方では、突拍子もない偶然や異様な心理が「おそるべき真相」の名のもとにまかりとおっているのが推理小説です。そこでは、常識を名乗る狂気や、狂気にみえる理性にも事欠きません。

おそらく、「グラス氏の失踪」などに秘められたチェスタトンの推理小説批評の魅力は、こうした矛盾をはらんだあり方を、彼ならではのデフォルメを通じてつかんでいるところにあります。論理的な謎解きを主眼とする推理小説は、登場人物たちを一般化、法則化するまなざしのもとにおかねばなりません。それぞれに積み重ねてきたはずの人生の瞬間を無視し、いわば論理を実演するための人形として扱わねばなりません。しかも、極端なやり方で。それはまさに、「グラス氏の失踪」などでブラウン神父が批判した考え方ですが、一方では、チェスタトンだって同じことをしているのです。

『童心』を飾る「奇妙な足音」「見えない男」「イズレイル・ガウの誉《ほま》れ」などの傑作が示している通り、登場人物は抽象化され、チェスタトン名代《なだい》の逆説を読者の前で実演すべく、人形芝居めいた演技をしているにすぎない。本書の「グラス氏の失踪」や「ペンドラゴン一族の滅亡」だってそうです。そこでは、一見とりとめのない、ばらばらの出来事が、神父の提示した構図によって統一的に説明されてしまう驚きが待っています。つまり、ひとつの一般理論によってすべての事物を説明してしまう快感が徹底的に演出されているのです。

チェスタトンはこうして、ひとつの理論にすべてを屈服させる快楽を演出しながら、その一方で、あの「一輪の花」の美しさを、つまり、一般理論に取り込めない些細な事物の美しさ、偶然のすばらしさを謳《うた》い上げて倦《う》まない人でした。推理小説の書き手多しといえども、チェスタトンほど、人生の些事が帯びる、かけがえのないきらめきを描き続けた人はいません。

たとえば、チェスタトンの描く世界はきらびやかな色彩に満ちていますが、その絵画性は、古典派の精緻とも、ロマン派の生々しさとも、印象派の微妙さとも異なった、クレヨン画やステンドグラスを思わせる素朴なものです。ショーウインドウに飾られたゼリーやドロップの赤や青や紫の色合いに、「ああ、きれいだ」と感嘆しているようなものなのです。そのように子供っぽくて、はかない、しかし、かけがえのない喜び。それが、別の形で、極めて印象深く表れている作品として「ジョン・ブルノワの珍犯罪」を挙げておきましょう。『知恵』に収められた中では、一番地味づくりですし、謎解きものとしてはいささかアンフェア気味でもあるこの作品、なぜか忘れがたい印象を残します。それは、推理小説ファンなら誰でも、いや、何かしら好きなもののある人なら誰しも経験したことのある、「ありふれた、だが魔法のように幸福な瞬間」をうまくとらえているからです。そんな些細な幸福が、なぜか「犯罪」の構図を作り上げてしまう、だから「珍犯罪」なのです。

論理的解決の名の下にすべての行いをひとつの構図に押し込める快感と、かけがえのない些事、かけがえのない瞬間のもたらす魅惑。おそらく、その両方を徹底して追い求めるという、矛盾をはらんだあり方こそがチェスタトンの批評性であり、だからこそ、彼の作品を読むたびに、推理小説を見る目が洗われるような心地がするのでしょう。『ブラウン神父の知恵』の諸篇もまた、こうした矛盾の上に花開く、きわどいきらめきに満ちているのです。

収録作品原題・初出一覧

グラス氏の失踪　The Absence of Mr. Glass　〈マクルアーズ〉誌一九一二年十一月号
泥棒天国　The Paradise of Thieves　〈マクルアーズ〉誌一九一三年五月号
イルシュ博士の決闘　The Duel of Dr. Hirsch　〈ポールモール〉誌一九一四年八月号
通路の人影　The Man in the Passage　〈マクルアーズ〉誌一九一三年四月号
機械のあやまち　The Mistake of the Machine　〈ポールモール〉誌一九一三年十月号
シーザーの頭　The Head of Caesar　〈ポールモール〉誌一九一三年六月号
紫の鬘《かつら》　The Purple Wig　〈ポールモール〉誌一九一三年五月号
ペンドラゴン一族の滅亡　The Perishing of the Pendragons　〈ポールモール〉誌一九一四年六月号
銅鑼《どら》の神　The God of the Gongs　〈ポールモール〉誌一九一四年九月号
クレイ大佐のサラダ　The Salad of Colonel Cray　〈ポールモール〉誌一九一四年七月号
ジョン・ブルノワの珍犯罪　The Strange Crime of John Bulnois　〈マクルアーズ〉誌一九一三年二月号
ブラウン神父のお伽噺《とぎばなし》　The Fairy Tale of Father Brown　『ブラウン神父の知恵』（キャッセル、一九一四年刊）に書き下ろし

検印
廃止

訳者紹介 1931年生まれ。東京大学文学部英文科卒。チェスタトン「ブラウン神父」シリーズ，ブラウン「まっ白な嘘」，バラード「結晶世界」，ヴァン・ヴォークト「非Aの世界」，ウィルソン「賢者の石」など訳書多数。2008年歿。

ブラウン神父の知恵

1982年4月30日 初版
2013年9月13日 25版
新版 2017年3月24日 初版

著 者 G・K・チェスタトン

訳 者 中《なか》村《むら》保《やす》男《お》

発行所 (株) 東京創元社
代表者 長谷川晋一

162-0814/東京都新宿区新小川町1-5
電 話 03・3268・8231-営業部
03・3268・8204-編集部
URL http://www.tsogen.co.jp
振 替 00160-9-1565
工友会印刷・本間製本

乱丁・落丁本は，ご面倒ですが小社までご送付ください。送料小社負担にてお取替えいたします。

ISBN978-4-488-11014-7 C0197

名探偵の華麗な事件簿

Safe As Houses And Other Stories

幻の屋敷

キャンピオン氏の事件簿 II

マージェリー・アリンガム
猪俣美江子 訳　創元推理文庫

◆

ロンドンの社交クラブで起きた絞殺事件。現場の証言からは、犯人は“見えないドア”を使って現場に出入りしたとしか思えないのだが……。不可能犯罪ミステリの名作「見えないドア」をはじめとして、留守宅にあらわれた謎の手紙が巻き起こす大騒動を描く表題作。警察署を訪れた礼儀正しく理性的に見える老人が突拍子もない証言をはじめる「奇人横丁の怪事件」など、本邦初訳作を含む13編を収録。

収録作品＝綴《つづ》られた名前，魔法の帽子，幻の屋敷，
見えないドア，極秘書類，キャンピオン氏の幸運な一日，
面子《メンツ》の問題，ママは何でも知っている，ある朝、絞首台に，
奇人横丁の怪事件，聖夜の言葉，
年老いてきた探偵をどうすべきか

掛け値なしの傑作

BLACK WIDOW◆Patrick Quentin

女郎蜘蛛

パトリック・クエンティン

白須清美 訳 創元推理文庫

◆

演劇プロデューサーのピーター・ダルースは、
愛妻アイリスが母親に付き添ってジャマイカへ発った日、
パーティーで所在なげにしていた二十歳の娘
ナニー・オードウェイと知り合った。
作家の卵のつましい生活に同情したピーターは、
日中誰もいないからとアパートメントの鍵を貸し、
執筆の便宜を図ってやる。
数週経ち空港へアイリスを迎えに行って帰宅すると、
あろうことか寝室にナニーの遺体が！
身に覚えのない浮気者の烙印を押されたピーターは、
その後判明した事実に追い討ちをかけられ、
汚名をそそぐべくナニーの身辺を調べはじめるが……。
サスペンスと謎解きの妙にうなる掛け値なしの傑作。

巨匠カーを代表する傑作長編

THE MAD HATTER MYSTERY◆John Dickson Carr

帽子収集狂事件

新訳

ジョン・ディクスン・カー

三角和代 訳　創元推理文庫

◆

《いかれ帽子屋》と呼ばれる謎の人物による
連続帽子盗難事件が話題を呼ぶロンドン。
ポオの未発表原稿を盗まれた古書収集家もまた、
その被害に遭っていた。
そんな折、ロンドン塔の逆賊門で
彼の甥の死体が発見される。
あろうことか、古書収集家の盗まれた
シルクハットをかぶせられて……。
霧のロンドンの怪事件の謎に挑むは、
ご存知名探偵フェル博士。
比類なき舞台設定と驚天動地の大トリックで、
全世界のミステリファンをうならせてきた傑作が
新訳で登場！